D1259875

SUSAN HUBBARD es autora de dos prestigiosos libros de relatos, *Walking on Ice* y *Blue Money*, por el que obtuvo el Janet Heidinger Kafka Prize. Imparte clases en la Universidad de Florida Central y reside en Orlando y Cabo Cañaveral.

Para más información sobre su trabajo, visite *www.susanhubbard.com*

EDICIÓN **ZETA** LIMITADA

Título original: *The Society of S*
Traducción: Dolors Gallart
1.ª edición: mayo 2010
1.ª reimpresión: mayo 2010

© 2007 by Blue Garage Co.
© Ediciones B, S. A., 2010
  para el sello Zeta Bolsillo
  Consell de Cent, 425-427 - 08009 Barcelona (España)
  www.edicionesb.com

Printed in Spain
ISBN: 978-84-9872-371-7
Depósito legal: B. 24.282-2010

Impreso por LIBERDÚPLEX, S.L.U.
Ctra. BV 2249 Km 7,4 Polígono Torrentfondo
08791 - Sant Llorenç d'Hortons (Barcelona)

La sociedad de la sangre

SUSAN HUBBARD

EDICIÓN **ZETA** LIMITADA
TAPA DURA

Dedicado a R

Además de ser el buen creador supremo de las buenas inclinaciones, Dios también es el más justo soberano de las malas voluntades, de manera que aun cuando las malas voluntades hagan un mal uso de las buenas inclinaciones, Dios hace un buen uso de las malas voluntades.

SAN AGUSTÍN, *La ciudad de Dios*, XI, 17

Porque para lo que no era —para lo que no tenía forma—, para lo que no tenía pensamiento —para lo que no tenía conciencia—, para lo que no tenía alma y aun para aquello que ya no formaba parte de la materia y para aquella inmortalidad, la tumba todavía era una morada, y las corrosivas horas, sus compañeras.

EDGARD ALLAN POE,
El coloquio entre Monos y Una

Aún por un poco de tiempo la luz está entre vosotros. Andad entre tanto que tenéis luz, para que no os sorprendan las tinieblas, porque el que anda en tinieblas no sabe adónde va. Entre tanto que tenéis luz, creed en la luz, para que seáis hijos de luz.

SAN JUAN, 12: 35

Prólogo

Es una fresca noche primaveral de Savannah y mi madre va caminando. Con los zuecos produce un ruido como de cascos de caballo en el adoquinado del suelo. Entre macizos de azaleas en flor y robles de Virginia cubiertos de líquenes, llega a una verde plaza donde hay un café.

Mi padre está sentado en un taburete ante una mesa de hierro forjado. En la mesa hay dos tableros de ajedrez, y mi padre acaba de enrocar en uno de ellos cuando levanta la vista. Al ver a mi madre, deja caer un peón, que rueda sobre la mesa y cae a la acera.

Mi madre se inclina para recoger la pieza y se la devuelve. Lo observa primero a él y luego a los otros dos hombres sentados a la misma mesa. Sus caras son inexpresivas. Los tres son altos y delgados, pero mi padre tiene unos ojos verde oscuro que le resultan vagamente familiares.

Mi padre alarga la mano y le rodea la barbilla. Después fija la mirada en sus ojos azules, muy claros.

—Yo a ti te conozco —dice.

Con la otra mano recorre el contorno de su cara, pasando dos veces por el nacimiento del pelo. Tiene el cabello largo y espeso, castaño rojizo, del que escapan algunas hebras que él le aparta de la frente.

Los otros hombres de la mesa permanecen de brazos cruzados, esperando. Mi padre estaba jugando contra los dos a la vez.

Mi madre mira a mi padre a la cara, con su pelo oscuro peinado hacia atrás, las cejas rectas y oscuras que presiden esos ojos verdes, y los labios, que aunque finos tienen por arriba forma de arco. Después sonríe, con miedo y timidez.

Él deja caer los brazos y se levanta del taburete. Se marchan juntos. Con un suspiro, los otros dos hombres despejan los tableros. Ahora tendrán que jugar uno contra el otro.

—Voy a ver al profesor Morton —dice mi madre.

—¿Dónde tiene el despacho?

Ella señala en dirección a la escuela de arte. Entonces mi padre le posa la mano en el hombro, levemente, dejando que ella lo guíe.

—¿Qué es esto? ¿Llevas un bicho en el pelo? —pregunta él de repente, tirando de algo parecido a un insecto.

—Un clip. —Se quita la libélula de cobre y se la entrega—. Es una libélula, no un bicho.

Él sacude la cabeza y luego sonríe.

—No te muevas —le pide y, con cuidado, hace pasar un mechón de cabello a través de la libélula antes de sujetársela detrás de la oreja izquierda.

Pasan de largo la facultad. Ahora van cogidos de la mano por una empinada calle de adoquines. Aunque está anocheciendo y hace frío, se sientan en un murete de cemento.

—Esta tarde he estado sentada en la ventana, mirando cómo se oscurecían los árboles mientras se iba el sol, y he pensado:«Me estoy haciendo mayor. No me quedan tantos días para mirar cómo se oscurecen los árboles. Se podrían contar incluso.»

Él la besa. Un beso breve, un tosco contacto de labios. El segundo beso dura más.

Ella se estremece.

Él se inclina para cubrirle la cara —la frente, las mejillas, la nariz, la barbilla— con rápidos y tenues roces con las pestañas.

—Besos de mariposa —le dice—, para que no te dé frío.

Mi madre desvía la vista, sorprendida ante su propia reacción. En cuestión de minutos ha permitido que aquello ocurriera, sin vacilar ni protestar, y ahora tampoco hace nada por ponerle fin. ¿Qué edad le supone él? Está segura de que ella es mayor, porque él aparenta unos veinticinco y ella cumplió los treinta hace poco. Aparte, se pregunta cuándo debería decirle que está casada con el profesor Morton.

Se levantan y continúan andando, ahora por unas escaleras de cemento que bajan hacia el río. Abajo hay una verja de hierro cerrada.

—Detesto los momentos como éste —se queja mi madre.

Y es que con esos zapatos no puede saltar verjas.

Entonces mi padre la sortea y después la abre.

—No estaba cerrada con llave —constata.

Al franquearla, ella tiene la sensación de que aquello es inevitable. Se dirige hacia algo totalmente nuevo y predeterminado a un tiempo. Sin realizar el menor esfuerzo, nota cómo se borran los años de infelicidad.

Caminan por la orilla del río. Más allá se ven las luces de las tiendas para los turistas, y cuando llegan allí, él se detiene.

—Espera.

Lo ve entrar en una tienda de productos importados de Irlanda y después lo pierde de vista en el cristal velado de la puerta. Enseguida vuelve a salir con un suave chal de lana. Después de que la haya envuelto con él, por primera vez en años se siente hermosa.

«¿Nos casaremos?», se pregunta. De todas maneras no necesita preguntárselo, porque mientras prosiguen camino, conforman ya una pareja.

Mi padre me cuenta dos veces seguidas esta historia. Yo tengo interrogantes, pero no los planteo hasta que ha terminado.

—¿Cómo sabías lo que pensaba ella? —pregunto en primer lugar.

—Más tarde me lo contó.

—¿Qué pasó con el profesor Morton? —continúo—. ¿No trató de impedir que lo dejara?

Yo tengo trece años, pero mi padre dice que es como si rondara los treinta. Tengo el pelo largo, oscuro, y los ojos azules. Aparte de los ojos, he salido a mi padre.

—El profesor Morton intentó retenerla —dice—. Lo probó con amenazas y también con coacción. Ya lo había hecho antes, cuando ella se planteaba dejarlo. Esa vez, sin embargo, ella estaba enamorada y no tenía miedo, así que hizo las maletas y se marchó.

—¿Se fue a vivir contigo?

—Al principio no. Alquiló un apartamento en el centro, cerca del cementerio colonial, un apartamento que algunos todavía aseguran que está encantado.

Lo miro con insistencia, pero no estoy dispuesta a desviarme del tema con el asunto del apartamento encantado.

—¿Quién ganó la partida de ajedrez? —inquiero.

—Muy buena pregunta, Ariella —me felicita, sorprendido—. Ojalá conociera la respuesta.

Normalmente mi padre siempre tiene respuestas para todo.

—¿Sabes si ella era mayor que tú?

—No lo sé —contesta encogiéndose de hombros—. A mí nunca me ha interesado la cuestión de la edad. —Se levanta y va hasta la ventana del salón, donde corre las pesadas cortinas de terciopelo—. Es hora de que vayas a acostarte —señala.

Pese a que aún me quedan cien interrogantes más, asiento con la cabeza sin poner reparos. Esta noche me ha contado más cosas que nunca sobre mi madre, a la que jamás he visto, y todavía más en lo que respecta a sí mismo.

Lo malo es que no me ha contado una cosa: la verdad que no quiere revelar, la verdad que pasaré años tratando de entender. La verdad acerca de lo que realmente somos.

PRIMERA PARTE

EN LA CASA DE MI PADRE

1

Estaba sola delante de nuestra casa en medio del crepúsculo azulado. Tenía cuatro o cinco años, y lo raro es
que normalmente no salía sola.

Las ventanas del piso de arriba eran dorados rectángulos enmarcados por verdes plantas trepadoras, y las de
abajo, con sus toldos a modo de pestañas, semejaban
ojos amarillos. Contemplaba la casa cuando de repente
me caí hacia atrás. Y en el mismo instante que aterrizaba
en el blando césped, las llamas brotaron en el sótano. No
recuerdo haber oído ninguna explosión. Antes de eso la
noche estaba iluminada con un resplandor azul y amarillo, y al cabo de un segundo el rojo fuego se elevaba hacia el cielo. Alguien me cogió y me alejó de la casa.

Ése es el recuerdo más antiguo que conservo. Recuerdo el olor del aire aquella noche —a humo mezclado con la fragancia de las lilas—, el áspero tacto de una
chaqueta de lana contra mi mejilla, y la sensación de estar flotando mientras nos apartábamos. No sé, en cambio, quién me sacó de allí ni adónde fuimos.

Más tarde, cuando pregunté por el fuego, Dennis, el
ayudante que mi padre tenía para sus investigaciones,

me dijo que debí de haberlo soñado. Mi padre se limitó a volverme la espalda, pero antes le vi la cara, con la mirada distante e impenetrable y los labios apretados en un gesto de resignación que yo conocía muy bien.

Un día en que estaba aburrida, como a menudo me ocurría de niña, mi padre dijo que debía escribir un diario. Hasta el relato de una vida anodina podía ser digno de leerse, siempre y cuando, dijo, su autor dedicara suficiente atención a los detalles. En su escritorio encontró un grueso cuaderno de tapas azules y de un estante cogió un ejemplar de *Walden*, de Thoreau. Me hizo entrega de ambos.

De este modo comencé a escribir. No obstante, ni todos los detalles del mundo podían hacer que valiera la pena leer lo sucedido durante mis primeros doce años de existencia. A los niños les conviene la monotonía y la rutina, según dicen, pero yo padecía una rutina superior a la normal. Intentaré pues explicar lo necesario a fin de que se comprenda lo que vendrá a continuación.

Yo vivía con mi padre, Raphael Montero, en el lugar donde había nacido, una casa victoriana de Saratoga Springs, Nueva York. El que quiera ocultarse del mundo no tiene más que instalarse en una pequeña ciudad, donde todo el mundo parece anónimo.

La casa de mi padre tenía muchas habitaciones, pero no las ocupábamos todas. Nadie utilizaba la cúpula que había en lo alto (aunque mucho después pasé horas mirando por su ventana circular, intentando imaginar el mundo que se extendía más allá de la ciudad). En la base de la torre había un largo pasillo al que daban los seis dormitorios vacíos. Una amplia escalera comunicaba con el piso de abajo, interrumpida por un rellano que se ensanchaba bajo una vidriera. Allí, la alfombra estaba cubierta de grandes cojines de estilo marroquí, encima de los cuales solía tumbarme a leer y contemplar las relucientes tonalidades rosas, azules y amarillas de los cristales de la ventana. En realidad, la vidriera me interesaba más que el propio cielo, que en Saratoga Springs presenta la mayor parte del año un color ceniciento, transformado en un chillón azul celeste durante el paréntesis del verano.

Las mañanas comenzaban cuando llegaba la señora McGarritt. Era una mujer bajita y menuda de pelo rojizo que empezaba a ralear y una cara chupada en la que se veían en igual proporción las arrugas de la preocupación y las provocadas por las sonrisas. Por aquella época, casi siempre me ofrecía una sonrisa.

Después de llevar a su propia progenie a la escuela, la señora McGarritt venía a casa y se quedaba hasta las dos y cuarto, cuando sus hijos volvían a su casa. Cocinaba, limpiaba y lavaba la ropa. Primero me preparaba el desayuno, por lo general, gachas de avena con nata, o bien con mantequilla y azúcar moreno. La señora McGarrit no era una gran cocinera, se las arreglaba para dejar cruda y quemada a un tiempo la comida, y nunca añadía sal. Sin embargo, tenía buen corazón. Además, yo abrigaba el convencimiento de que en alguna parte tenía una madre que sí poseía nociones de cocina.

Yo sabía muchas cosas de mi madre que nadie me había contado. Más de uno pensaría que me lo había inventado todo, para compensar el vacío por no haberla conocido. Pero yo estaba segura de que mis intuiciones eran fundadas, basadas en hechos de los que simplemente no estaba enterada.

La señora McGarritt decía haber oído que mi madre

se puso enferma después de nacer yo y que fue al hospital. Dennis, el ayudante de mi padre, decía que la habían apartado de nosotros por motivos que nadie comprendía. Mi padre no decía nada. Todos coincidían en algo: mi madre había desaparecido después de mi nacimiento y no habíamos vuelto a verla.

Una mañana, después del desayuno, estaba estudiando en la biblioteca cuando noté un aroma dulzón mezclado con el habitual olor a almidón. La señora McGarritt tenía la manía de usar con profusión el almidón para plancharme la ropa (y lo planchaba todo, excepto la ropa interior). Le gustaba utilizar el producto a la manera antigua, después de hacerlo hervir al fuego.

Me tomé una pausa para ir a la cocina, una habitación hexagonal pintada de verde manzana. La mesa de roble estaba cubierta de harina, cuencos y cucharas, y al lado, la señora McGarritt estaba pendiente de uno de los hornos. Parecía casi una enana junto a aquella enorme cocina, una Garland de seis fogones a gas (con el omnipresente cazo del almidón encima de uno), dos hornos, una parrilla y una plancha.

En la mesa había un libro de cocina abierto por la página de una receta de pastel de miel. En el margen, alguien había dibujado tres estrellas con tinta azul y escrito: «Mejor cuando se prepara con nuestra miel de lavanda en julio.»

—¿Qué significan las estrellas? —pregunté.

Ella soltó de repente la puerta del horno y se volvió sobresaltada.

—Por Dios, Ari, siempre me asustas. Ni siquiera te he oído entrar. —Se limpió las manos en el empolvado delantal—. ¿Las estrellas? Supongo que era el modo en que tu madre valoraba las recetas. Cuatro estrellas son el máximo, me parece.

—¿Ésta es letra de mi madre? —Se inclinaba a la derecha, con homogeneidad de bucles y floreos.

—Éste es su viejo libro de cocina. —Comenzó a recoger las cucharas, cuencos y tazas de medida para llevarlos al fregadero—. Y luego será tuyo. Ya debí de habértelo dado, supongo. Siempre ha estado en ese estante —señaló el anaquel que había cerca de la cocina—, desde que empecé a trabajar aquí.

Para preparar la receta se necesitaban media taza de harina y media de miel, tres huevos y varias especias.

—«Nuestra miel de lavanda» —volví a leer—. ¿Qué significa, señora McG?

Ella había abierto el grifo, así que esperé a que lo cerrara para repetir la pregunta.

—Ah, es miel que producen las abejas que chupan en las flores de lavanda —explicó sin volverse—. Ya sabes, toda esa extensión de lavanda que hay al lado de la cerca.

Sabía a qué se refería. Eran las mismas flores del dibujo del empapelado de la habitación de arriba donde antes dormían mis padres.

—¿Cómo se fabrica la miel? —pregunté.

Ella se puso a hacer mucho ruido, remojando los cacharros con agua jabonosa, con lo cual deduje que no conocía la respuesta.

—Deberías preguntarle a tu padre, Ari —acabó aconsejándome.

Al volver a la biblioteca, saqué el pequeño cuaderno que siempre llevaba conmigo y añadí«miel» a la lista de preguntas que ya había previsto para las clases de la tarde.

Cada día, a la una del mediodía, mi padre subía del sótano. Las mañanas las pasaba trabajando en su laboratorio; su empresa de investigación biomédica se llamaba Seradrone.

En la biblioteca me daba clases hasta las cinco, con dos recreos en medio: uno para yoga y meditación, y otro para la merienda. Algunas veces, si el tiempo lo permitía, salía al jardín y le hacía mimos a *Marmalade*, la gata atigrada de los vecinos, a la que le agradaba tomar el sol cerca de las matas de lavanda. Después regresaba al salón con mi padre, que leía sus revistas (algunas científicas y otras literarias; tenía una especial afición por los estudios sobre la literatura del siglo XIX, en particular los relacionados con Hawthorne y Poe). Yo podía leer lo que me apeteciera de la biblioteca, pero casi siempre escogía cuentos de hadas.

A las cinco nos trasladábamos al salón. Él se sentaba en el sillón de cuero verde y yo en un silloncito bajo tapizado de terciopelo rojo oscuro que se adaptaba a la perfección a mi talla. A veces me pedía que le abriera un sobre, porque decía que le costaba abrir las cosas. Detrás había una chimenea que nunca se había utilizado, que yo supiera, tapada con una pantalla de vidrio con motivos de mariposas. Yo bebía leche de arroz y él tomaba un cóctel rojo llamado «Picardo», según decía. Nunca me lo dejó probar, aduciendo que era «demasiado pequeña». Por aquel entonces, siempre parecía demasiado pequeña para todo.

Ahora describiré a mi padre: alto, de metro noventa, hombros anchos y cintura estrecha, brazos musculosos, bonitos pies (sólo me di cuenta de ello cuando vi lo feos que son los pies de la mayoría de la gente). Cejas negras y rectas y ojos verde oscuro, piel clara, nariz larga y recta, boca fina con el labio superior curvado en forma de arco y el inferior hacia abajo en las comisuras. Pelo negro satinado y frente despejada. Incluso cuando era niña, ya me daba cuenta de manera instintiva de que mi padre era un hombre extremadamente bien parecido. Se movía como un bailarín, con ligereza y flexibilidad. Uno nunca lo oía ir y venir, pero notaba su presencia en el momento en que entraba en una habitación. Yo pensaba que incluso estando ciega y sorda habría percibido su presencia, porque a su alrededor el aire adquiría una vibración palpable.

—¿Cómo se fabrica la miel? —le pregunté esa tarde.

Abrió los ojos, extrañado.

—Todo empieza con las abejas —dijo. Y detalló el proceso, desde la recolecta del néctar hasta la recogida de la miel por parte del apicultor—. Las obreras son hembras estériles y los machos son casi inútiles. Su única función es aparearse con la reina. Sólo viven unos meses y luego mueren.

Pronunció «mueren» con cierta rigidez, como si no fuera habitual en su vocabulario. Después describió la manera en que bailan las abejas cuando regresan a la colmena: agitó e hizo ondular las manos, y con la voz que puso sonó tan bonito que no parecía real.

Al llegar a la parte de los apicultores, fue hasta un estante y cogió un volumen de la enciclopedia. Me enseñó una ilustración de un hombre protegido con un sombrero de ala ancha y un velo en la cara, que sostenía un artilugio con un pitorro por donde salía el humo para espantar y hacer salir a las abejas.

Ahora tenía una imagen concreta de mi madre: una mujer con unos guantes muy gruesos y la cara cubierta con un largo velo. No se lo comenté a mi padre, y tampoco le pregunté por «nuestra miel de lavanda». Nunca respondía a las preguntas relacionadas con mi madre. Por lo general cambiaba de tema, y una vez me dijo que esas preguntas lo ponían triste.

Yo rumiaba, intrigada, sobre el sabor de la miel de lavanda. La única miel que había comido era de trébol, según se especificaba en la etiqueta del tarro, y evocaba el verde aroma de los prados en verano. La lavanda tenía que tener un sabor más fuerte, me decía, más definido, floral con una nota de ahumado, tal vez. Tendría un gusto como de azul violeta... el color de un cielo en el crepúsculo.

En el mundo de mi padre, el tiempo no tenía ningún sentido. No creo que consultara ni una vez el reloj de caja de la biblioteca. Aun así, mantenía unos horarios regulares, más que nada por mí, sospecho. Todas las tardes, se sentaba conmigo a las seis mientras yo tomaba la cena que la señora McG (estoy cansada de escribir su nombre entero y, de todas formas, así es como la llamaba) me dejaba siempre en el horno: macarrones con queso, o guiso de tofu, o chili vegetariano. Todo tenía un sabor a crudo por debajo y a quemado por arriba, soso y sano. Cuando acababa, mi padre me llenaba la bañera.

A partir de los siete años me dejó bañarme sola. Me preguntó si, como ya era una niña mayor, todavía quería que me leyera algo a la hora de acostarme, y yo le contesté que por supuesto que sí. Su voz tenía una textura aterciopelada. A los seis años me leía Plutarco y Platón, pero Dennis debió de comentarle algo, porque después me leía *Azabache*, *Heidi* y *La princesa y los duendes*.

Cuando le preguntaba a mi padre por qué no cenaba conmigo, me decía que prefería cenar abajo más tarde. En el sótano había otra cocina (yo la llamaba cocina de noche), junto con dos enormes hornos, un laboratorio donde mi padre trabajaba con Dennis y tres dormitorios en principio destinados al servicio. Yo casi nunca bajaba al sótano; no es que lo tuviera prohibido, pero a veces la puerta que comunicaba con la cocina estaba cerrada con llave; de todas formas, yo sabía que no querían verme por allí. Por otra parte, no me gustaba cómo olía ese sitio: a productos químicos del laboratorio y a condimentos de la cocina de noche, mezclados con el olor a metal recalentado de los hornos. Sí, prefería el olor a almidón. La cocinera y ayudante para todos los efectos de mi padre, la detestable Mary Ellis Root, mandaba en los dominios del sótano, y siempre me miraba con ojos que irradiaban hostilidad.

—¿Qué, te ha gustado?

La señora McG trajinaba junto a la mesa del desayuno, retorciendo una toalla. Tenía la cara brillante y las gafas más bien sucias, pero llevaba una impecable bata a cuadros roja y verde, ceñida en la cintura, primorosamente planchada.

Preguntaba por el pastel de miel.

—Muy bueno —alabé, casi con sinceridad.

Aquel pastel, del que había comido un trozo para el postre de la cena de la noche anterior, era muy meloso por dentro. Si hubiera permanecido menos tiempo en el horno y el molde hubiera estado más untado, habría sido realmente delicioso.

—Si lo hubiera hecho en casa, habría usado manteca

—comentó—. Pero como tu padre es un vegetariano tan estricto...

Al cabo de un momento, Mary Ellis Root abrió violentamente la puerta del sótano y entró como un vendaval.

—¿Qué les ha dicho a los del servicio de mensajería? —preguntó a la señora McG en voz baja, con aspereza.

La señora McG y yo nos la quedamos mirando sin comprender. No era normal en ella que pusiera los pies arriba, y menos tan temprano. Tenía el negro cabello electrizado y sacaba chispas por los ojos, aunque en ningún momento nos miró de forma directa. Del abultado lunar que tenía en la barbilla le brotaban tres largos pelos oscuros que temblaban cuando hablaba. A veces me imaginaba arrancándolos, pero la idea de tener que tocarla me horripilaba. Vestida con un largo vestido negro de aspecto grasiento que olía a metal y le quedaba demasiado justo, recorrió la habitación como un escarabajo —insensible a cuanto quedaba fuera de su agenda de insecto— y sólo se detuvo para descargar un puñetazo en la mesa con su gorda manaza.

—¿Qué, no me va a responder? Son casi las diez y no ha venido nadie.

La furgoneta plateada del servicio de mensajería se detenía delante de casa dos o tres veces por semana, para traer material destinado a las investigaciones de mi padre y llevarse unas cajas blancas y planas marcadas con la etiqueta SERADRONE. En los lados de la furgoneta constaba el nombre y el logotipo de la empresa: CRUZ VERDE.

—No sé de qué me habla —contestó la señora McG, aunque le temblaron el párpado izquierdo y la mano derecha.

Mary Ellis Root emitió un sonido grave, una especie

de gruñido, y se fue con un portazo al sótano, dejando un rastro de olor a metal.

—Yo nunca hablo con el empleado de Cruz Verde —dijo la señora McG.

Las entregas siempre se hacían por la puerta trasera que comunicaba con el sótano. La señora McG añadió que en un minuto ya le había amargado el día.

Entonces me levanté, fui a buscar el libro de cocina de mi madre y comencé a hojearlo.

—Mira —comenté para distraerla—. Puso cuatro estrellas al lado de ésta.

Era una receta de pan de queso con miel. La señora McG la examinó por encima de mi hombro, con expresión dubitativa. Yo me incliné un poco hacia atrás para captar el calor de su cuerpo, sin tocarla. Sentía que aquello era lo más próximo a una madre que experimentaría jamás.

Recibir la enseñanza en casa presenta sus ventajas, supongo. No tenía que preocuparme por qué ropa ponerme para ir a la escuela, o por hacer amistades. De forma periódica realizaba los exámenes fijados por el estado, y siempre respondía correctamente a todas las preguntas. Mi padre me había llenado el cerebro de conocimientos de historia, matemáticas y literatura; era capaz de leer latín y un poco de griego, francés y español, y mi vocabulario de inglés era tan extenso que a veces tenía que explicarle a la señora McG las palabras que utilizaba. De vez en cuando Dennis me enseñaba ciencia; decía que había estudiado Medicina un tiempo, pero que se había pasado a la Biología, disciplina de la que daba clases a tiempo parcial en la cercana universidad. Debido a su formación, Dennis hacía las veces de médico de familia y dentista, excepto cuando estaba muy enferma, como ocurrió dos o tres veces; entonces llamaban al doctor Wilson. De todas maneras, Dennis nos ponía las vacunas a mí y a mi padre y nos hacía las revisiones anuales. Por suerte, yo tenía una buena dentadura.

Dennis me enseñó a nadar, aprovechando la piscina de la universidad, y también fue mi amigo. Era la única persona de la casa a quien le gustaba reír y hacerme reír. (La señora McG era demasiado impetuosa para eso; ella sólo sonreía y, además, la suya era una sonrisa nerviosa.) Dennis tenía un pelo ondulado, rojizo oscuro, que se hacía cortar todos los meses, más o menos; entre un corte y otro, le crecía casi hasta los hombros. La nariz, pecosa, era ganchuda como un pico de halcón. Como mi padre, era alto. Medía casi metro noventa, pero él era más corpulento. También tenía su genio, y nunca dudaba en mandar a paseo a Root cuando ésta se mostraba especialmente brusca o corrosiva, lo cual lo convertía en un héroe para mí.

Un día de finales de invierno, cuando tenía trece años, Dennis me explicó «las cosas de la vida». Se ponía colorado cuando le hacía las preguntas, pero respondió a todas. Luego, cuando ya no se me ocurrió nada más que preguntar, me dio unas palmaditas en la cabeza. Cuando volvió a marcharse abajo, yo me fui a mirar en el espejo del cuarto de baño. Pelo oscuro como mi padre, ojos azules, piel clara. Un asomo de obstinación en la cara.

Esa misma tarde me senté a observar los carámbanos que colgaban, como toldos, fuera de las ventanas del salón, desprendiendo un lento goteo. Durante meses, los días habían sido monocromáticos: siempre grises. Ahora escuchaba la proximidad de una nueva estación.

Fuera, mi padre estaba de pie en la entrada de coches. Parecía hablar solo. De vez en cuando lo veía allí, sin prestar atención a las inclemencias del tiempo, absorto en una conversación con nadie.

La señora McG me preguntó una vez si me sentía sola y no supe qué contestar. Por los libros sabía que las personas tienen amigos, que los niños tienen compañeros de juegos. En todo caso, yo tenía a mi padre, a Dennis y a la señora McG (y a Mary Ellis Root, por desgracia), y disponía de todos los libros que quería. Por eso tardé sólo unos segundos en responder que no, no me sentía sola.

Por lo visto, la señora McG no se quedó muy convencida. La oí hablar con Dennis de mi «necesidad de salir de la casa». «Ya sé lo mucho que su padre la quiere —añadió—, pero la sobreprotección no es buena.»

Y poco después, una tarde de lluvia me encontré dentro del coche de la señora McG. Habían decidido que cenaría en su casa y conocería a su familia. Después ella me devolvería a casa, antes de las diez de la noche, que era la hora en que me acostaba.

Llovía tanto que el cristal del coche volvía a inundarse de agua en cada pasada del limpiaparabrisas. Recuerdo las manos de la señora McG aferrando el volante. También me acuerdo de la calma que se produjo cuando el coche atravesó un paso subterráneo... Me quedé maravillada de ver cómo las cosas podían cambiar tan de repente de un estado a otro, para después volver al punto inicial.

No sé si estaba contenta; más bien, asustada. Yo salía muy poco de casa, sólo cuando me llevaban a hacer los exámenes en la escuela pública de la zona. Ese día no sabía qué me esperaba. Mi padre me había dicho que tenía un sistema inmunitario débil, igual que él, y que por eso era mejor que permaneciéramos lejos de las aglomeraciones de gente. De más pequeña, había sido una niña bajita y de aspecto frágil, pero ahora, a los doce, me veía más robusta, y mi curiosidad por el mundo se había acentuado también.

Tampoco es que no tuviera «mundología». Leía mucho y conocía «las cosas de la vida». Aun así, lo de la casa de la señora McG me pilló de improviso.

Vivía al sur de Saratoga Springs, en una casa pintada de blanco. Más bien habría que decir otrora pintada de blanco, porque, a fuerza de inviernos, la pintura se había deslucido y presentaba un aspecto lastimoso.

No bien entré, quedé abrumada por una cascada de ruidos, colores y olores. Aquella casa olía a gente. Por el suelo había montones de zapatos y botas de todos los tamaños, rodeados de charcos de nieve fundida. De las perchas colgaban abrigos y anoraks, y los olores a sudor y lana mojada se mezclaban con los del chocolate y las tostadas, además de con algo que no alcanzaba a identificar y que resultó ser olor a perro mojado.

La señora McG me llevó hasta la cocina. Allí, alrededor de la mesa, estaban sus hijos. Un niño de unos seis años, que estaba a punto de escupir a una de sus hermanas, contuvo el impulso.

—¡Tenemos visita! —gritó.

Los otros se quedaron mirándome. Un perro grande, amarillo, se acercó y me pegó el húmedo hocico a la pierna.

—Hola —dijo uno de los niños mayores, un chico moreno que llevaba una camisa a cuadros.

—¿Quién eres? —preguntó una niña de ojos verdes.

Una niña más alta se apartó la larga trenza rojiza de la cara agitando la cabeza antes de levantarse de la silla. Me sonrió.

—Es Ari —informó a los demás—. Yo soy Kathleen —se presentó—. Mamá dijo que vendrías.

—Siéntate aquí. —La niña de ojos verdes me ofreció una silla a su lado.

Tomé asiento. Eran diez, en total. Con sus ojos relucientes y las mejillas enrojecidas, me observaban con curiosidad. El perro se ovilló debajo de la mesa, junto a mis pies.

Kathleen me sirvió una taza de chocolate. Alguien me dio un plato de tostadas untadas con mantequilla y canela. Tomé un sorbo y di un mordisco a una tostada.

—Está delicioso —alabé, y todos parecieron satisfechos.

—Tómate tu tiempo para acostumbrarte —me aconsejó la señora McG—. Más adelante ya procurarás aprenderte sus nombres. Nunca conseguirás acordarte de tantos.

—Ni siquiera mamá se acuerda a veces —dijo Kathleen—. Nos llama «niño» o «niña».

—¿Te gusta ir en trineo? —me preguntó un chico de pelo oscuro.

—Nunca he probado —contesté, antes de limpiarme con la lengua las migas de los labios.

—¿Nunca has ido en trineo? —dijo con incredulidad.

—La señorita Ari no pasa mucho tiempo en la calle —señaló la señora McG—. No es una granuja como vosotros.

—Yo no soy una granuja —repuso la niña de ojos verdes, que tenía una nariz menuda, con dos pecas—. Soy demasiado pequeñita para ser una granuja.

—¡Pequeñita! —repitieron con tono burlón algunos de sus hermanos.

—Bridget es gordita, no pequeñita. Gordita como un cerdito —precisó el varón de más edad—. Me llamo Michael —añadió, entre las protestas de Bridget.

—Cuando Michael se acuesta por la noche, duerme como un soldado —informó Kathleen. Se puso de pie, muy tiesa, con los brazos pegados al cuerpo—. Así duerme, y no se mueve en toda la noche.

—No como Kathleen —puntualizó Michael—, que se revuelve y se destapa, y después se despierta helada.

Era como si sintieran una fascinación inagotable unos por otros. Surgieron otras voces, comentando que uno se despertaba antes del amanecer y que otro hablaba dormido. Me acabé la tostada y me bebí el chocolate, escuchándolos como si de lejanos pájaros se tratara.

—¿Estás bien? —me preguntó Kathleen casi al oído.

—Sí, sí.

—Somos bastante bulliciosos. Mamá dice que peores que los monos. —Volvió a echarse atrás la trenza. Parecía que, por más que se la apartara, siempre volvía a situarse delante del hombro. Tenía una cara menuda no muy agraciada, pero se le formaban hoyuelos cuando sonreía—. ¿Tienes trece años?

—Doce —dije—. Cumpliré trece este verano.

—¿Cuándo es tu cumpleaños?

Los otros se fueron marchando de la cocina, hasta que al final sólo quedamos Kathleen y yo en la mesa. Me habló de animales y de ropa, de programas de televisión, de cosas de las que yo apenas sabía nada... y lo poco que sabía, lo conocía por los libros.

—¿Siempre te vistes así? —me preguntó sin malicia. Me miré la austera camisa de algodón blanco almidonado y los holgados pantalones oscuros, también almidonados.

—Sí. —Y tuve ganas de añadir: «La culpa la tiene tu madre, que es quien me compra la ropa.»

Para ser justos, la señora McG no siempre me había comprado ropa sin gracia. Cuando era muy pequeña, a los dos o tres años, me compró un trajecito de cachemira muy alegre, con motivos rojos, verdes y azules. Mi padre puso mala cara al verlo y le pidió que me lo quitara de inmediato.

Kathleen llevaba unos vaqueros ajustados y una camiseta morada. Curiosamente, no estaban almidonados.

—Mamá dijo que necesitabas un poco de color en tu vida. —Se levantó—. Ven a ver mi habitación.

Mientras íbamos a la habitación de Kathleen, pasamos por un espacio abarrotado donde había una televisión que ocupaba una pared.

—Es la pantalla grande que papá nos compró por Navidad —explicó Kathleen.

Los McGarritt estaban instalados en dos sofás y diversas sillas, y también había algunos acostados con cojines en la alfombra, todos pendientes de la pantalla, donde se movían las imágenes de una extraña criatura.

—¿Qué es? —pregunté.

—Un alienígena del espacio. Michael es un fan del canal de ciencia ficción.

Omití decirle que nunca antes había visto un televisor.

—Ray Bradbury escribe sobre alienígenas del espacio —comenté en cambio.

—Nunca he oído hablar de él. —Ya iba por las escaleras, de modo que la seguí. Luego abrió la puerta de una habitación apenas mayor que el armario de mi dormitorio—. Entra —me invitó.

El cuarto estaba lleno a más no poder: una litera, dos cómodas pequeñas, un escritorio con una silla, una deshilachada alfombra roja atestada de zapatos. No había ventanas, y las paredes estaban cubiertas de pósteres y recortes de revistas. De una caja negra dispuesta encima de una cómoda salía una música vibrante; al lado había discos, pero no reconocí ninguno; en casa teníamos sobre todo música clásica, sinfonías y óperas.

—¿Qué clase de música te gusta? —le pregunté.

—Punk, pop, rock. Éstos son los Cankers. —Señaló un póster encima del escritorio: un individuo de pelo largo vestido de negro, con la boca abierta como si emitiera un gruñido—. Me encantan. ¿A ti no?

—Nunca he oído hablar de ellos.

Se me quedó mirando un instante.

—Bah, da igual. Supongo que será verdad lo que dice mamá... que has llevado una vida muy recogida.

Le dije que era una descripción bastante adecuada.

Mi primera visita a la casa de los McGarritt se me hizo interminable en ciertos momentos, pero cuando volvíamos a casa me pareció que había durado sólo unos minutos. El señor McGarritt, un hombre orondo con una gran cabeza calva, había venido a cenar. Comimos espaguetis, y la señora McG preparó una salsa especial sin carne para mí, que me sorprendió por su rico sabor.

Todos se apiñaban alrededor de la larga mesa, comiendo, charlando e interrumpiéndose unos a otros; los pequeños hablaban de la escuela y de un niño llamado Ford que los tenía atemorizados; Michael prometió que se encargaría de ese Ford; su madre aseguró que de ninguna manera iba a hacer tal cosa; su padre dijo «basta ya», y el perro amarillo (lo llamaban *Wally*, abreviatura de Wal-Mart, un supermercado cercano al lugar donde lo habían encontrado) emitió un aullido. Todos se echaron a reír, incluso el señor y la señora McG.

—¿Es verdad que no vas a la escuela? —me preguntó Bridget, que había acabado de comer la primera.

Como tenía la boca llena, asentí con la cabeza.

—Qué suerte —dijo Bridget.

—¿No os gusta la escuela? —pregunté, después de engullir.

—No. Y los demás se burlan de nosotros.

En la mesa se instaló el silencio. Entonces me volví hacia Kathleen, que estaba a mi lado.

—¿Es verdad? —le pregunté en un susurro.

Su expresión resultaba difícil de interpretar; parecía enfadada e incómoda, y avergonzada de lo que sentía, todo a la vez.

—Sí —confirmó en voz baja—, somos los únicos que no tienen ordenador y móvil. —Y, más alto, añadió—: Los ricos se burlan de todos los que tienen beca, no sólo de nosotros.

La señora McG empezó a recoger los platos y todo el mundo se puso a hablar otra vez.

Aquello no tenía nada que ver con las pautas de las conversaciones en mi casa; allí, se interrumpían y llevaban la contraria, gritaban y reían con estrépito y hablaban con la boca llena, y a nadie parecía molestarle. En casa siempre se acababan las frases; los diálogos eran lógicos, medidos; se desarrollaban en ondulantes espirales hegelianas, tomando en cuenta todas las alternativas antes de llegar a la síntesis.

En mi casa no había mucho espacio para las tonterías, eso es lo que pensé aquella noche mientras la señora McG me llevaba de regreso en el coche.

Después de darle las gracias, entré y me encontré a mi padre leyendo en su sillón junto a la chimenea, esperándome.

—¿Cómo te ha ido? —preguntó. Como estaba recostado en su sillón de cuero, los ojos le quedaban en el lado de la sombra.

Pensando en todo lo que había visto y oído, no supe cómo describirlo de manera global.

—Ha estado muy bien —respondí con cautela.

Él dio un respingo al oírlo.

—Tienes la cara roja —señaló—. Es hora de que te acuestes.

Cuando me iba de su casa, Kathleen me había tendido los brazos para darme un impulsivo abrazo de despedida. Me imaginé cruzando la habitación para darle un abrazo de buenas noches a mi padre. Sólo de pensarlo, parecía algo absurdo.

—Buenas noches —dije, y me fui arriba, todavía con el abrigo puesto.

A la mañana siguiente, muy temprano, me despertó algo. Medio dormida todavía, me levanté tambaleante y fui hasta la ventana.

Entonces oí un sonido sorprendente, una especie de agudo aullido. Parecía provenir del jardín de atrás. Más despierta ya, me trasladé a la ventana de ese lado, pero sólo atisbé un leve reflejo de nieve en la oscuridad.

El ruido cesó. Al cabo de un segundo oí un golpe, como si algo hubiera chocado contra la casa. La borrosa silueta de una persona salió del jardín a la calle. La seguí con la vista. ¿Mi padre?

Hubo un lapso y lo siguiente de que tuve conciencia fue de los gritos de la señora McG. En la habitación había luz. Me precipité escaleras abajo.

Estaba fuera, temblando, con su abrigo de invierno (con el cuello de foca de imitación) y un gorro de visón de imitación. Se encogió al verme.

—No mires, Ari —me dijo.

Yo ya había visto a *Marmalade* tendida en los escalones, entre la nieve salpicada con su sangre.

—Pobre gata —gimió la señora McG—. Pobre criatura inocente. ¿Qué clase de animal haría algo así?

—Vuelve dentro —me susurró con sequedad Mary Ellis Root.

Me cogió por los hombros y me dejó en el pasillo, más allá de la cocina. A continuación entró en la cocina y cerró con contundencia la puerta.

Dejé transcurrir unos segundos antes de abrirla. No había nadie en la cocina. Fui hasta la puerta de atrás y por la ventana que había al lado vi cómo Root levantaba la gata. La pobre *Marmalade* tenía el cuerpo rígido y el cuello roto: me causó una gran conmoción ver cómo se doblaba hacia atrás, la boca hacia el suelo.

Root llevó el cadáver a un sitio que no alcanzaba a ver, pero cuando pasó delante de la ventana pude observarle la cara y la tensa sonrisa que le curvaba los carnosos labios.

No dije nada a la señora McG de la borrosa figura que había visto en la oscuridad. De algún modo, intuía que sólo habría servido para empeorar las cosas.

Ese mismo día, mientras esperaba a mi padre para empezar las clases, oí voces provenientes de abajo.

—Felicidades —le dijo Root.

—Vaya —contestó mi padre—. ¿Y por qué?

—Por mostrar su verdadera naturaleza —respondió ella con un arrullo de satisfacción, y añadió—: He enterrado el gato.

Me fui corriendo al salón, porque no quería oír más.

2

El año en que cumplí los trece, me enteré de que casi todo lo que me habían contado sobre mi padre era mentira. No tenía lupus, no era vegetariano y nunca había querido tenerme.

No obstante, la verdad me llegó de manera gradual. No fue en cuestión de un momento, en una cegadora y dramática revelación, como habría preferido. Ésa es la complicación que entraña escribir la propia vida, que uno tiene que soportar los trozos largos y aburridos.

Por suerte, la mayor parte de ellos están en el capítulo anterior. En mi infancia hubo tan pocos hechos destacados que, vista en retrospectiva, parece como si hubiera estado sonámbula. Ahora quiero detenerme en los momentos en que me sentí más despierta, en el tiempo real de cuando tenía trece años y de lo que sucedió después.

Aquélla fue la primera vez que tuve una fiesta de cumpleaños. Los anteriores años, mi padre me daba un regalo a la hora de la cena y la señora McG preparaba un pastel mal cocido con el glaseado medio encharcado. Esos detalles se repitieron también ese año, pero además la señora McG me llevó a su casa el 16 de julio, el día después de mi cumpleaños. Iba a cenar y pasar la noche allí. Eso representaba otra primicia absoluta para mí, porque nunca había dormido en casa de nadie.

Desde el salón oí cómo mi padre arreglaba el programa con la señora McG. Tardó en quedar convencido de que estaría bien en otra casa.

—La niña necesita amigos —dictaminó con firmeza la señora McG—. Todavía está afectada por la muerte del gato del vecino, me parece. Necesita distraerse.

—Ari es frágil, señora McG —le recordó mi padre—. No es como los otros niños.

—Está sobreprotegida —afirmó ella con una convicción que no le suponía.

—Es vulnerable —insistió mi padre con tono calmado pero autoritario—. Sólo espero que no padezca la misma enfermedad que yo, ya que carecemos de medios para saberlo con certeza.

—No había pensado en eso —reconoció, contrita, la señora McG—. Lo siento.

—Aceptaré que Ari se quede a dormir —agregó mi padre tras una pausa—, si me promete tenerla vigilada y traerla a casa si algo ocurriera.

Ella así lo prometió. Yo cerré discretamente la puerta, preguntándome qué sería lo que tanto inquietaba a mi padre. Su excesiva preocupación me recordaba al padre de la princesa del cuento *La princesa y los duendes*, que vivía aterrorizado con la idea de que por la noche unas bestiales criaturas se colaran en su aposento y la secuestraran.

Michael tenía puesta música de rock a todo volumen cuando llegamos.

—¡Bájala! —fue lo primero que dijo su madre.

Kathleen bajó bailando las escaleras para recibirme. Todavía llevaba el uniforme del colegio: un vestido a cuadros con una blusa blanca de manga corta debajo, calcetines largos y mocasines. Tenía que asistir a las clases de verano porque la habían suspendido en Historia.

—¡Qué guapa vas! —me dijo.

Para el cumpleaños había pedido y recibido ropa nueva, y la llevaba puesta: una camiseta azul claro y pantalones de pana del mismo color. Ambas prendas me quedaban mas ajustadas que las que solía llevar. Además, me había dejado crecer el pelo, que antes Dennis me cortaba siempre en una media melena.

—¿Qué te parece?

—Muy sexy —aprobó.

—¡Kathleen! —la reprendió su madre.

De todas maneras, supe que no mentía cuando Michael entró en la habitación. En cuanto me vio, se dejó caer de espaldas en el sofá, fingiendo un desmayo.

—No le hagas caso —dijo Kathleen—. Sube mientras me cambio.

Arriba, me eché en la cama de Kathleen mientras ella se ponía unos vaqueros y una camiseta. Enrolló el uniforme y lo mandó a un rincón de un puntapié.

—Era de mi hermana Maureen —explicó. Maureen era la hermana mayor, a la que apenas veía porque estudiaba en un centro de Empresariales en Albany—. Vete a saber quién lo usó antes que ella. Aunque lo lavo cada dos días, sigue teniendo un olor raro. —Esbozó una mueca.

—Yo tengo suerte de no tener que llevar uniforme —dije, adelantándome a ella, porque siempre me repetía eso un par o tres de veces por semana.

Habíamos adoptado la costumbre de hablar por teléfono una hora cada noche, o más si nadie se quejaba, y la maldición del uniforme era uno de los temas fijos. También lo era un juego al que llamábamos «La mayor burrada» y que consistía en tratar de superar a la otra imaginando la cosa más horrible que se podía hacer por amor. La propuesta ganadora hasta el momento era «¿Te comerías el hilo dental usado por tu novio?», pergeñada por Kathleen. Aparte, le interesaba la cuestión del lupus de mi padre, de la que le había hablado su madre. En una ocasión me preguntó si yo pensaba que también lo tenía.

—No lo sé —respondí—. Por lo visto, no existen pruebas para detectar el lupus. —Después le advertí que no quería volver a hablar de eso y ella dijo que lo entendía.

—¿Y qué te han regalado para el cumpleaños? —me preguntó mientras se deshacía las trenzas, sentada en el suelo.

—Esta ropa nueva —le recordé—. Y los zapatos. —Levanté un poco los pantalones y extendí los tobillos.

—¡Converse All-Stars! —Cogió uno de sus mocasines y me lo arrojó—. Ahora vas más chic que yo. —Simuló llorar tapándose con el brazo y, cuando volvió a mirar, añadió—: Aunque, bien mirado, no.

Yo le lancé una almohada.

—¿Y qué más? —preguntó.

—¿Qué más me han regalado? Pues un libro.

—¿De qué va?

Vacilé un instante, porque sospechaba que su madre era la responsable de la compra del libro.

—Es una especie de guía de la feminidad —expliqué sucintamente.

—¿No será *Hacerse mujer*? —Asentí y ella dejó escapar una risita—. Ay, pobre Ari. Pobres de nosotras.

Ya había hojeado aquel libro de tapas verde azulado,

publicado por un fabricante de «productos de higiene femenina» (con una muestra gratuita metida en una bolsa pegada a la tapa). Tenía frases del tipo: «Tu cuerpo es algo único, un verdadero milagro que se merece unos cuidados especiales y una protección diaria», «¡Estás a punto de entrar en los sagrados dominios de la feminidad!». Me tenía preocupada el tono alegre y animado que mantenía sin tregua. ¿Acaso debía yo adoptar una actitud parecida para poder ingresar en aquellos sagrados dominios?

—¿Ya te ha venido entonces? —Kathleen me observó a través de una cortina de cabellos.

—Todavía no.

No lo dije, pero no me imaginaba experimentando el trago mensual que en el libro trataban de presentar como algo que valía la pena. Lo que es yo, con lo de los espasmos y engorros en general, habría preferido evitar el asunto.

—A mí me vino hace cinco o seis meses. —Se quitó el pelo de la cara y de repente me pareció mayor—. No es tan horrible. Lo peor son los dolores. Mamá me explicó cómo era, con más sinceridad que en esa sosería de libro.

Pensé en mi madre, y Kathleen se dio cuenta.

—¿Echas de menos a tu madre?

—No llegué a conocerla —repuse—. Pero de todas maneras la echo de menos. Desapareció cuando nací yo.

—Mamá nos lo contó —me confió Kathleen—. Dijo que ingresó en el hospital y nunca volvió a salir. Sabes, Ari, a veces las mujeres se trastocan un poco después de tener un hijo.

Aquello era una novedad para mí.

—¿Quieres decir que mi madre se volvió loca?

Ella se acercó y me tocó el brazo.

—No, no. No tengo idea de lo que pasó. Pero es una posibilidad. A la señora Sullivan, que vivía en esta misma calle, le pasó eso. Tuvo un niño y al cabo de unos días se la llevaron a Marcy, ya sabes, el manicomio. Una vez que entras allí, ya no vuelves a salir.

La señora McG nos llamó para que fuéramos a cenar, y yo acudí presurosa. Kathleen me había suscitado una nueva imagen de mi madre que no me gustaba nada: una mujer de rostro informe vestida con una camisa de fuerza, encerrada en una celda acolchada.

Habían puesto la mesa de una manera especial. En mi sitio había un plato de color crema con unas hojitas verdes pintadas, en lugar de los de porcelana blanca desportillada que tenían los otros, y al lado había regalos: cinco o seis paquetitos con lazos brillantes encima, algunos de los cuales llevaban la marca de los dientes de *Wally*, el perro.

Para nada me esperaba una cosa así. En casa no teníamos papel de regalo, ni vajilla especial. Ni siquiera por Navidad (que Dennis nos obligaba a celebrar, con la indiferente participación de mi padre y de Root) nos molestábamos en envolver los regalos, y cada persona recibía una cosa, siempre algo práctico.

—Ábrelos ya —me animó Kathleen, coreada por los demás.

Al apartar el papel, encontré clips para el pelo, jabón perfumado, una vela metida dentro de una flor de vidrio azul, un CD (de los Cankers, por supuesto) y una cámara desechable.

—Para que saques fotos de tu casa y nos las enseñes —precisó Michael.

—Pero si podéis venir a verla directamente —respondí.

—No, mamá dice que no.

Como la señora McG estaba en la cocina, no pude averiguar por qué lo había dicho, aunque me propuse preguntárselo en otro momento.

—Muchas gracias a todos —dije.

Cuando encendieron las velas de cumpleaños y me cantaron la canción, poco me faltó para ponerme a llorar, pero no por la razón que cabría suponer. Al mirarlos mientras permanecía allí de pie, detrás del tenue calor despedido por las velitas rosas, me di cuenta de lo unidos que estaban, de que todos, hasta el perro, formaban una piña. Y por primera vez en la vida me sentí sola.

Después de cenar, la familia McGarritt se congregó en el salón a mirar la tele. Primero se pelearon por el programa que cada cual prefería, hasta llegar a un acuerdo: primero, un documental para todos; después los adultos llevarían a acostar a los pequeños y nos dejarían ver a nosotros tres lo que quisiéramos.

Fue una experiencia curiosa, ver la televisión por primera vez a los trece años. En la enorme pantalla se sucedían los colores y las formas, como si estuviera viva. El sonido no parecía salir del aparato, sino de las paredes. Cuando un león luchaba contra una hiena, cerré los ojos porque las imágenes eran demasiado nítidas, demasiado reales.

El sonido que interrumpía el hechizo de la tele era la voz de Michael. Sentado detrás de Kathleen y yo, que estábamos encima de unos cojines en el suelo, iba introduciendo comentarios, como si fueran los propios animales los que hablaban. Un expresivo león que contemplaba desde lo alto de una colina a un antílope que pastaba en el llano dijo: «¿Podría acompañarlo con patatas fritas?»

Todos reíamos sus gracias. Yo lo hacía incluso cuando no captaba el chiste. Sin embargo, el padre lo encontraba molesto y lo mandó parar.

Cuando acabó el documental, el señor y la señora McG se fueron con los pequeños. Yo me incorporé.

—¿Adónde vas? —preguntó Michael—. Si ahora es cuando viene lo mejor.

Cogió el mando y empezó a cambiar imágenes en la tele. Acto seguido, sin haberlo pretendido, me encontré mirando la primera película de vampiros de mi vida.

Quizá se debiera al ambiente cargado de la habitación, a la predominancia de la enorme pantalla o al gran trozo de pastel que había comido después de la abundante cena. O quizá fuera la misma película en sí, con sus pálidas criaturas de largos colmillos que dormían en ataúdes y se levantaban por la noche para beber sangre humana. Fuera cual fuese el motivo, lo cierto fue que al cabo de diez minutos de comenzar la película, me sobrevino una oleada de náuseas.

Corrí al cuarto de baño y, no bien cerré la puerta, volvieron las arcadas. Agarrándome a los lados de la taza, cerré los ojos y me puse a vomitar. No los abrí hasta que tuve el estómago vacío y cesaron los espasmos.

Me mojé la cara con agua del grifo, bastante fría. En el espejo encima del lavabo vi una fluctuante imagen de mi cara, blanca, sudorosa, de ojos grandes y oscuros. Abrí la boca para enjuagarme y quitarme el sabor amargo y, cuando volví a mirar, la cara del espejo no era la mía.

¿Has visto, en tu propio reflejo, la cara de otra persona? A mí aquélla me devolvía la mirada con descaro, con unos ojos saltones de animal, un hocico por nariz, una boca de lobo, con largos y afilados caninos. Oí una voz, la mía, que suplicaba: «No, no.»

Entonces, tan de repente como había aparecido, se esfumó. Eran mis propios ojos los que me miraban, asustados, y mi pelo oscuro el que me rodeaba, medio mojado, la cara. Pero cuando abrí la boca, mis dientes habían cambiado: parecían más grandes y los caninos se veían más puntiagudos.

—¿Ari? —me llamó Kathleen desde fuera.

Tiré de la cadena, me lavé las manos y me aparté el cabello de la cara.

—Estoy bien —dije.

«Demasiada fiesta», fue el diagnóstico de Kathleen.

—No querrás irte a casa, ¿no?

—Desde luego que no. —Aunque tampoco quería pasarme la noche charlando—. Necesito dormir un poco —agregué.

Lo que en realidad quería era tener tiempo para pensar. No obstante, en cuanto Kathleen apagó las luces, me quedé dormida casi de inmediato, y no soñé ni me desperté hasta la mañana, cuando la casa cobró vida con los ruidos del crujir de la madera del suelo, los portazos, el agua de las cañerías y una voz petulante que advertía: «Ahora me toca a mí...»

Desde la litera de abajo que me habían adjudicado (Bridget se acostó en otra habitación), vi que Kathleen ya no estaba en la suya. Entonces volví a tumbarme, para repasar lo ocurrido la noche anterior. Como todavía no quería pensar en el espejo, me centré en la película. Mi conclusión fue que lo que me había impresionado era la manera en que se movían los vampiros. Nada de lo demás, ni el hecho de dormir en ataúdes, ni las cruces y los ajos ni las estacas en el corazón, me había afectado lo más mínimo. Pero aquella facilidad para deslizarse, el donaire para pasar de un espacio a otro, me habían recordado a mi padre.

Kathleen llegó, ya completamente vestida.

—Tienes que levantarte, Ari —me dijo—. Si no, te perderás los caballos.

Kathleen comentó que a aquellas alturas me conocía lo suficiente para no preguntarme si había ido alguna vez al hipódromo.

—Y apuesto a que tampoco sabes ir en bicicleta. ¿No es así, señorita de vida recogida?

—Es triste pero cierto —reconocí.

Aunque era una mañana luminosa, la humedad se concentraba en bancos de niebla y sentía frío en los brazos. Caminamos deprisa por la calle. A las seis de la mañana no había casi nadie fuera.

—Esto es lo mejor que tiene vivir en Saratoga Springs —aseguró—. Ya verás.

Pasamos por varias manzanas de casitas, rectángulos modernos en su mayoría, muy distintos de las pomposas mansiones victorianas de mi barrio, y después cruzamos una gran explanada verde.

—El hipódromo queda por allí. —Kathleen señaló otra masa de niebla—. Aquí es donde entrenan los caballos.

Me llevó al lado de una valla blanca. Había otras personas paradas, tomando café, esperando algo.

Los oímos antes de verlos. Primero resonó el amortiguado choque de los cascos, como un mudo redoble de tambores, y luego surgieron entre la niebla, corriendo sin freno, con los jinetes pegados al cuello. Dos caballos blancos y dos más oscuros pasaron como centellas a nuestro lado para volver a esfumarse en medio de la niebla.

—Es una pena que no podamos ver más —lamentó Kathleen.

Yo estaba demasiado emocionada para decirle que no estaba de acuerdo, que presenciar una manifestación momentánea de caballos era algo mucho más mágico de lo que podría ser verlos con claridad. Entonces llegó otro, más despacio, y la blanca niebla se abrió para desvelar un bello ejemplar pardo con la crin negra. El jinete iba inclinado hacia su oreja y le cantaba en voz baja.

Kathleen y yo nos miramos con una sonrisa.

—Éste es el mejor regalo de cumpleaños de todos —le dije.

Emprendimos el camino de regreso a casa de los McGarritt por el césped, cerca de las caballerizas. Kathleen me hablaba de un chico del colegio que le gustaba; después dejé de escucharla.

Alguien me estaba observando. El hormigueo que sentía en la piel me advertía de ello. Miré en derredor, pero sólo vi niebla y hierba.

—¿Qué pasa? —preguntó Kathleen.

La noté tan preocupada que le hice una mueca, y entonces se echó a reír.

—Hagamos una carrera —propuse.

Fuimos corriendo hasta la calle. Para entonces se había disipado la sensación.

Esa mañana, más tarde, la señora McG me llevó a casa y Kathleen también vino. Por lo visto, la señora McG se había replanteado la prohibición, porque se quedó en el coche y dejó que Kathleen me ayudara a llevar mis cosas dentro. Nuestra casa estaba fresca, como siempre. Habían bajado las persianas para que no entrara el calor.

—Cuánto espacio tienes —dijo Kathleen mientras observaba mi habitación, con sus paredes azul claro, los revestimientos de madera y las molduras color marfil y las cortinas de terciopelo azul oscuro de las ventanas recogidas con un alzapaño—. Y no tienes que compartirlo con nadie. ¡Hasta dispones de cuarto de baño propio!

Le gustó en especial la lámpara de mi mesita de noche, que tenía una pantalla de porcelana hexagonal. Cuando estaba apagada, la pantalla parecía de marfil abollado. Cuando estaba encendida, cada lado adquiría vida con la imagen de un pájaro: un arrendajo, un purpúreo, un reyezuelo, una oropéndola y una paloma. Kathleen la encendió y la apagó varias veces.

—¿Cómo funciona?

—Este tipo de dibujos se llaman litofanías. —Mi padre me lo había dicho hacía años—. La porcelana está grabada y pintada por debajo. Míralo y verás.

—No —declinó—. Es mágico. No quiero saber cómo está hecho. —Apagó la lámpara, antes de añadir—: Qué suerte tienes.

Me esforcé por verlo desde su punto de vista.

—Puede que en algunas cosas sí —concedí—, pero no me divierto tanto como tú. —Era la pura verdad.

—Me gustaría que fuéramos hermanas —dijo ella, apretándome el brazo.

Bajábamos por la escalera cuando mi padre pasó con un libro en la mano y elevó la mirada hacia nosotras.

—Vaya, sois sólo dos chicas —dijo sonriente—. Sonaba como si hubiera una manada de elefantes.

Le estrechó la mano a Kathleen, que se lo quedó mirando fijamente, y después se fue hacia la biblioteca.

Nosotras nos dirigimos a la puerta.

—¿Por qué no me habías dicho que tu padre era tan guapo? —me susurró Kathleen.

No supe qué contestar.

—Qué lástima que tenga lupus. —Kathleen abrió la puerta y se volvió hacia mí—. Parece una estrella de rock. Nuestro padre parece un carnicero, que es lo que es. No eres consciente de todo lo bueno que tienes, Ari.

Después de marcharse mi amiga, la casa parecía más grande que nunca. Fui a ver a mi padre a la biblioteca. Estaba sentado al escritorio, leyendo. Lo miré, con la barbilla apoyada en las largas y estilizadas manos, la hermosa boca que siempre tenía una leve expresión de decepción y las largas pestañas oscuras. Sí, mi padre era muy guapo. Me pregunté si se sentía solo alguna vez.

—¿Qué ocurre, Ari? —preguntó sin levantar la vista, con su voz grave y melodiosa, como siempre.

—Tengo que hablar contigo.

—¿De qué?

Elevó la barbilla y me miró. Yo respiraba hondo.

—De una bicicleta.

Al principio mi padre dijo que se lo pensaría. Después, al cabo de unos días, dijo que había hablado del asunto con Dennis y que éste opinaba que el ejercicio sería beneficioso para mí.

—Ya sé que estás creciendo —reconoció mi padre el día en que fuimos a comprar la bicicleta—. También sé que necesitas más independencia. —Se llenó los pulmones y espiró—. Ya sé todo eso, pero me cuesta porque desearía mantenerte a salvo en casa.

Íbamos en su viejo Jaguar negro, lo cual suponía todo un acontecimiento. Él sólo utilizaba el coche una vez al mes, como mucho, y casi nunca me llevaba consigo.

Era una cálida tarde de verano de finales de julio. Iba vestido con su habitual traje oscuro —los trajes y las camisas se los hacían en Londres, según me había explicado cuando le pregunté por qué nunca iba de compras— y se había puesto un sombrero de ala ancha, gafas oscuras, guantes y un pañuelo en el cuello para protegerse del sol. Otra persona habría parecido rara vestida de esa forma, pero mi padre se veía elegante.

—Tendré mucho cuidado —prometí.

No respondió nada.

La tienda de bicicletas quedaba cerca de un centro comercial; Kathleen y yo habíamos ido en autobús al centro la semana anterior y me había enseñado dónde estaba. Ella y Michael también habían debatido sobre las cualidades de diversos modelos y estilos, hasta reducir sus recomendaciones a tres. Yo llevaba la lista en el bolsillo.

Pero al llegar a la tienda supe que no iba a necesitarla, ya que entre las hileras de bicicletas estaba Michael.

Cuando me vio, se puso colorado.

—Kathleen me dijo que hoy era el gran día —alegó—, y no podía dejarte tomar la decisión sola.

—¿Por miedo a que me equivoque? —repliqué, pero él ya estaba mirando detrás de mí.

—¿Cómo está, señor? —saludó con una curiosa tensión en la voz.

—¿Y de qué conoces a Ariella? —preguntó mi padre, que había llegado hasta nosotros.

—Es el hermano de Kathleen —expliqué.

Mi padre asintió con la cabeza y estrechó la mano de Michael sin quitarse los guantes.

—¿Y qué te parecen estas bicicletas?

Cuando hablamos por teléfono más tarde, Kathleen me dijo que estaba enfadada con Michael por no haberla avisado de que iba a ir a la tienda.

—Dice que tu padre parece un príncipe gótico —comentó. Su tono, más que sus palabras, expresó que aquello era algo bueno, «una pasada», para usar un término frecuente en su casa y que nunca se usaba en la mía.

Me tenía asombrada la facilidad con que los McGarritt acogían y veían el lado bueno de la gente, incluso de las personas extrañas como mi padre y yo. Quizá se debiera al ambiente pretencioso que tenían que soportar en la escuela (y en el resto de Saratoga Springs), o tal vez fuera una tendencia hereditaria que los hacía así de afables.

En cualquier caso, ahora tenía una bicicleta azul y plateada. Dennis me enseñó a montar en un día tan sólo, de modo que, cuando me presenté pedaleando en casa de los McGarrit, Michael se quedó sorprendido.

—Eso es que se te dan muy bien estas cosas —me dijo.

Así lo esperaba yo, porque para otoño ya tenía previsto pedirle a mi padre que me dejara ir a clases de equitación.

Con la bicicleta, la ciudad entera se puso a mi alcance.

Al principio sólo salía con Kathleen. El fin de semana nos dábamos cita en el hipódromo para ver el entrenamiento de los caballos y luego íbamos al centro, donde a veces tomábamos bocadillos con un refresco. Después yo volvía a casa pedaleando para recibir las clases de la tarde y ella se iba al colegio, para las clases de recuperación de Historia. Kathleen consideraba extremadamente cruel tener que ir al colegio en verano, pero a mí me apetecía asistir a las clases con mi padre. Me gustaba aprender.

Antes de conocer a Kathleen, nunca había estado en un restaurante. ¿Nos imaginas a mi padre, Dennis, Mary Ellis Root y yo en un restaurante italiano? En casa teníamos comida de sobra y no necesitábamos ir fuera. No obstante, Kathleen me enseñó lo divertido que era elegir la comida de un menú. Los sándwiches de queso gratinado de los bares sabían mucho mejor que cualquiera de los platos que preparaba la señora McG, aunque nunca se lo dije, por supuesto.

Kathleen también me inició en el uso de la biblioteca pública y de Internet. No podía creer que nunca hubiera utilizado un ordenador en casa. Los dos del sótano eran para el trabajo de investigación de mi padre y Dennis, pero nunca se me había ocurrido pedir que me dejaran usarlos.

Aquel verano tampoco los utilicé. Teníamos demasiadas cosas que hacer. Cada vez íbamos más lejos con las bicis, hasta la rosaleda de Yaddo e incluso más allá, hasta el lago. Al principio no podía ir tan deprisa como ella, pero con el tiempo gané velocidad. Experimenté mi primera insolación, que me provocó fiebre y una erupción tan fuerte que mi padre llamó al doctor Wilson, el cual me dio un sermón y me mandó guardar cama dos días; después de eso, me apliqué religiosamente el protector solar de índice 50 del enorme bote que Root había dejado en el tocador de mi cuarto, al tiempo que me asestaba una mirada cargada de desprecio.

Mi primer beso me produjo una reacción menos violenta. Una noche fuimos en grupo al lago, a ver los fuegos artificiales. Los demás no paraban de dar manotazos para espantar moscas y mosquitos, pero a mí no me importunaron los insectos. Me distancié un poco de los otros, para ver mejor, y cuando aparté la vista del cielo Michael estaba a mi lado. Vi el reflejo de una lluvia de estrellas rojo rubí en sus ojos y luego me besó.

Tienes razón, aún no he descrito a Michael, ¿verdad? Creo que ese verano tenía dieciséis años. Era un chico de estatura media, pelo castaño oscuro, ojos castaños y piel tostada. Pasaba todo el tiempo que podía al aire libre, nadando o yendo en bicicleta. Era musculoso y delgado, con una cara inexpresiva que no variaba ni siquiera cuando contaba chistes, cosa que hacía a menudo. De vez en cuando le birlaba cigarrillos a su padre; recuerdo el olor a tabaco. ¿Es suficiente así? Creo que ya es suficiente en lo tocante a él.

Julio dio paso a agosto, y todos los hermanos McG se preparaban para volver al colegio, comprando cuadernos y lápices, yendo al dentista y al peluquero, hablando de sus profesores... Un día sopló un viento frío llegado de Canadá que dejó en Saratoga Springs el inconfundible aviso de que el verano no duraría para siempre.

Tal vez fuera esa certeza lo que me puso de mal humor. O tal vez la causa fuera que echaba de menos a Dennis, el ayudante de mi padre, que ese mes estaba en Japón para una investigación. Desde que era pequeña tenía una debilidad especial por mí. Me acordé de cómo me llevaba a hombros, fingiendo ser un caballo, y cómo me hacía reír. Se llamaba a sí mismo mi «gran amigo pecoso». Volvería al cabo de unas semanas, y por el momento debía contentarme con dicha perspectiva.

Me esforzaba por leer una selección de poemas de Edgar Allan Poe, y no me resultaba fácil. Ya había sufrido con *Las aventuras de Arthur Gordon Pym*, que me pareció pesado y farragoso, pero la poesía era aún peor. Al cabo de una hora mi padre subiría, esperando que hubiera captado nociones de metro y rima, y yo sólo podía pensar en que Michael (y Kathleen) estaban de compras y que no iba a verlos en todo el día.

La señora McG me había preparado una tortilla para la comida, tan insípida que sólo había podido comer unos bocados. No entendía por qué lo que cocinaba en su casa tenía mucho mejor sabor.

A la una fui al encuentro de mi padre en la biblioteca.

—¿Sabes? —le dije—. No me parece gran cosa la poesía de Poe.

Enarcó una ceja, sentado al escritorio.

—¿Y cuánto has leído, Ariella?

—Lo bastante para saber que no me gusta. —Hablaba deprisa para ocultar la verdad, que había leído la primera y la última estrofa y me había saltado el resto—. Las palabras son sólo... palabras en la página.

—¿Cuál has leído?

Era muy propio de él adivinar que sólo había leído una.

Abrí el libro y se lo entregué.

—«Annabel Lee» —dijo, acariciando el nombre con la voz—. Ay, Ari, me parece que no lo has leído bien.

Entonces leyó el poema en voz alta, casi sin mirar el

libro, sin abrir pausas entre los versos ni las estrofas, y las palabras sonaron como música, como la canción más triste del mundo. Cuando leyó los versos finales («*Yazgo al lado de mi amada, mi novia bien amada / Mientras retumba en la playa la nocturna marejada / Yazgo en su tumba labrada cerca del mar rumoroso / En su sepulcro a orillas del océano proceloso*»), yo estaba sollozando. Y cuando levantó la mirada, vi lágrimas en sus ojos.

Enseguida se recobró.

—Perdona —dijo—. No fue buena idea elegir a Poe.

Pero yo no podía parar de llorar. Incómoda, me marché arriba, mientras en mi cabeza resonaban los versos del poema: «*Pues los astros no se elevan sin traerme la mirada / Celestial que, yo adivino, son los ojos de mi amada. / Y la luna vaporosa jamás brilla baladí / Pues su fulgor es ensueño de mi bella Annabel Lee.*»

Me eché en la cama y lloré como nunca... por mi madre y mi padre y por mí, y por todo lo que habíamos sido y podríamos haber sido, y por todo lo que se había perdido.

Dormí de un tirón hasta temprano por la mañana, cuando me desperté con la conciencia de haber tenido un sueño muy intenso. (Casi todos los sueños que he tenido desde entonces han sido intensos, y siempre los recuerdo. No sé si te sucederá lo mismo a ti.) En ese sueño había caballos, abejas y la voz de una mujer que cantaba: «*Cuando la noche llega tras la azul lontananza, mi espera por ti se tiñe de añoranza.*»

Me levanté con la canción todavía presente en la cabeza y fui al cuarto de baño. Allí descubrí que, mientras dormía, mi cuerpo había entrado «en los sagrados dominios de la feminidad». Después de lavarme, bajé y se lo conté a la señora McG, que se ruborizó. Según deduje posteriormente, ella debió de decirle algo a mi padre, porque esa tarde parecía más distante y distraído que nunca conmigo. Cuando me miraba tenía una expresión de recelo.

Estábamos trabajando en pruebas de geometría (un tema que en mi fuero interno adoraba) y yo estaba concentrada demostrando que los ángulos contrarios de un cuadrilátero inscrito en un círculo son suplementarios. Cuando levanté la vista, mi padre me estaba observando con fijeza.

—¿Papá?

—Estabas tarareando —señaló.

La conmoción que traslucía su voz me pareció casi cómica.

—¿Y es algo tan malo? —pregunté.

—La canción. ¿Dónde la aprendiste?

Todavía sonaba en mi interior: «*Cuando la noche llega tras la azul lontananza, mi espera por ti se tiñe de añoranza.*»

—La soñé anoche —repuse—. Incluso soñé la letra.

Asintió, aún afectado.

—Era una de sus preferidas —acabó por decir.

—¿De mi madre? —No tenía necesidad de preguntarlo. «¿Por qué no puedes decir eso, papá? ¿Decir que era la canción preferida de mi madre?», pensé.

Parecía tan apabullado como si, en lugar de pensarlo, yo lo hubiera expresado de viva voz.

Más tarde efectuamos la pausa habitual para el yoga y la meditación. Realicé las posturas de yoga sin siquiera pensar en ellas, pero cuando llegó la parte de la meditación, no podía parar de pensar.

Mi padre me había enseñado un mantra de meditación: «¿Quién soy? No lo sé.» Yo repetía la frase una y otra vez, y por lo general entraba en un estado en que perdía la conciencia de mí misma, en que mi mente quedaba vacía y abierta y me sentía en paz. Aquel día, en cambio, el mantra se abrevió en mi cabeza, adquiriendo un timbre de enfado: «No lo sé, no lo sé, no lo sé.»

Una tarde de sábado de finales de verano, Kathleen se puso a tomar el sol en una toalla extendida encima del césped de la parte posterior de nuestro jardín. Yo me quedé sentada a la sombra del castaño de Indias, aspirando el aroma de los dientes de león recalentados por el sol. Las cigarras cantaban y, aunque el sol era fuerte, la brisa traía un leve preludio de invierno. Las dos llevábamos bañador y gafas de sol. Kathleen tenía la piel reluciente de aceite y la mía estaba cubierta con una capa de crema protectora.

—Michael se presentará al examen para el permiso de conducir en octubre —dijo—. Papá le prestará el Chevy los fines de semana, a condición de que no vuelva tarde. Así podrá pasearnos por ahí.

—Deberíamos comprarle un uniforme —contesté con indolencia.

Kathleen se quedó desconcertada un momento y luego sonrió.

—Chófer personal —comentó—. ¿Te imaginas?

—Nosotras iremos en el asiento de atrás. —Me recogí el pelo, que ya me llegaba por debajo de los hombros y lo enrosqué en la nuca.

—¿Qué es ese olor? —Kathleen se incorporó de repente.

Un tenue olor conocido, a algo quemado, se intensificó a medida que husmeaba el aire.

Se puso en pie. Se encaminó a la casa y se detuvo varias veces a olisquear. Yo la seguí.

El olor provenía del sótano. Kathleen fue directamente hacia una ventana de bisagras que alguien había abierto y se arrodilló para mirar dentro.

Sentí el impulso de avisarla, pero no dije nada y me arrodillé en silencio a su lado.

Aquélla era la habitación que yo llamaba cocina de noche. Mary Ellis Root estaba troceando carne en una mesa de madera. Detrás de ella, encima de un fogón de gas graduado al máximo, había una cazuela hacia la que lanzaba los pedazos de carne con una mano, por encima del hombro, sin errar ni una vez.

Toqué el hombro de Kathleen para hacerla retroceder antes de que nos descubrieran. Nos retiramos debajo del castaño.

—¿Quién es esa bruja, y qué está haciendo? —preguntó.

Le expliqué que Root era la mayordoma de mi padre.

—Él tiene una dieta especial —dije. Y para mis adentros añadí: «Que siempre pensé que era vegetariana, como la mía.»

—Tenía un aspecto igual de repugnante que el olor —afirmó mi amiga—. Parecía como hígado, o corazones.

Más tarde, volvimos a mi cuarto a cambiarnos de ropa. Kathleen cogió la cámara desechable de mi cómoda y me sacó una foto poniéndome la camisa. Le arrebaté la cámara.

—Eso no se hace —protesté.

Ella volvió a recuperarla, riendo, y se fue a toda prisa por el pasillo. Acabé de abrocharme la camisa antes de lanzarme en su persecución.

El largo corredor revestido de madera de cedro me recibió como unas fauces, vacío. Empecé a abrir puertas de habitaciones, convencida de que se había escondido.

La casa, tan familiar, de pronto se me antojó extraña. La veía con los ojos de Kathleen. Las alfombras gastadas y los muebles victorianos combinaban con aquel tipo de vivienda, y yo estaba segura de que era mi madre quien los había elegido.

Allí estaba el dormitorio que habían compartido mis padres; en aquella cama con dosel se habían acostado. Ahuyenté enseguida aquella noción para centrarme en el empapelado. Los ramilletes de lavanda contra un fondo marfil alternaban en agrupaciones de seis flores con otras de dos, con monótona regularidad del techo hasta el suelo, y en un lugar próximo a las tablas de madera donde se había despegado una esquina de papel se veían unos dibujos verde oliva. Me pregunté cuántas capas de papel tendría que levantar para encontrar un motivo que me gustara.

Todas las habitaciones estaban vacías. Miré incluso en los armarios. Había entrado en el último cuarto cuando intuí un movimiento a mi espalda y, al volverme, Kathleen me tomó una foto.

—Pillada —dijo—. ¿Por qué tienes esa cara de asustada?

—No sé.

Sin embargo, sí lo sabía: había tenido miedo de que le hubiera ocurrido algo... no sabía muy bien qué.

—Vamos al *drugstore* a revelar esto —propuso, agitando la cámara.

—Pero si aún no hemos gastado todo el carrete.

—Sí, está gastado. —Me sonrió con malicia—. Mientras tú perdías el tiempo aquí, yo he sacado varias fotos abajo, incluida una de tu apuesto padre que pienso colgar en mi cuarto.

—Ya. —Esperaba que fuera una broma.

—No te preocupes —me tranquilizó—. No lo he molestado para nada. Estaba tan concentrado leyendo que ni me ha visto.

Mientras bajábamos, Kathleen se detuvo para examinar un cuadro de la pared.

—Espeluznante —dictaminó.

Era una naturaleza muerta con un tulipán, un reloj de arena y una calavera. Yo estaba tan acostumbrada a él que raras veces me fijaba.

—Se llama *Memento Mori* —expliqué—, que significa: «Recuerda que eres mortal.»

Kathleen volvió a observarlo.

—Espeluznante —repitió—. Espeluznante pero gracioso.

Me pregunté quién habría elegido esa pintura para colgarla allí.

Mientras esperábamos a que revelaran las fotos merodeamos por las tiendas climatizadas del *drugstore*. Probamos muestras de maquillaje y perfumes y abrimos botes para oler varias marcas de champú. También leímos revistas en voz alta, comentando entre chillidos las hazañas de las estrellas de Hollywood. El cajero nos lanzaba miradas de odio cada vez que pasábamos delante de él.

Como ese día no había muchos clientes, en cuestión de media hora tuvimos las fotos listas.

—¡Aleluya! —exclamó el empleado cuando nos marchamos.

Fuimos al parque a mirarlas. Kathleen desgarró el sobre en cuanto nos sentamos en un banco.

Constaté con gran humillación que en la primera salía yo con pantalones y sujetador, con la camisa en la mano.

—Te voy a matar —dije.

Mi único consuelo era que la foto estaba borrosa; debía de habérmela sacado mientras me movía. Intenté quitársela de las manos, pero no se dejó.

—Michael pagará por verla.

Estuvimos forcejeando hasta que logré romper la foto en dos pedazos que después estrujé entre las manos. La reacción de abatimiento que tuvo Kathleen me produjo risa.

Recordando las otras fotos que se habían quedado en el banco, nos precipitamos a la vez sobre ellas. Como de costumbre, ella llegó la primera.

—Ya no hay más de desnudos parciales, qué lástima —dijo, pasándolas rápidamente—. ¿Ves? Quería enseñarles a los de casa cómo es tu mansión.

Como fotógrafa poco segura de sí, había hecho varias tomas de los mismos lugares. Fuimos mirándolas una por una. La escalera de la entrada. La alcoba con la ventana de cristal de colores. La entrada. La biblioteca desde fuera. El salón. Y luego, el sillón de cuero verde de mi padre, con una especie de luminosidad encima.

—¿Dónde está? —dijo—. ¿Qué ha ocurrido?

—Debe de ser culpa de la cámara —aduje.

En realidad estaba pensando en la película de vampiros que habíamos visto, en la escena del espejo donde no se reflejaba Drácula. Y aunque no lo dijera, tuve la impresión de que Kathleen también pensaba en esa misma escena.

En la última foto aparecía yo. Me la había sacado justo antes de decirme que tenía cara de susto, pero como salió tan borrosa, no había forma de percibir mi expresión.

Aquel día de agosto quedó grabado en mi recuerdo como el último día del último verano de inocencia.

Cuando Kathleen me llamó por la tarde, no hablamos de las fotografías. Pusimos buen empeño en no mencionarlas.

Faltaban pocos días para que ella empezara en el colegio, y comentó que estaba nerviosa. Dijo que a las dos nos convenía «cambiar de imagen» y que sería buena idea hacernos perforar las orejas en el centro comercial. Lo malo era que, al ser menores de dieciséis años, necesitábamos el consentimiento de los padres.

—¿Y cómo está tu apuesto padre? —preguntó con fingida animación—. ¿Te dejará perforar las orejas?

—El apuesto padre está triste —respondí—. Y dudo que me dé permiso.

—Iremos insistiendo. Lo primero que hay que hacer es alegrarlo. Debería volver a salir con mujeres —opinó Kathleen—. Lástima que yo sea aún demasiado joven.

Emití un sonido de repugnancia, pero ambas estábamos actuando, representando papeles que habían sido espontáneos hasta el día anterior.

—Mañana a las siete —dijo con voz apagada—. Será nuestra última cita de la temporada con *Justin* y *Trent*.
—Eran los nombres que habíamos puesto a nuestros caballos favoritos.

—Que duermas bien —le deseé antes de colgar.

Fui a darle las buenas noches a mi padre, que estaba,

como siempre, en el salón, leyendo *El diario de Poe*. Traté de imaginármelo como una mera pantalla de ectoplasma. Él me sostuvo la mirada sin inmutarse, con un amago de hilaridad.

Después de haberle deseado que durmiera bien, le pregunté:

—¿Nunca te sientes solo?

Él ladeó la cabeza y sonrió. Fue una de aquellas escasas sonrisas suyas, tan encantadoras, que le daban un aspecto de muchacho tímido.

—¿Cómo podría sentirme solo, Ari —contestó—, teniéndote a ti?

3

Los alemanes lo llaman *Ohrwurm*, o gusano en la oreja: una canción que se le prende a uno al cerebro. Toda la mañana siguiente, mientras contemplábamos los entrenamientos de los caballos, estuve oyendo en mi interior la canción del sueño.

Ese día, sin embargo, la letra presentaba algunas diferencias:

> *Cuando la noche llega*
> *Desde un lejano ocaso*
> *La lontananza azul te llama*

La continua repetición de la canción no me importunaba. En otras ocasiones me entregaba a curiosos ejercicios mentales, que, en mi condición de hija única, acogía como una interesante distracción. A comienzos del verano había empezado a soñar con crucigramas (¿a ti no te ocurre?). Las definiciones y las casillas se me iban apareciendo por partes, con lo cual era casi imposible rellenar más de una palabra a la vez. Me había despertado con unas cuantas definiciones —«verdor tropical» (ocho letras) o «islas de tierra» (ocho letras)— todavía en la cabeza, contrariada por no haber podido reconstruir el crucigrama. La canción de la «lontananza», en cambio, no me afectaba en lo más mínimo; era como un telón de fondo natural.

Los otros espectadores del hipódromo debían de estar acostumbrados ya a nuestra presencia a esas alturas, pero nadie nos dirigió nunca la palabra. Supongo que serían ricos propietarios de caballos en su mayoría, porque aunque llevaran ropa deportiva, arrugada incluso, ésta se veía cara. Apoyados en la valla blanca, tomaban café en grandes tazas de aluminio, sin hablar apenas; el aroma de su café llegaba hasta nosotras a través del húmedo aire matinal, junto con el olor de los caballos, el trébol y el heno, formando un concentrado verde y dorado de esencia de mañana estival en Saratoga Springs. Yo lo aspiraba, tratando de retenerlo en los pulmones. Al cabo de unos días la temporada acabaría y todos los presentes estarían en otro sitio. El perfume del verano resultaría sustituido poco a poco por el aroma del humo de las chimeneas y de las hojas caídas maceradas con la lluvia, que más tarde cedería paso a la gélida y blanca fragancia de la nieve.

A sólo unos metros de los ricos había toda una comunidad de trabajadores: jinetes para los paseos, entrenadores y mozos de cuadra. Muchos de ellos hablaban en español entre sí. Kathleen me había dicho que venían a Saratoga Springs para la temporada de las carreras, de julio a agosto. Después la mayoría se iba a otra parte.

Kathleen y yo hablamos poco esa mañana, como si nos entorpeciera la timidez. Después de mandar mensajes de despedida «hasta el verano próximo» a nuestros preferidos, *Justin* y *Trent*, nos dirigimos al centro en las bicicletas.

Paramos en la biblioteca. Aparte de la biblioteca, el

drugstore y el parque, no había muchas posibilidades para dos adolescentes con poco dinero. El centro comercial quedaba un poco lejos para ir en bici, igual que el lago y la rosaleda Yaddo.

El centro de Saratoga Springs estaba destinado a clientes de categoría; en la calle Broadway y aledaños había cafeterías, tiendas de ropa (a las que Kathleen llamaba *yuppie shops*), restaurantes y bares y un establecimiento de ropa de segunda mano, más caro de la cuenta, lleno de rebecas de cachemira apolilladas y «vaqueros de diseño» pasados de moda. A veces nos metíamos entre las hileras de ropa anticuada, mofándonos de los modelos, hasta que los propietarios nos pedían que nos fuéramos.

En la joyería era peor; si el dueño estaba allí, ni siquiera entrábamos, porque ya sabíamos que nos diría: «Váyanse a otra parte, señoritas.» Pero si detrás del mostrador sólo estaba la dependienta joven, nos colábamos y nos dedicábamos a observar con detenimiento las vitrinas de rutilantes anillos, collares y broches. Kathleen tenía predilección por los diamantes y esmeraldas; yo, por los zafiros y peridotos. Conocíamos el nombre de todas las joyas de la tienda. Si la dependienta nos decía algo, Kathleen tenía a punto una osada respuesta: «Le conviene ser amable con nosotras. Somos sus futuras clientas.»

En la biblioteca nadie nos pedía que nos fuéramos. Nos encaminamos directamente a los ordenadores para utilizar Internet. Kathleen me había enseñado a navegar. Ella se instaló frente una pantalla, a consultar su correo y buscar las botas de su vida, mientras en otra yo pasaba de una página web a otra, resuelta a encontrar información sobre los vampiros.

La búsqueda correspondiente a «vampiros y fotografías» me remitió a más de ocho millones de enlaces con un abanico que iba de lo fantástico a lo obsceno (a las que no habría podido acceder aunque quisiera, gracias al sistema de censura que tenían incorporado en la biblioteca). No obstante, pude entrar en unas cuantas páginas en que unos vampiros se escribían a otros en busca de solaz, instrucción o para atender necesidades más arcanas. Una breve ojeada de los mensajes apuntaba a la existencia de muchas facciones en la comunidad de vampiros; algunos bebían sangre y otros se abstenían (a ésos los llamaban «reprimidos» en un sitio y «vampiros psíquicos» en otro); unos se presentaban sin reparos como egoístas y agresivos, mientras que otros daban la impresión de sufrir soledad y se ofrecían como «donantes». No encontré ninguna mención a los vampiros en las fotografías.

Mientras seguía investigando, de vez en cuando dedicaba una mirada a Kathleen, pero parecía muy concentrada en lo suyo y no me veía.

En la Wikipedia había mucha información. Hablaban de los orígenes del vampirismo en el folklore y la ficción y remitían a temas como «Hematofagia» y «Patología», que me propuse indagar cuando dispusiera de más tiempo. No obstante, en lo relativo a las fotografías sólo exponía esto: «El típico vampiro no proyecta sombra ni reflejos. Este poder, en gran medida circunscrito a los mitos vampíricos europeos, podría estar vinculado a la creencia popular según la cual el vampiro carece de alma. En la ficción moderna, esto puede aplicarse a la idea de que no es posible fotografiarlos.»

Me recliné en la silla y miré en dirección a Kathleen, pero su asiento estaba vacío. Entonces noté su respiración, justo detrás de mí, y cuando levanté la vista me encontré con su mirada, cargada de interrogantes.

Esos interrogantes me los llevé a casa, para las clases de la tarde, pero la aprensión me impidió plantearlos. ¿Cómo puede preguntarle uno a su padre por el estado de su alma?

Y es que ésa era una de las definiciones básicas que había encontrado: al convertirse en vampiros, los mortales sacrificaban su alma.

Por otra parte, no estaba muy segura de creer en el alma, claro. Yo era agnóstica. Creía que no había nada que probara la existencia de Dios, pero no negaba la posibilidad de que pudiera existir. Había leído fragmentos de la Biblia, el Corán, la Cábala, el Tao Te Ching, la Bhagavad Guita y los escritos de Lao Tse, pero lo había hecho como si fueran textos literarios y filosóficos, y como tales los habíamos revisado después con mi padre. Nosotros no seguíamos ninguna práctica espiritual ritualizada. Lo que adorábamos eran las ideas.

Concretamente, lo que más adorábamos era la virtud y la noción de la vida virtuosa. Platón preconizaba la importancia de cuatro virtudes en particular: sabiduría, valor, templanza y justicia. Según él, una educación disciplinada propiciaba el aprendizaje de la virtud.

Todos los viernes, mi padre me pedía que le hiciera un resumen de las diversas lecciones tratadas durante la semana: historia, filosofía, matemáticas, literatura, ciencias y arte. Después él sintetizaba mis resúmenes, encontrando pautas, paralelismos y simetrías que a menudo me dejaban deslumbrada. Mi padre tenía la habilidad de trazar la evolución histórica de los sistemas de creencias, relacionándolos con la política, el arte y las ciencias de una manera convincente y globalizadora que me temo yo tomaba como algo normal por aquel entonces, pero mi actual experiencia del mundo me ha enseñado con el curso del tiempo que, por desgracia, pocas personas son capaces de pensar y analizar de esa forma.

¿Y por qué crees que él sí lo era? Una posibilidad sería que sólo quienes están sustraídos al temor a la muerte se hallan en condiciones de aprehender realmente la cultura humana.

Sí, ya retomo el hilo de la narración. Un día nos encontramos como de costumbre en la biblioteca, y teníamos que hablar de Dickens. Yo, en cambio, quería hablar de Poe.

Después de todas las quejas, había decidido por mi cuenta coger de la biblioteca una recopilación de poemas y relatos de Poe. La semana anterior había leído «El corazón delator» sin mucho interés, y «El gato negro» con considerable desazón (porque me evocó imágenes de la desdichada *Marmalade*), pero «El entierro prematuro» me produjo una pesadilla en la que soñé que me enterraban viva, y «Morella» me hizo pasar tres noches en vela.

«Morella» es el nombre de una mujer que le dice a su marido: «Me muero, pero viviré.» Fallece al dar a luz y su hija crece sin que le hayan puesto ningún nombre. Cuando por fin la bautizan, su padre le pone «Morella». Enseguida ella responde «¡Aquí estoy!» y al poco fallece. Él la lleva a la tumba de su madre, que por supuesto estaba vacía... porque la hija era la madre.

Yo tenía preguntas relacionadas con «Morella» y conmigo misma. Me preguntaba hasta qué punto me parecía a mi madre. No creía que fuera mi madre, ya que, desde que fui capaz de pensar de manera consciente, siempre tuve, pese a los conflictos, una intensa noción de mí misma. Pero puesto que no la había conocido, ¿cómo podía estar segura?

Sin embargo, mi padre no quiso cambiar de tema. Ese

día hablaríamos de *Tiempos difíciles* de Dickens. Si al día siguiente yo insistía, volveríamos a tratar de Poe, pero sólo si antes me había leído su ensayo «La filosofía de la composición».

Al día siguiente, dejamos pues a un lado a Dickens para retomar a Poe, con bastante cautela al principio.

—Esta lección me inspira cierta inquietud —declaró mi padre—. Espero que esta vez no haya lágrimas.

Le respondí con una mirada que le hizo sacudir la cabeza.

—Estás cambiando, Ari. Me doy cuenta de que estás creciendo y sé que debemos plantearnos algunas modificaciones en tu educación.

—Y en nuestra manera de vivir —añadí, con una carga de emoción que sonó incluso impropia de mí.

—Y en nuestra manera de vivir.

Su voz tuvo una inflexión de escepticismo que me indujo a observarlo fijamente. Su cara estaba, empero, tan impasible como siempre. Recuerdo que reparé en su camisa almidonada —azul oscuro, ese día— con los gemelos de ónice que unían los precisos pliegues de los puños, y deseé, aunque sólo fuera por una vez, poder apreciar algún pequeño indicio de alteración.

—Bueno, ¿qué te parecieron los relatos?

Ahora me tocó a mí sacudir la cabeza.

—Es como si Poe tuviera un miedo atroz a las manifestaciones de la pasión.

—¿Esa impresión te dieron los relatos? —preguntó, enarcando una ceja.

—No tanto los relatos —reconocí—, que por cierto son bastante farragosos, en mi opinión. Pero su ensayo parece una flagrante racionalización, seguramente derivada del miedo a sus propias pasiones.

Sí, hablábamos así de verdad. Nuestros diálogos se desarrollaban en un lenguaje preciso y académico, con lapsus sólo por mi parte. Con Kathleen y su familia hablaba otra lengua distinta cuyo vocabulario surgía algunas veces durante las clases.

—El ensayo explica la composición de «El cuervo» —proseguí— como si el poema fuera un problema matemático. Poe asegura haber utilizado una fórmula que determinó sus elecciones en lo respectivo a la longitud, tonalidad, metro y estilo, pero en mi opinión esa afirmación no es creíble. Su fórmula parece un desesperado alegato para que lo considerasen lógico y racional, cuando con toda probabilidad no lo era en absoluto.

—Me alegra ver que el ensayo te interesó a tal punto. —Mi padre sonrió—. En vista de la reacción que te produjo «Annabel Lee», había previsto algo mucho menos... —abrió una pausa, tal como hacía a veces, como si buscara la palabra más adecuada, aunque ahora creo que más bien buscaba aportar un énfasis o un efecto— mucho menos comprometido.

Le sonreí a mi vez, con aquella clase de sonrisa formal y medida que había aprendido de él, irónica, esbozada tensando los labios, muy distinta de la tímida sonrisa de placer genuino que dispensaba en rarísimas ocasiones.

—Para mí, Poe seguirá siendo una afición pendiente de adquirir —señalé—. O no.

—O no. —Entrelazó los dedos—. Te concedo, desde luego, que su estilo es florido, rimbombante incluso, ¡y con todas esas cursivas! —Sacudió la cabeza—. Es como decía un poeta amigo suyo, que Poe tenía «tres quintas partes de genio y dos quintas partes de impostura».

Sonreí (con una auténtica sonrisa).

—De todas formas —arguyó mi padre—, su manierismo pretende ayudar al lector a trascender el mundo normal y prosaico. Y a nosotros, su lectura nos procura una especie de consuelo, supongo.

Nunca había hablado de literatura en términos tan personales.

—¿Consuelo? —inquirí, adelantando el torso.

—Bueno, verás… —Pareció como si le faltaran las palabras. Cerró un momento los ojos y me confió—: Supongo que se podría decir que describe la manera en que yo me siento a veces. —Abrió los ojos.

—¿Florido? ¿Rimbombante? —dije.

Asintió con la cabeza.

—Pues, si sientes esto, no lo demuestras. —Y pensé: «¿Mi padre está hablando de sus sentimientos?»

—Así lo procuro —reconoció—. Mira, Poe era al fin y al cabo un huérfano. Su madre murió cuando era muy niño. Lo acogió la familia de John Allan, pero nunca lo adoptaron legalmente. Su vida y su obra presentan los síntomas clásicos del hijo desconsolado: incapacidad para aceptar la pérdida del padre o la madre, anhelo de reunirse con los muertos, preferencia por la imaginación en detrimento de la realidad… En resumidas cuentas, Poe era uno de los nuestros.

La conversación se vio interrumpida bruscamente cuando Mary Ellis Root llamó con vigor a la puerta de la biblioteca. Mi padre salió a hablar con ella.

Yo me sentía febril con toda aquella información imprevista: «¿Uno de los nuestros?» ¿Mi padre era también un «hijo desconsolado»?

Aquel día, sin embargo, ya no me enteré de más cosas de él. La cuestión por la que Root había subido lo indujo a bajar con ella al sótano. Yo regresé a mi cuarto, con un torbellino en la cabeza.

Pensé en mi padre, cuando había leído «Annabel Lee», y recordé las palabras de Poe en «La filosofía de la composición»: «La muerte de una mujer hermosa es sin lugar a dudas el tema más poético del mundo, y también queda fuera de duda que los labios que mejor se adaptan a este tipo de tema son los de un amante desconsolado.» Asimismo, pensé en Morella, en mi madre y en mí.

Kathleen me llamó por teléfono al poco rato. Había comenzado las clases y no la había visto apenas desde el último día en el hipódromo. Dijo que había acabado las clases ese día y que tenía que verme.

Nos dimos cita en el mirador que hay al pie del jardín de atrás. No he mencionado ese sitio, ¿verdad? Se trataba de una estructura abierta, de seis lados, con una pequeña cúpula y un tejado en rotonda que era una especie de réplica en pequeño de los de la casa. Los bancos con cojines eran su único mobiliario. Kathleen y yo habíamos pasado muchas tardes sentadas allí, «tomando el fresco», como decía ella. Nuestro mirador tenía muy buena vista, situado frente a una pendiente ascendiente cubierta de plantas trepadoras y rosales cuyas flores carmesí oscuro embalsamaban el aire.

Yo estaba tendida en uno de los bancos observando una libélula —una libélula verde común, aunque a mí me parecía más bien extraordinaria con aquellas traslúcidas alas que abanicaban muy despacio el aire— posada en una cornisa, cuando Kathleen llegó corriendo, con el pelo alborotado y la cara roja a causa del trayecto en bicicleta. El ambiente bochornoso hacía prever una de esas tormentas frecuentes en las tardes de finales de verano.

Se quedó mirándome, jadeando, y después se echó a reír.

—Mírenla... qué bien está aquí —dijo, todavía sin resuello—. La damisela... en día de asueto.

—¿Y tú quién eres? —dije incorporándome.

—Yo he venido a rescatarte —contestó.

Acto seguido sacó una bolsa de plástico del bolsillo de los vaqueros, la abrió y me entregó un saquito de franela azul provisto de un cordel; despedía un intenso olor a lavanda.

—Cuélgatelo —me indicó.

Ella llevaba uno parecido prendido del cuello.

—¿Por qué? —pregunté, al tiempo que advertía que la libélula se había ido.

—Para que te proteja. —Se instaló en los cojines del banco enfrente del mío—. He estado haciendo averiguaciones, Ari. ¿Sabes algo de las propiedades mágicas de las plantas?

Yo no sabía nada. Kathleen, empero, había pasado horas en la biblioteca y se había convertido en una experta en la materia.

—He cogido la lavanda de tu jardín y caléndula del de una vecina —dijo—. Te protegerán del mal. En el mío he puesto albahaca de la cocina de mi madre, porque los hechizos funcionan mejor si las hierbas provienen de la propia casa. Ah, la franela era de la funda de un cojín viejo, aunque las bolsitas las he cosido con hilo de seda.

Yo era bastante escéptica con respecto a todo tipo de supersticiones, pero no quise decepcionarla.

—Has sido muy amable —le agradecí.

—Póntelo —insistió con expresión autoritaria.

Me colgué el cordel del cuello y ella asintió con vigor.

—Así está mejor —aprobó—. Menos mal. Hay noches en que no duermo, pensando en ti. ¿Y si tu padre se colara en tu habitación una noche y te mordiera el cuello?

—Qué tontería. —La idea era tan absurda que ni siquiera me enfadé.

—Ya sé que lo quieres, Ari. Pero ¿y si no se puede contener?

—Gracias por tu preocupación —dije, con la sensación de que se había excedido un poco—, pero no hay motivo para ello.

Sacudió la cabeza.

—Prométeme que lo llevarás.

Tenía la intención de quitármelo en cuanto se marchara, pero para contentarla me lo dejé puesto. Por lo menos olía bien.

Lo cierto es que conservé el amuleto, no porque temiera a mi padre, sino para complacer a Kathleen, y la bolsita de lavanda era una prueba del amor que me profesaba. Sí, amor. Lo que existía entre mi padre y yo era otra cosa, una mezcla de intercambio intelectual, de respeto mutuo y compromiso familiar... pero ¿amor? Si acaso lo sentíamos, nunca utilizábamos esa palabra.

4

Sólo cuando se mira directamente una cosa puede verse de verdad. La mayoría de la gente pasa por la vida sin tomar conciencia de las limitaciones de su mirada. A ti no te sucederá eso, sin embargo.

Céntrate en la palabra «pino» de esta frase. Al mismo tiempo, trata de leer las otras palabras que hay a derecha e izquierda. Es posible que llegues a descifrar «palabra» y «de esta», según la distancia a que tengas la página de los ojos. De todas maneras, «pino» será la más clara, puesto que el centro de tu campo de visión está enfocado hacia ella.

Ese centro se llama fóvea, y es la parte del ojo donde hay una mayor concentración de conos. La fóvea ocupa aproximadamente la misma proporción en los ojos que la luna en el cielo nocturno.

Todo lo demás es visión periférica. Ésta es eficaz para la detección de movimientos, lo cual es útil para localizar a los predadores en la oscuridad. Los animales poseen una visión periférica muy superior a la de los humanos. Los vampiros están situados en un término medio entre ambos.

Con el rabillo del ojo percibí un movimiento. No obstante, cuando me volví no vi a nadie.

Era una mañana gris de principios de octubre, y yo estaba arriba en mi cuarto, vistiéndome. Aunque no fuera a ver a nadie aparte de la señora McG y mi padre —y quizás a Dennis, si subía del sótano— me tomaba la molestia de cuidar mi apariencia, y reconozco que pasaba ratos delante del espejo, admirándome. Ese verano me había crecido mucho el pelo. Faltaba poco para que me llegara a la cintura y había adquirido una ligera ondulación. Mi cuerpo también había experimentado un cambio... Sinceramente, me tenía turbada. Hasta mis labios parecían más carnosos, más femeninos. Quizá debería comentar aquí que la imagen mía que veía en el espejo era vacilante, borrosa, como captada con percepción periférica. Siempre había sido así. Sabía, por haber consultado el término «imagen en el espejo» en los libros, que los reflejos eran normalmente más claros y nítidos; el mío no lo era, pero, aparte, todos los espejos de la casa eran viejos. Yo lo atribuía a eso.

Cuando empecé a sentir un hormigueo en el pie, me volví otra vez. Nadie.

Dennis regresó de Japón una noche y alegró la casa con su espontánea y vital jovialidad. A Kathleen la veía poco desde el comienzo del curso lectivo; había hecho nuevas amistades en el colegio y, aunque me llamaba un par de veces por semana, notaba que nos íbamos distanciando. Pasar el tiempo sola ya no me parecía tan natural como antes, y llevaba varios días aquejada de cierto decaimiento.

Dennis entró en el salón, vestido con un traje arrugado que rezumaba un tenue olor a alcohol y sudor, con la cara encendida y los ojos enrojecidos. Instalado en su sillón habitual, mi padre leía, tomando un Picardo. Entonces caí en la cuenta de que él no olía. No desprendía ninguna clase de olor. Nunca se ruborizaba y tampoco se le irritaban los ojos. Las pocas veces que le había rozado las manos con las mías, las tenía frías, mientras que Dennis parecía irradiar calor.

Dennis se quedó mirándome.

—Vaaaya —exclamó.

—¿Y eso qué significa? —inquirió mi padre.

—Significa que la señorita Ariella ha crecido en este mes en que he estado fuera. —Se inclinó para estrecharme los hombros—. Debe de ser de tanto ir en bicicleta, ¿no es así, Ari?

Le devolví el abrazo.

—Sí, seguro que es por la bicicleta —dije—. A ti tampoco te vendría mal, ¿eh?

—El ensanchamiento de la madurez sigue su curso —admitió, dándose una palmada en la barriga—, con la ayuda y colaboración de la comida exótica y la excelente cerveza japonesa.

Dennis tenía cuarenta y pico años por entonces, y en su cara y su cuerpo eran perceptibles unos pliegues de los que carecía por entero mi padre.

—¿Qué tal te fue en Japón? —pregunté.

—Es un país fantástico, pero el trabajo no progresó como esperábamos.

—¿En qué trabajaste exactamente?

Dennis consultó con la mirada a mi padre, que respondió tras un momento de silencio.

—Estamos realizando una investigación sobre unas sustancias denominadas perfluorocarbonos.

Yo debí de poner cara de desconcierto.

—Estamos intentando emulsionarlas —prosiguió—, para hacer posible que transporten oxígeno.

Normalmente, habría formulado un centenar de preguntas más, pero aquel nivel de detalles técnicos me superaba.

—Qué bien —me limité a comentar.

Dennis cambió de tema:

—Dime, Ari, ¿qué es eso que llevas colgado del cuello?

Cogí la bolsita de lavanda y se la acerqué para que la observara.

—Es lavanda. Trae suerte.

—No sabía que fueras supersticiosa —dijo mi padre, sin asomo de emoción.

Durante semanas mantuve la esperanza de que mi padre retomase la conversación sobre Poe y el desconsuelo, pero siempre dirigía las clases hacia otros temas. Yo llegaba a la biblioteca armada con dos o tres observaciones provocadoras destinadas a ponerlo en la senda de las revelaciones personales, pero al cabo de unos segundos ya estábamos absortos en un diálogo de muy distinto cariz, centrado en Alexis de Tocqueville, John Dalton o Charles Dickens. Una o dos horas después del final de las clases, rememoraba mi resolución inicial y me maravillaba de su capacidad para desbaratarla. A veces tenía el convencimiento de que me hipnotizaba. En otras ocasiones, según me di cuenta con posterioridad, me distraía por medio de extensas metáforas; se embarcaba en ellas con destreza e iba desarrollándolas a medida que hablaba.

—En *Tiempos difíciles*, Louisa contempla su futuro

en el fuego —dijo una tarde—. Se imagina que su vida es la trama que hila el «Viejo Tiempo, que es el mayor y más antiguo hilandero», pero reconoce que «su taller es un lugar secreto, donde trabaja sin hacer ruido, con manos mudas». Entonces, si su taller es secreto y su trabajo y sus manos son mudos, ¿cómo conoce ella al Viejo Tiempo? Es más, ¿cómo conocemos cualquiera de nosotros el tiempo, si no es porque lo imaginamos?

Parecía como si hubiera elaborado una metáfora de una metáfora. «¿Habría un término para eso? —me pregunté—. ¿Una metametáfora, tal vez?»

A veces me provocaba dolor de cabeza.

De todas maneras, yo era una estudiante tenaz. Averiguar algo, lo que fuera, sobre mi padre y su pasado se me antojaba muchísimo más importante que Dalton o Dickens, de modo que concebí un plan.

Un martes por la tarde, cuando Dennis tenía que impartirme una clase de zoología sobre células eucarióticas y ADN, le dije que tenía un tema relacionado del que quería tratar: la hematofagia.

—¿Ah, sí? —Me dirigió una mirada curiosa.

—Sí, hombre —respondí, utilizando una palabra que nunca habría empleado con mi padre. Es que el estilo de enseñanza de Dennis era mucho más relajado—. He leído cosas sobre ese asunto en la biblioteca, ya sabes, animales que beben sangre, como gusanos, murciélagos y sanguijuelas.

Dennis abrió la boca con intención de interrumpirme, pero yo proseguí.

—En la enciclopedia pone que hay dos clases de hematofagia: la obligatoria y la opcional. Algunos animales se alimentan sólo de sangre, mientras que otros complementan la sangre con otros fluidos. Lo que necesito saber es... —En ese punto vacilé, sin saber cómo enfocarlo. «Necesito saber a cuál de las dos clases pertenece mi padre. Necesito saber si la hematofagia es hereditaria.»

Dennis levantó la mano, con el mismo ademán que había utilizado para indicarme que parara cuando me enseñó a montar en bicicleta.

—Ése es un tema más adecuado para tu padre —dijo—. Él ha trabajado con sanguijuelas y animales por el estilo. En esa área, él es el experto.

Me pasé los dedos entre el cabello con gesto de frustración... y me di cuenta de que Dennis me observaba con suma atención. Al advertir que yo había reparado en ello, se ruborizó.

—Ari, ¿qué has estado haciendo durante mi ausencia? —preguntó.

—Recibí mi primer beso —contesté involuntariamente.

Dennis trató de sonreír. Fue un poco penoso verlo. Se sintió incómodo, pero quería disimularlo.

—Sé que estás haciéndote mayor y que tienes preguntas por resolver —reconoció, con la misma actitud que mi padre.

—No me hables como a una niña —repliqué—. Tú eres mi amigo... al menos eso es lo que siempre había creído.

Se sonrojó otra vez.

—Soy tu gran amigo pecoso —asintió, pero en su voz había un asomo de duda.

—Por favor, dime algo. Dime algo consistente.

—Bien, te hablaré de Seradrone, de nuestra investigación —anunció, volviendo a asumir su habitual desenvoltura.

Me explicó que cada vez había más necesidad de disponer de sangre artificial, debido a la escasez de personas dispuestas a ser donantes. Pese a que Seradrone había producido complementos de sangre, hasta el momento ni ellos ni nadie había sido capaz de sintetizar una sustancia capaz de cumplir de manera eficaz las aplicaciones clínicas de la sangre.

—Creíamos estar a las puertas de un significativo avance —dijo—. Por desgracia, lo que demostraron las investigaciones de Japón fue el potencial de retención que posee el sistema reticuloendotelial.

Levanté la mano para que parase.

—Ya me he perdido.

Se disculpó, y añadió que bastaba con saber que las expectativas depositadas en los perfluorocarbonos apenas habían dado resultados.

—Ahora volvemos a centrarnos en los receptores de oxígeno basados en la hemoglobina, pero de momento ninguno de ellos puede sustituir a la verdadera sangre; sólo sirven como complemento.

No quise hacer más preguntas. Ya me había dicho más de lo que era capaz de comprender.

Volvió a mirarme con detenimiento.

—Vamos a programar una revisión médica para mañana —decidió—. Te veo pálida.

Al día siguiente, Dennis me sacó sangre y efectuó unos análisis. Más tarde volvió del sótano con una voluminosa botella marrón en una mano y un paquete y una aguja hipodérmica en la otra. Dijo que la prueba del lupus no había dado un resultado concluyente, pero que estaba anémica y que debía tomar una cucharada de tónico dos veces al día.

Cogí la botella, la destapé y olí el contenido.

—¡Puaj! —exclamé.

—Tómala con un vaso grande agua —recomendó.

Después abrió el paquete, de donde extrajo un trozo de algodón con el que me limpió la piel, antes de ponerme una inyección. Le pregunté qué era y dijo que una hormona, la eritropoietina, que incrementaba el número de glóbulos rojos. En todo caso, enseguida noté un aumento de energía.

Más tarde rememoré lo que Dennis había dicho: la prueba del lupus no había dado un resultado concluyente. Pero ¿no le había comentado mi padre a la señora McG que no existían pruebas para detectar el lupus?

A la mañana siguiente, tuve un problema en la biblioteca.

Era una de las pocas mañanas de octubre en que no llovía. Me había desplazado al centro en la bici para consultar Internet. ¿Para qué iba a ir detrás de mi padre con preguntas sobre hematofagia si lo único que conseguiría era que cambiara de tema?

En cuestión de un minuto encontré un enlace para «hematofagia humana» y, después de dos más, me enteré de que muchas personas bebían sangre. Los masái africanos, por ejemplo, subsisten en gran medida a base de sangre de vaca mezclada con leche. Los antiguos habitantes del valle del Moche y los escitas bebían sangre en el marco de ceremonias rituales. Aparte, las historias sobre vampirismo humano eran abundantes, si bien la cuestión de si eran reales o producto de la ficción suscitaba acalorados debates en Internet.

El siguiente enlace me remitió a una serie de páginas

relacionadas con «vampiros reales». Allí se describían algunas diferencias existentes entre los vampiros del folclore y la ficción, y los de la realidad contemporánea. No había unanimidad sobre la cuestión de si los reales eran dependientes de la ingestión de sangre, de si los vampiros podían «evolucionar», si podían tener hijos, y en caso de que pudieran, si éstos eran necesariamente vampiros. En resumidas cuentas, no ofrecían ninguna respuesta clara.

Un artículo firmado por una tal Inanna Arthen terminaba así: «Por otra parte, este artículo no pretende inducir a error... los vampiros reales, incluso los evolucionados, beben sangre a veces con el fin de obtener energía. Los que comprenden las múltiples formas en que la vida propicia la alimentación de más vida lo consideran algo tan natural como comer plantas o animales para nutrirse.»

Estaba meditando sobre aquello cuando la bibliotecaria me puso una mano en el hombro.

—¿Por qué no estás en el colegio? —me preguntó.

Era una mujer mayor, de piel arrugada. No sé cuánto tiempo llevaba detrás de mí.

—Es que yo estudio en mi casa —expliqué.

—¿Saben tus padres que estás aquí? —prosiguió, no muy convencida.

Dudé en contarle la verdad: que por las mañanas yo estudiaba según me placía, antes de reunirme con mi padre después de la comida. No sé por qué, pensé que no me creería.

—Por supuesto —contesté.

—¿Cuál es el teléfono de tu casa? —preguntó.

Yo, como una tonta, se lo di.

Enseguida se puso en contacto con mi padre. Mientras esperábamos que llegara, me hizo sentar en una silla frente a su mesa.

—Te he visto muchas veces aquí —declaró—. ¿Siempre estás haciendo averiguaciones sobre vampiros?

Sonreí, igual que una idiota rematada.

—Los encuentro interesantes —dije con animación.

Debo confesar que cuando mi padre entró por fin en la biblioteca, con su largo abrigo negro abotonado hasta la barbilla y su sombrero negro bajado casi hasta los ojos, la reacción de la bibliotecaria fue digna de verse. Se quedó boquiabierta y nos dejó marchar sin articular palabra.

De regreso a casa, mi padre sí habló bastante. Sus últimas palabras fueron:

—... de modo que has conseguido desbaratar un importante experimento, cuyos resultados quizá no sean válidos ya, ¿y para qué? ¿Para inquietar a una bibliotecaria con preguntas sobre vampiros?

Su voz no transmitía ninguna emoción; sólo las palabras que elegía y la leve gravedad con que pronunció «vampiros» me dieron a entender que estaba enfadado.

—Nunca le formulé ninguna pregunta a ella —puntualicé—. Estaba tratando de averiguar algo en el ordenador.

No añadió nada más hasta que llegamos a casa. Después de guardar el coche entró en el vestíbulo y comenzó a quitarse la bufanda.

—Supongo que es hora de que hablemos... —hizo una pausa para quitarse el abrigo— de la posibilidad de que tengas tu propio ordenador.

Cuando Kathleen me llamó pocos días después, yo estaba muy ufana con mi elegante portátil blanco provisto de conexión inalámbrica a Internet. Le relaté la peripecia que desembocó en su adquisición; en los últimos tiempos era raro que tuviera algo interesante que contar, y tal vez ése fuera el motivo de que cada vez me llamara con menor frecuencia.

Kathleen reaccionaba a la narración de la intervención de la malvada bibliotecaria con los correspondientes «¡No es posible!» y «¿De verdad?».

—Debiste haber mentido —dictaminó cuando hube acabado—. Podrías haberle dado un número falso. Podrías haberle dado el número de nuestra casa, ya que no hay nadie durante el día.

Reconocí que no había actuado con suficiente astucia.

—Pero todo salió bien al final —señaló Kathleen—. Tu padre no está enfadado y te compró un ordenador para ti. Qué suerte tienes.

Yo no creía que fuera una cuestión de suerte, pero me callé. Se me ocurrió que el ordenador era la manera que había encontrado mi padre para evitar mis preguntas. Era como si quisiera que yo encontrara las respuestas por mí misma.

Fue por aquel entonces cuando asistí a mi primer baile. Michael me telefoneó (era la primera vez que lo hacía) para invitarme, y lo noté nervioso.

—Es sólo un baile —dijo, como si necesitara justificarse—. Es el estúpido baile de Halloween del colegio.

En nuestra casa no se celebraba Halloween. El 31 de octubre, Root bajaba todas las persianas y cerraba la puerta con llave. Nadie respondía si llamaban a la puerta. Mi padre y yo nos quedábamos en el salón jugando a las cartas o a algún juego de mesa. (Cuando era más pequeña, también jugábamos con el Meccano y construíamos una máquina que trasladaba lápices de un extremo a otro de la mesa del comedor.)

Teníamos una especial afición por el Cluedo, al que jugábamos en rápidas partidas que nunca duraban más de tres vueltas; en casa de los McGarritts, vi que los otros tardaban mucho más tiempo en resolver los crímenes.

Le dije a Michael que tenía que pedirle permiso a mi padre. Cuando así lo hice, éste me sorprendió con su reacción.

—Te corresponde a ti decidir —contestó—. Se trata de tu vida. —Acto seguido, volvió a enfrascarse en la lectura, como si yo ya no estuviera allí.

Kathleen reservó un tiempo para hablar conmigo a fin de ponerme al corriente de cómo eran aquellos bailes. Explicó que estaba muy ocupada casi todas las tardes con los ensayos para una obra de teatro y las clases de flauta, pero ese jueves por la tarde quedaba libre después del colegio y podríamos reunirnos en el centro, en la tienda de ropa de segunda mano, para ver si encontrábamos algún disfraz.

Yo estaba examinando los vestidos cuando llegó a toda prisa. Se había cortado el pelo, de tal forma que, cuando se detuvo, se le quedó pegado a ambos lados de la cara.

—¡Qué guapa estás! —me dijo.

—Tú también —la correspondí, pero aquella Kathleen iba demasiado maquillada. Llevaba una raya negra en los ojos y se había teñido el cabello de negro, con lo que ahora lo tenía más oscuro que yo—. Has cambiado —comenté.

Ella quedó complacida.

—Mi nuevo *look* —dijo, levantándose el pelo para enseñarme las orejas.

Tenía una ristra de aros y pins, desde los lóbulos hasta la parte de arriba. Conté siete en cada lado.

Hacía dos meses que no nos veíamos y empezaba a pensar que nuestra amistad se había terminado, pero en sus ojos había un brillo de afecto.

—Tengo mucho que contarte —anunció.

Nos metimos entre la ropa y nos pusimos a charlar, sacando perchas, entre muecas y aspavientos. El olor a naftalina, perfume rancio y sudor era intenso, pero no resultaba desagradable.

Las novedades del hogar de los McG no eran buenas. A Bridget le había dado asma y le silbaba tanto el pecho que algunas noches no dejaba dormir a Kathleen. Al señor McG no lo estaban tratando muy bien en el supermercado donde trabajaba; ahora lo obligaban a trabajar los fines de semana, porque otra persona había dejado el puesto. Y la señora McG estaba «preocupadísima» por Michael.

—¿Por qué? —pregunté.

—Ah, claro, hace tiempo que no lo ves. —Zarandeó un vestido de satén rosa antes de volver a colgarlo—. Se ha dejado crecer el pelo y ha tenido problemas en el colegio. Ha cogido muchos aires.

—¿Quieres decir que va de matón? —pregunté, sin saber bien a qué se refería.

—¿Michael de matón? —Se echó a reír—. Qué va. Sólo está arisco y exaltado. Lee mucho sobre política y se comporta como si estuviera enfadado casi todo el tiempo.

«Eso podría ser interesante», pensé.

—¿Qué va a ponerse para el baile?

—¡Vete a saber! —Sacó un vestido negro de lentejuelas, de los que se ajustan al cuerpo—. Pruébate éste.

Acabé llevando aquel vestido. Kathleen encontró uno de satén rojo, con escote de pico por delante y por la espalda. Dijo que debíamos llevar máscara, pero yo preferí prescindir de ella.

La noche de Halloween, Michael se presentó en la puerta de casa ataviado con vaqueros negros y una camiseta negra con la palabra «Anarquía» estampada. Tampoco llevaba máscara. Nos quedamos mirándonos.

El pelo le llegaba hasta más abajo del hombro y estaba más delgado. Sus ojos oscuros se veían más grandes y tenía la cara más chupada. Permanecimos en el umbral observándonos, sin decir nada.

Percibí un movimiento a mi espalda y me volví. Mi padre estaba junto a la pared, mirándonos con una expresión de honda repulsión. Nunca le había visto esa cara. Tenía las comisuras de los ojos y la boca hacia abajo, los hombros echados atrás, rígidos, y la barbilla adelantada. Yo dije algo futil, como «hola», y entonces él se estremeció... fue un espasmo extraño, que por un instante le convulsionó la cara y el pecho. Yo debí de pestañear, pensé más tarde, porque de repente ya no estaba allí.

Cuando me volví hacia Michael, seguía mirándome.

—Te ves distinta —dijo.

Michael condujo el coche hasta el colegio.

En la parte de atrás, Kathleen y su amigo Ryan, un chico rubio y bajito que había conocido en verano, hablaban sin parar, a menudo los dos a la vez. Ryan llevaba una máscara de diablo.

—Bridget se ha pasado toda la cena lloriqueando. Tenía muchas ganas de venir esta noche —dijo Kathleen desde el asiento trasero—. Pensaba que lo merecía. Esta tarde, en el desfile de Halloween del colegio, ha ganado el premio al disfraz más macabro.

Y añadió que algunos padres habían intentado anular los actos de Halloween de la escuela aduciendo que celebraban a Satán. Ella y Ryan se echaron a reír.

—Es todo por obra mía —dijo Ryan con voz rasposa, acariciándose los cuernos de la máscara.

Michael y yo apenas hablamos. Encontraba emocionante ir sentada a su lado y de vez en cuando le miraba de soslayo las manos posadas en el volante y las largas piernas.

Advertí que Kathleen se había pintado mucho; tenía la cara blanca y los ojos rodeados de un cerco negro, pero curiosamente, esa noche el maquillaje le daba un aspecto más juvenil. Yo tenía la sensación de que parecía más mayor. Las lentejuelas negras me realzaban el cuerpo, mostrando al mundo una versión de mí que apenas había entrevisto con anterioridad. La noche anterior, había fantaseado con que me deslizaba por la pista, cautivando a todo el mundo con mi presencia. Ahora esas fantasías parecían posibles.

El baile era en el gimnasio del colegio, donde nos dio la bienvenida una enorme estatua de Jesús con los brazos extendidos. Al entrar tuve la sensación de que todos nos observaban. Michael y yo nos miramos.

En la sala hacía calor y la concentración de olores de la gente resultaba abrumadora. Era como si todos los aromas que Kathleen y yo habíamos probado en el *drugstore*

—champús, desodorantes, colonias, jabones— estuvieran flotando en aquel ambiente en penumbra. Yo respiraba superficialmente, por temor a desmayarme si lo hacía de manera más profunda.

Michael me llevó hasta una hilera de sillas plegables contra la pared.

—Siéntate aquí —indicó—. Yo iré a buscar algo de comer.

La música surgía con estruendo de unos grandes altavoces negros situados en las esquinas del gimnasio. El sonido era tan malo que no se distinguía ni la melodía ni las letras de las canciones. Kathleen y Ryan ya estaban evolucionando en la pista.

El vestido de Kathleen reflejaba los cambiantes destellos de la bola de espejos que colgaba del techo. Primero parecía que la tela se encendía, luego se apagaba con un azul agua y después volvía al fulgor anaranjado y rojo de las llamas.

Michael regresó con dos platos de cartón, que me entregó.

—Ahora voy a por la bebida —anunció, gritando un poco por la música.

Volvió a irse y yo dejé los platos en la silla de al lado. Luego observé en derredor. Todo el mundo iba disfrazado, hasta los profesores y los acompañantes adultos. Los disfraces entraban en dos grandes categorías, los repulsivos (cíclopes, demonios, momias, zombis y otros monstruos diversos, provistos de heridas, guadañas y miembros amputados) y los etéreos (hadas, princesas, diosas de toda clase ataviadas con relucientes telas). Dos chicos con cicatrices y sangre pintadas en la cara me estaban mirando.

Advirtiendo lo ansiosos e ingenuos que se veían todos, me congratulé de nuevo de que Michael y yo no lleváramos máscaras.

Para cuando volvió, me sentía lo bastante cómoda como para darle un mordisco a la pizza que había traído, lo cual resultó un error. Tenía un sabor fuerte y agridulce, distinto a todo lo que había comido hasta entonces. Me apresuré a engullirla como pude, y de inmediato sentí una oleada de náuseas. Me ardía la cara. Solté el plato para correr hacia la puerta, y logré llegar al borde de la zona de aparcamiento antes de caer de rodillas y vomitar.

Cuando paré, oí risas, unas carcajadas malintencionadas que sonaban no lejos de mí. Al cabo de unos segundos, voces a mi espalda.

—¿Qué ha comido? —decía Kathleen.

—Pizza. Sólo pizza —repuso Michael.

—La pizza tenía salchicha —explicó Kathleen—. Debías tenerlo en cuenta.

Se arrodilló a mi lado y me dio unos pañuelos de papel, con los que me sequé la boca y la cara.

Más tarde, cuando nos sentamos en la fría hierba, Michael me pidió perdón.

Yo sacudí la cabeza.

—Normalmente habría visto la salchicha, pero estaba oscuro y me confundieron todos esos olores.

Michael no parecía haber encontrado repulsivo el hecho de que yo vomitara.

—Soy yo la que debería disculparse contigo —señalé.

Entonces me puso la mano en el hombro, brevemente y con timidez.

—Ari, conmigo no necesitas disculparte —dijo—. Ni ahora ni nunca.

Esa noche, después de haber llorado un poco en la cama por las decepciones vividas en la velada, aquellas palabras de Michael me volvieron a la memoria, aportándome un imprevisto consuelo. De todas formas, deseaba haber tenido a alguien a quien contarle lo del baile. Deseaba haber tenido una madre.

—Tú dijiste que Poe era «uno de los nuestros».

Al día siguiente estábamos como de costumbre en la biblioteca. Mi padre llevaba un traje negro que daba a sus ojos un reflejo índigo. Yo sólo me sentía un poco débil. No hablamos para nada del baile.

Él abrió un libro de poesía de T. S. Eliot.

—Otra vez con Poe, ¿eh? ¿Significa eso que te has aficionado a él?

Abrí la boca para responder, pero volví a cerrarla. Ese día no estaba dispuesta a ceder, así que fui al grano:

—«Uno de nosotros», dijiste. ¿En el sentido de ser un niño desconsolado? ¿O en el de ser un vampiro?

Ya estaba, ya lo había dicho. Por un momento la palabra permaneció suspendida en el aire entre ambos: veía las letras, flotando y girando como motas de polvo carmesí.

Mi padre ladeó la cabeza y me observó. Me pareció que se le dilataban las pupilas.

—Ah, Ari. —Su voz sonó áspera—. Tú ya conoces la respuesta.

—¿Que yo conozco la respuesta? —Me sentí como una marioneta, reaccionando a un tirón.

—Posees una inteligencia fuera de lo común —afirmó, pero no me dio tiempo de saborear el elogio—. No obstante, pareces sentirte más a gusto con lo prosaico que con lo profundo. —Entrelazó los dedos—. Tanto si leemos a Poe, Plutarco o Plotino, el significado no lo encontramos en la superficie, sino en las profundidades de la obra. La función del conocimiento es transcender la experiencia terrenal, no revolcarse en ella. Por eso, cuando me planteas preguntas simples, te estás limitando a las respuestas más evidentes... aquellas que ya conoces.

—No entiendo.

—Sí, sí entiendes.

Alguien llamó a la puerta de la biblioteca, que se abrió y dio paso a la fea cara de Mary Ellis Root. Me dirigió una mirada despectiva.

—Lo llaman —anunció a mi padre.

Entonces hice algo que no había previsto, algo que ni siquiera había imaginado nunca. Corrí hasta la puerta y la cerré de golpe.

Mi padre permaneció en el sillón, sin manifestar la menor sorpresa.

—Ari —dijo—, ten paciencia. A su debido tiempo, comprenderás.

Luego se levantó y abandonó la habitación, cerrando con tanta suavidad la puerta que no produjo ningún ruido.

Me acerqué a la ventana. La camioneta del servicio de mensajería de Cruz Verde estaba fuera, con el motor encendido. Me quedé mirando mientras el conductor trasladaba las cajas desde el sótano hasta el vehículo.

5

¿Alguna vez tienes la sensación de que hay una guerra en el interior de tu cerebro?

Dennis me había hablado de la existencia del tallo cerebral, la parte más pequeña y primitiva del cerebro humano, situada en la base de la cabeza. También la llaman «cerebro reptil» porque se asemeja al de los reptiles; controla nuestras reacciones más primarias, como la respiración y el pulso, y las emociones básicas como el amor, el odio, el miedo o la lujuria. El cerebro reptil reacciona de forma instintiva, irracional, para garantizar nuestra supervivencia.

¿Quién fue el responsable de que le diera un portazo en las narices a Root? Mi cerebro reptil. Sí, estaba dispuesta a argumentar; fue un acto provocado por un deseo racional de conocimiento... un deseo que mi padre había calificado de «prosaico».

Pasé la mañana tratando de leer la poesía de T. S. Eliot con la mitad de mi cerebro, mientras la otra mitad porfiaba por comprender lo que había dicho mi padre y la razón de mi necesidad de saber.

Ese día, después de las clases, mi padre bajó al sótano y yo me fui arriba. En mi cuarto, evité el espejo. Miré con recelo la botella de tónico posada en el tocador, preguntándome qué contendría. Noté la presencia de alguien en la habitación contigua. Cogí el teléfono para llamar a Kathleen y volví a colgarlo.

Entonces marqué el mismo número y pregunté por Michael.

Él me recogió en el viejo coche de su padre y fuimos en dirección oeste. Durante media hora circulamos sin rumbo, charlando. Michael tenía el pelo aún más largo que en Halloween y llevaba unos vaqueros y una camiseta negra debajo de un jersey apolillado. Su aspecto era magnífico.

Dijo que detestaba el colegio. También detestaba Estados Unidos, pero al mismo tiempo amaba su país. Hablaba sin parar de política y yo asentía de vez en cuando, aunque en el fondo me aburría un poco. Me dio una edición en rústica de *En el camino* de Jack Kerouac y dijo que debía leerlo. Finalmente, paró el coche en un viejo cementerio, el Gideaon Putman.

—Corre el rumor de que por aquí hay fantasmas —comentó.

Miré por la ventanilla. Era un desapacible día de noviembre, con el cielo tapado por una espesa masa de nubes grises. El cementerio estaba cubierto de hojas secas, interrumpidas por mausoleos, cruces y estatuas. Reparé en un obelisco que coronaba una tumba y me pregunté quién estaría enterrado debajo de tan imponente monumento. ¿Quién elegía los monumentos funerarios? ¿Acaso tomaban en cuenta los deseos de los fallecidos? Me disponía a preguntar la opinión de Michael sobre el tema cuando él se inclinó y me besó.

Ya nos habíamos besado antes, claro está. Ese día, sin embargo, sus labios transmitían un calor especial y me abrazó con más fuerza. No es fácil describir los besos sin parecer sensiblero o estúpido. Lo que quiero expresar es que ese beso fue importante. Me dejó medio mareada, sin aliento.

Cuando comenzó a besarme otra vez, tuve que despegarme.

—No puedo —dije—. No puedo.

Me miró como si lo entendiera. En realidad yo no sabía por qué lo había dicho, pero por un momento dejó de estrecharme con tanta fuerza, hasta que nos calmamos.

—Te amo, Ari —dijo entonces—. Te amo y te quiero para mí. No quiero que seas de nadie más.

Por lo que había leído, sabía que la primera vez que alguien se declara es en principio algo especial, mágico. Sin embargo, en aquel instante yo oí una voz en mi interior (que no era la mía) que me decía: «Ari, vas a ser de todo el mundo.»

—Alguien me está observando —le confié al día siguiente a mi padre.

Llevaba una camisa especialmente bonita, de color humo, con botones esmaltados negros y gemelos de ónice, que le confería una tonalidad gris a los ojos.

Cuando mi padre levantó la vista del libro de física que había abierto, en sus ojos grises se translucían cierta timidez y embarazo, como si me hubiera leído el pensamiento.

—Alguien te está observando —repitió—. ¿Y sabes quién es?

—No. ¿Y tú?

—Tampoco —repuso—. ¿Eres capaz de definir el cromismo y la isomerización?

De esa forma cambió de tema, o así me lo pareció en aquel momento.

A la mañana siguiente desperté con los restos de otro crucigrama soñado, dos definiciones: «elefante marino» (cinco letras) y «ave de presa» (cinco letras). Sacudí la cabeza, tratando de recomponer la cuadrícula, pero no pude visualizarla, de modo que me vestí y bajé a desayunar con una conocida sensación de frustración originada por las limitaciones de mi inteligencia.

Hacía semanas que la señora McG parecía distraída. Las gachas de la mañana estaban más quemadas de lo habitual y los guisos de la noche resultaban muchas veces incomestibles.

Esa mañana, al sacar las gachas del fuego se le cayó la sartén. Rebotó contra el suelo, desparramando la pegajosa masa de cereal, una parte del cual le salpicó los zapatos. Su única reacción fue una rápida inhalación de aire, tras lo cual se limitó a ir por trapos al fregadero.

—La ayudaré —me ofrecí, culpable por la alegría que experimenté por no tener que comerme aquella bazofia.

Ella se acuclilló y me miró.

—Ari, necesito que me ayudes, pero no con esto.

Una vez que acabó de limpiar, vino a sentarse conmigo.

—¿Por qué no te ves con Kathleen últimamente? —preguntó.

—Está demasiado ocupada, con las actividades del colegio... ya sabe, el teatro, la música y lo demás.

Ella sacudió la cabeza.

—Ya no participa en el grupo de teatro —dijo—, y

abandonó las clases de flauta. Hasta ha dejado de darme la lata para que le compre un móvil. Ha cambiado, y me tiene preocupada.

Yo no veía a Kathleen desde Halloween.

—Lo siento —dije—. No lo sabía.

—Me gustaría que la llamaras. —Se rascó los antebrazos, en los que tenía una erupción—. Podrías quedarte una noche en casa. ¿Este fin de semana, tal vez?

Le prometí que llamaría a Kathleen.

—Señora McG, ¿ha visto alguna vez una foto de mi madre? —No fue una pregunta premeditada, aunque llevaba un tiempo pensando en aquella cuestión.

—No, nunca —respondió despacio—. Pero puede que haya algo en el desván. Allí pusieron todas sus cosas. Cuando empecé a trabajar aquí, la señorita Root y Dennis las pusieron todas juntas para guardarlas.

—¿Qué clase de cosas?

—Ropa y libros, más que nada. Por lo visto, tu madre era una gran lectora.

—¿Qué clase de libros?

—Ah, no sé. —Corrió la silla hacia atrás—. Igual podrías preguntárselo a tu padre.

Di una excusa para ausentarme y me fui arriba. Las escaleras que llevaban al tercer piso no tenían alfombra y mis pasos resonaron cuando subí. La puerta del desván estaba cerrada con llave.

Entonces proseguí por el último tramo de escalones, mientras el aire se volvía cada vez más frío. La parte de arriba de la casa era inhóspita, siempre demasiado caliente o demasiado fría, pero ese día no me molestaba el frío.

Dentro de la cúpula, me instalé en un taburete alto que había delante de la ventana circular —mi ojo para divisar el mundo— y tendí la vista sobre los tejados del vecindario y el cielo gris, hasta abarcar el azul que se extendía más allá. Más allá de las casas, más allá de la ciudad de Saratoga Springs, se abría un vasto mundo, listo para ser explorado.

Pensé en la bisabuela de *La princesa y los duendes*, que vivía en una habitación de paredes transparentes perfumada de rosa e iluminada por su propia luna, suspendida encima del mundo. Ella dio a su bisnieta, la princesa, un ovillo de hilo invisible que la condujo fuera de peligro, lejos de los duendes, de vuelta a la habitación perfumada.

Al igual que yo, la princesa se había quedado sin madre. Pero ella tenía aquel hilo.

—¿Alguna vez sueñas con crucigramas? —le pregunté a mi padre cuando nos reunimos ese día.

Su cara se quedó petrificada un segundo, como solía ocurrir cuando yo trataba de hablar de mi madre.

Yo misma di respuesta a la pregunta.

—Ella sí, ¿verdad? Mi madre soñaba con crucigramas.

—Sí.

A continuación explicó que esos sueños eran síntomas de «hiperactividad mental» y me aconsejó que me diera un ligero masaje en los pies antes de acostarme.

Y después nos enfrascamos en otra clase de física.

Estábamos concentrados en una discusión sobre los fenómenos de radiación electromagnética cuando alguien llamó a la puerta y abrió un resquicio. La fea cara de Root asomó por él.

—El encargado de la entrega necesita hablar con usted —avisó, con la mirada fija en mi padre, sin desviarla hacia mí.

—Discúlpame, Ari. —Se levantó y dejó la habitación.

Como no volvía, me acerqué a la ventana y separé las pesadas cortinas. En el patio próximo a la entrada posterior de la casa había aparcado un coche negro. En los lados se leía FUNERARIA DE LA FAMILIA SULLIVAN.

Diez minutos después oí que la puerta volvía a abrirse. Me encontraba frente a una ovalada urna victoriana que colgaba de la pared. En su interior, encerrados para la eternidad, había tres reyezuelos pardos, una mariposa monarca y dos gavillas de trigo. Sin embargo, yo no los miraba a ellos, sino que estaba escrutando mi vacilante reflejo en el cristal convexo que los protegía.

Entonces oí a mi espalda la voz de Root.

—Me ha pedido que te diga que hoy ya no volverá —me informó—. Dice que lo siente.

Al volverme pensé que debía presentarle una disculpa, pero me habló con un tono tan despectivo que tuve la certeza de que no lo haría nunca.

—¿Por qué no puede volver? —pregunté.

—Lo necesitan abajo. —Su respiración sonó rasposa.

—¿Por qué? ¿Para qué?

—Por asuntos de Seradrone —contestó, fulminándome con sus ojillos negros—. ¿Por qué haces tantas preguntas? ¿No te das cuenta de las molestias que causas? —Se volvió hacia la puerta y, en el momento de abrirla, giró la cabeza—. ¿Y por qué pierdes el tiempo mirando tu reflejo, si ya sabes quién eres?

Se fue dando un portazo. Pasé un momento acariciando la idea de ir tras ella, arrancarle los pelos de la barbilla, darle una bofetada... o algo peor.

Me limité a ir a mi cuarto y llamé a Kathleen.

—Hoy me han anulado las clases —le conté.

Mientras sacaba la bicicleta por el sendero de grava que comunicaba el garaje con la calle me percaté de que el coche de la funeraria se había ido. Quizá mi padre volviera a subir.

Vacilé un instante, pero resolví seguir con mi plan. Kathleen me estaba esperando.

Era un apagado día de mediados de noviembre, impregnado de olor a hojarasca. Mientras circulaba por las calles, el viento helado me daba en la cara. Pronto comenzaría a nevar y la bicicleta se quedaría en el garaje hasta abril, o incluso mayo.

En cuanto entré en la cafetería, la vi sentada en un compartimento. Llevaba jersey negro y pantalones negros, y bebía café. Yo pedí una coca-cola.

—Qué collar más curioso —comenté.

Junto al saquito de franela con las hierbas, del cordel de seda pendía un colgante de plata redondo.

—Es un pentagrama —explicó—. Ari, tengo que contarte algo. Me he vuelto una pagana.

El camarero me trajo el refresco y yo desenvolví la pajita, sin saber qué contestar.

—Eso puede tener varios significados —dije por fin.

Kathleen se pasó los dedos por el pelo. Llevaba las uñas pintadas de negro y el cabello parecía recién teñido. A su lado, con mi chaquetón de lana y mis vaqueros, me sentí vulgar y anodina.

—Hacemos encantamientos —dijo—. Y practicamos juegos de rol.

Yo no tenía ni idea de qué eran juegos de rol.

—¿Por eso está tan preocupada tu madre por ti?

—¡Mi madre! —Kathleen sacudió la cabeza—. Está insoportable últimamente. La verdad es que no se entera. —Tomó un largo sorbo de café, negro también.

Yo, que era incapaz de beber aquello, la observé con admiración.

—Encontró uno de mis cuadernos y se alarmó mucho.

Cogió la baqueteada mochila que había dejado en el asiento y sacó un cuaderno de anillas de tapa negra. Lo abrió y me lo acercó por la mesa.

Bajo el título de «Cánticos mágicos» había escrito algo que parecían poesías.

Al Sacerdote de nuestro Arte no hay que decir
Pues de pecado lo iba a calificar;
Pero toda la noche en los bosques nos vamos a reunir
¡Y el verano con conjuros celebrar!

Y en la página siguiente:

Cuando la desdicha te aqueja,
Lleva la Estrella Azul en la frente.
Fiel en amor has de ser, a menos
Que tu amado falso se presente.

No pregunté por su significado. Mi padre me había enseñado que no se debe preguntar por el sentido de la poesía.

—Yo no veo nada preocupante en eso —apunté.

—Por supuesto que no. —Kathleen lanzó una mirada fulminante al asiento de al lado, como si su madre estuviera sentada junto a mí—. Son cuestiones muy interesantes, ya lo verás. Vamos a ir casa de Ryan a practicar unos juegos de rol.

—¿Ah, sí? ¿Cuándo?

—Ahora —respondió.

Dejamos las bicicletas atadas fuera de la cafetería y fuimos andando hasta el domicilio de Ryan, sólo a unas manzanas de distancia. Era una casa pequeña y destartalada, similar a la de los McGarritt, aunque aquélla tenía adosado un invernadero con aspecto de nuevo. Nos detuvimos un momento para mirar por los cristales cubiertos de vaho, pero sólo vi unas vagas formas verdes y unas luces purpúreas arriba.

—El padre de Ryan es aficionado al cultivo de orquídeas —me informó Kathleen—. Las vende a las señoras ricas de la otra punta de la ciudad. Hasta tienen un club de orquídeas.

Ryan acudió a abrir la puerta. Llevaba el pelo rubio distribuido en tiesas mechas que debía de haber apergaminado con algún gel y, como Kathleen, vestía de negro.

—Bien halladas —saludó.

—Bien hallado —contestó Kathleen.

—Hola —dije yo.

Dentro, las luces estaban apagadas y había velas encendidas por todas partes. De las cuatro personas reclinadas en los cojines del suelo, reconocí a dos que había visto en el baile. Michael no estaba allí.

—¿A quién has traído? —preguntaron a Kathleen.

—Ésta es Ari —me presentó—. Me ha parecido que el juego necesita un poco de savia nueva.

La siguiente hora se me hizo inacabable, a consecuencia de las interminables rondas de lanzamiento de dados, movimientos medidos por la habitación y gritos como «¡Vencedor!», «¡Se me está agotando la invisibilidad!», «¡Regeneración!» o «¡Me he quedado sin rabia!». Dos chicos representaban el papel de hombres lobo y llevaban unas camisetas distintivas. Los demás eran vampiros y lucían camisetas negras y colmillos de goma. Yo era la única «mortal» de la sala. Como era la primera vez, me aconsejaron que mirase en lugar de jugar... y yo intuí que les gustaba contar con público.

Casi todo lo que decían y fingían hacer concordaba con lo que ponía en Internet sobre los vampiros. Se estremecían delante de un crucifijo; se convertían en murciélagos imaginarios cuando querían; «volaban», y utilizaban sus poderes virtuales de agilidad y fuerza para escalar imaginarios muros y subir a imaginarios tejados... todo lo cual transcurría en un salón de menos de veinte metros cuadrados.

Se desplazaban por los callejones de una imaginaria ciudad, recogiendo cartas que representaban monedas, herramientas y armas especiales, fingiendo pelear y morderse sin apenas tocarse. En realidad, los cinco chicos eran tímidos por naturaleza y sobreactuaban en un intento por relacionarse. Aparte de mí, Kathleen era la única chica presente, y se movía por la habitación con aire agresivo, como si fuera suya. A veces los demás trataban de unirse contra ella, pero siempre los ahuyentaba casi sin esfuerzo. Se sabía la mayoría de los hechizos y, al parecer, poseía el cuaderno de notas más detallado.

De vez en cuando los jugadores se robaban unos a otros y depositaban las monedas obtenidas en bancos imaginarios —«obedeciendo al instinto capitalista de siempre», pensé—. El juego no se centraba tanto en la fantasía como en la codicia y la dominación.

El aire de la sala se fue cargando con la intensidad de sus esfuerzos y los perniciosos olores de una cosa de color naranja que comían. Lo soporté lo máximo que pude. Al final, la claustrofobia y el aburrimiento me impulsaron a salir de allí. Después de pasar por la cocina y visitar el cuarto de baño, fui por un pasillo que conducía a una recia puerta provista de una ventana: la entrada del invernadero.

No bien la abrí, me invadió un aire húmedo, impregnado de un aroma a lujuriante vegetación. Las orquídeas dispuestas en las hileras de macetas parecían asentir levemente al compás de las brisas generadas por los lentos ventiladores del techo. Las luces cenitales de tonalidad violeta me produjeron un leve mareo, por lo que procuré no situarme debajo de ellas. Las flores adquirían tonalidades luminosas: intensos violetas y magentas, marfiles veteados de un palidísimo rosa, amarillos moteados de ámbar... todos destacados sobre un fondo de follaje verde. Algunas orquídeas semejaban pequeñas caritas, con ojos y bocas, a las que yo iba saludando mientras caminaba por los pasillos: «Hola, Ultravioleta. Buenas tardes, Banana.»

«Por fin una vía de escape del gris invierno de Saratoga Springs —pensé—. El padre de Ryan debería cobrar entrada.» A medida que respiraba, el húmedo aire circulaba por mi cuerpo, relajándome, dejándome soñolienta casi.

Entonces se abrió la puerta y entró un muchacho pecoso y ancho de hombros.

—Mortal, he venido a engendrarte —dijo con voz entrecortada, abriendo la boca para dejar al descubierto sus falsos colmillos.

—Yo diría que no —repliqué.

Me lo quedé mirando fijamente a los ojos, que eran pequeños y oscuros, algo magnificados por las gafas.

Él no desvió la vista, ni se movió. Observé su cara enrojecida, con dos espinillas a punto de estallarle en el mentón. Como seguía inmóvil, me pregunté si lo habría hipnotizado.

—Tráeme un vaso de agua —pedí.

Se volvió para encaminarse pesadamente a la cocina. Cuando abrió la puerta, oí los ruidos que hacían los demás, mordiendo y gritando, y al cerrarse de nuevo, saboreé aquella soledad tropical donde sólo se oía el sonido del agua que goteaba en algún sitio. Me entretuve un momento imaginando que arrojaba una mesa de macetas contra aquel muchacho, que le mordía la garganta en medio de las orquídeas, y debo reconocer que noté una especie de excitación parecida al deseo.

Unos minutos más tarde volvió a abrirse la puerta y el chico apareció con un vaso de agua en la mano. La bebí despacio y le devolví el vaso vacío.

—Gracias —dije—. Ahora puedes irte.

Parpadeó, suspiró varias veces y obedeció.

Cuando abrió la puerta, Kathleen se coló en el invernadero.

—¿Qué demonios pasa aquí?

Debía de haber estado mirando por la ventana de la puerta. Yo me sentí incómoda, sin saber muy bien por qué.

—Tenía sed —contesté.

Ya había anochecido cuando abandoné el juego. Kathleen se había quedado sin poderes y estaba tumbada en un sofá mientras Ryan y los otros salmodiaban de pie junto a ella: «¡Muerte! ¡Muerte!» Me despedí con la mano, pero no creo que me viera.

Fui hasta la cafetería, cogí la bicicleta y emprendí el regreso a casa. Los vehículos me adelantaban y en una ocasión un muchacho me gritó «¡Guapa!» desde la ventanilla de un coche. Aunque no era la primera vez que me ocurría algo así y pese a que Kathleen me había aconsejado «simplemente no hacer caso», el grito me distrajo. Desequilibrada, la bicicleta patinó en las hojas mojadas y me costó recuperar el equilibrio. Por vanidad, no me había puesto el casco que me compró mi padre, y mientras seguía pedaleando pensé que podría haberme hecho daño.

Después de guardar la bici en el garaje, contemplé un momento la alta y airosa silueta de la casa, con la vieja hiedra prendida a un costado. Detrás de aquellas ventanas iluminadas estaban las habitaciones donde había transcurrido mi infancia y en una de ellas encontraría a mi padre, sentado sin duda en su sillón de cuero, leyendo. Me reconfortó pensar que así seguiría siempre. Entonces me asaltó otra idea: quizás él sí estaría allí para siempre... pero ¿yo?

Recuerdo perfectamente el olor a humo de leña que flotaba en el aire mientras estuve observando la casa, preguntándome si, al fin y al cabo, yo era mortal.

Levanté la cabeza, instalada frente a un plato de encharcados macarrones con queso.

—¿Papá? —pregunté—. ¿Yo voy a morir?

Estaba delante de mí, observando la comida con patente repugnancia.

—Posiblemente —respondió—. Sobre todo si no te pones el casco al ir en bicicleta.

Le había contado el incidente que había sufrido al volver a casa.

—En serio —insistí—. Si me hubiera caído y me hubiera golpeado la cabeza, ¿estaría muerta ahora?

—Ari, no lo sé. —Alargó la mano hacia una coctelera de plata que había en la mesa y se sirvió otro combinado—. Hasta ahora te has recuperado de magulladuras y arañazos, ¿no? Y esa insolación que te dio en verano… se te pasó en cuestión de una semana, según recuerdo. Has tenido suerte de no padecer ningún contratiempo grave de salud hasta ahora. Sin embargo, eso podría cambiar.

—Por supuesto. —Por primera vez tuve celos de él.

Esa noche, mientras leíamos en el salón, se me ocurrió otra pregunta.

—Papá, ¿cómo funciona la hipnosis?

Cogió el marcador (que tenía forma de pluma de plata) y lo puso en la página que estaba leyendo. Creo que era la novela *Ana Karenina*, porque poco después me animó a leerla también.

—Lo que se produce es una disociación —repuso—. Una persona se concentra en las palabras o los ojos de otra, hasta que el control de su comportamiento se disocia de su estado de conciencia normal. Si se trata de una persona influenciable, hará lo que le indique la otra.

Me pregunté hasta dónde habría logrado dirigir los actos de aquel muchacho en el invernadero.

—¿Es verdad que no se puede obligar a nadie a hacer lo que no quiere hacer?

—Esa cuestión suscita muchas controversias —reconoció mi padre—. Las investigaciones más recientes apuntan a que, en las circunstancias propicias, una persona influenciable puede llegar a hacer prácticamente cualquier cosa.

Me miró con ironía, como si supiera lo que yo había hecho, con lo cual opté por imprimir un giro a la conversación.

—¿Tú me has hipnotizado alguna vez?

—Sí, claro —admitió—. ¿No te acuerdas?

—No. —No me produjo precisamente entusiasmo la idea de que alguien controlara mi comportamiento.

—A veces, cuando eras muy pequeña, tenías tendencia a llorar —explicó con voz baja y grave. Marcó una pausa en la palabra «llorar»—. Sin motivo aparente, te ponías a emitir unos horrendos berridos, y yo intentaba calmarte con peticiones, meciéndote, con nanas y todo lo que se me ocurría.

—¿Me cantabas? —Nunca había oído cantar a mi padre, al menos que yo recordara.

—¿De veras no te acuerdas? —Tenía un aire pensativo—. Qué raro. En cualquier caso, sí, te cantaba, y a veces ni siquiera con eso conseguía apaciguarte. Por ello, una noche, impelido por la desesperación, te miré fijamente a los ojos y con la mirada te pedí que te quedaras tranquila. Te dije que estabas segura y atendida y que debías encontrarte satisfecha. Y entonces paraste de llorar y cerraste los ojos. Yo te tenía en brazos; eras muy pequeña y estabas envuelta en una manta blanca. —Cerró los ojos un momento—. Te mantuve contra mi pecho y estuve escuchando tu respiración hasta la mañana.

Sentí el impulso de levantarme y abrazarlo, pero seguí sentada. Me daba vergüenza.

Él abrió los ojos.

—Hasta que me convertí en tu padre, no supe lo que era la preocupación —confesó, antes de volver a coger el libro.

Yo me puse en pie y le di las buenas noches. Entonces se me ocurrió otra pregunta.

—Papá, ¿cuál era la nana que me cantabas?

—Se llamaba «Murucututu» —repuso sin apartar la mirada de la página—. Es una canción de cuna brasileña que mi madre me cantaba. Es el nombre de una pequeña lechuza. En la mitología brasileña, la lechuza es la madre del sueño.

Levantó la vista y nos miramos a los ojos.

—Sí, te la cantaré un día —prometió—, pero no esta noche.

¿Tú ves las letras y las palabras en color? Hasta donde me alcanza la memoria, la letra P siempre ha sido para mí de color esmeralda oscuro, y la S de azul real. Incluso los días de la semana tienen colores especiales: el martes es lavanda y el viernes, verde. Esta alteración se llama sinestesia, y se estima que se da en una de cada dos mil personas.

Según las informaciones de Internet, prácticamente todos los vampiros son sinestésicos.

Así es como pasaba por entonces las mañanas: navegando por Internet en mi ordenador portátil, buscando indicios que luego copiaba en mi diario. (Más adelante arranqué esas páginas, por razones que pronto se harán evidentes.) Yo copiaba, línea tras línea, el saber localizado en Internet, consciente de que era una actividad igual de fútil que los juegos de rol de Kathleen y sus amigos y los cánticos y hechizos que anotaban en sus cuadernos negros.

Aun así, pese a que a veces dudara de lo bien fundado de mi búsqueda y pusiera en entredicho lo que averiguaba, no renunciaba a ella. Aunque ignoraba adónde me conducía, me sentía impelida a continuar. Imagínate un rompecabezas. Pues bien, aun cuando no está armado, en las piezas dispersas en la caja está contenido el dibujo.

La señora McG insistió mucho en que pasara el fin de semana con Kathleen. Me lo recordó todos los días de la semana y el viernes, cuando volvió a su casa, yo iba con ella en el coche. (Como ya he dicho, para mí el viernes siempre es de un verde intenso. ¿Para ti también?)

A Kathleen no la encontré distinta. Ya me había acostumbrado a su ropa oscura y al exceso de maquillaje. Parecía un poco más nerviosa, quizá. Pasamos la velada del viernes viendo la tele y comiendo pizza con la familia. Sentado aparte, sin hablar apenas, Michael no me perdía de vista, y yo disfrutaba sabiendo que estaba pendiente de mí.

El sábado Kathleen y yo dormimos hasta tarde y después fuimos al centro comercial, donde pasamos horas deambulando, probándonos ropa y mirando a la gente.

Fue un fin de semana normal hasta la noche del sábado. La señora McG insistió en que fuéramos todos a misa. Kathleen adujo que teníamos otros planes y su madre contestó que eso podía esperar.

Kathleen cedió sin protestar demasiado, por lo que deduje que aquella discusión formaba parte de la rutina de los fines de semana.

—Nunca he estado en una iglesia —dije.

Los McGarritt se quedaron mirándome como si fuera una extraterrestre.

—Vaya suerte la tuya —murmuró Kathleen.

La iglesia era un edificio rectangular de ladrillo mate, carente de los imponentes atributos que yo esperaba. Dentro olía a moho, papel viejo y colonia rancia. Detrás del altar, una vidriera de colores representaba a Jesús y sus discípulos. Allí fue donde mantuve posada la mirada durante casi la totalidad del servicio, porque los cristales de colores siempre me llevan a un espacio de ensueño.

Entre los fieles sentados en los bancos estaban tres de los amigos de Kathleen que habían participado en el juego de vampiros, incluso el chico que había querido «engendrarme». Él también me vio, pero fingió lo contrario. Observándolos, vestidos todos de negro, me resultó extraño verlos articular las palabras de los himnos y las oraciones.

A mi lado, Kathleen no paraba de cruzar y descruzar las piernas y de suspirar. Estaba previsto que esa noche se reunieran en casa de Ryan para otra sesión de juego de rol. Me había prometido que esta vez yo iba a tener una participación real, aunque la perspectiva no me entusiasmaba.

En el altar, el sacerdote citaba la Biblia. Era un hombre viejo de voz monótona, de la que no me resultó difícil abstraerme... hasta que de repente sus palabras se abrieron paso entre mis fantasías.

—«Si no coméis la carne del Hijo del Hombre y no bebéis su sangre, no tenéis vida en vosotros. El que come mi carne y bebe mi sangre tiene vida eterna.» —Elevó una copa de plata con ambas manos.

Luego siguió hablando de comer la carne y beber la sangre, y la gente empezó a encaminarse al altar por el pasillo. Todos los McGarrit se levantaron y abandonaron el banco.

—Espera aquí —me susurró Kathleen—. Tú no puedes comulgar.

Me quedé donde estaba, mirando cómo los otros comían la carne y bebían la sangre y recibían la consagración. El sacerdote murmuraba: «*Memento homo quia pulvis es et in pulverem reverteris*» (Recuerda, hombre, que polvo eres y en polvo te convertirás).

Comencé a notar un extraño zumbido en la cabeza. ¿Me estaría observando alguien? Cuando los McGarrit regresaron al banco, el zumbido se transformó en murmullo. La señora McG sonreía satisfecha, con expresión más relajada. «No deberías estar aquí —me dijo una voz interior—. Éste no es tu sitio.»

Michael había adelantado a Bridget para sentarse a mi lado. Mientras los otros cantaban y rezaban, pegó su mano contra la mía, y el zumbido se fue disipando.

—Mira esta bazofia. —Kathleen me lanzó un libro al regazo.

—*Guía para las adolescentes católicas* —leí en voz alta—. ¿Es mejor que *Hacerse mujer*?

Estábamos en su cuarto y ella se aplicaba su maquillaje de vampiro antes de ir a casa de Ryan. Yo estaba sentada de piernas cruzadas en la cama, con *Wally* ovillado a mi lado.

—Es exactamente lo mismo. —Kathleen se había repartido el pelo en pequeños montículos a los que aplicó gel para después retorcerlos y formar mechones tiesos y puntiagudos. Yo la observaba fascinada—. Es toda esa mierda de que hay que conservar la virginidad hasta la luna de miel y llevar a Jesús a todas partes.

Me puse a hojear el libro.

—«El cuerpo de una mujer es un hermoso jardín —leí—. Pero ese jardín hay que mantenerlo cerrado y entregar la llave sólo al marido.»

—¿Tú crees en esas tonterías? —Dejó el gel del cabello y cogió una barra de rímel.

Yo pensé en la comparación del libro.

—Bueno, en ciertos sentidos nuestros cuerpos son

como jardines —apunté—. Fíjate tú, por ejemplo, que te afeitas las piernas, te depilas las cejas y te haces esos peinados raros y todo lo demás. Se parece a cuando se quitan las malas hierbas.

Kathleen se volvió para dedicarme su cara de no-lo-dices-en-serio-¿verdad?, con los ojos como platos, la boca abierta y un bamboleo en la cabeza. Nos echamos a reír. De todas maneras, yo creía haber dicho algo cierto: en el mundo de Kathleen, la apariencia contaba más que cualquier otra cosa. Su peso, su ropa, la forma de las cejas... todas aquellas cuestiones suscitaban una preocupación obsesiva. En mi mundo había cosas más importantes que la apariencia, pensé con cierta suficiencia.

Kathleen se concentró de nuevo en el espejo.

—Esta noche va a ser especial —pronosticó—. Mi horóscopo decía que hoy es un día memorable para mí.

—No sabía que leyeras los horóscopos.

—Son lo único que vale la pena del periódico —aseguró—. Aunque apuesto a que tú prefieres los editoriales.

No quise decirle la verdad, que en mi casa nadie leía el periódico. Ni siquiera estábamos suscritos.

Cuando estuvimos listas para partir, me había vuelto el zumbido en la cabeza y tenía el estómago revuelto.

—No me encuentro bien —dije.

Katleen me miró con detenimiento y, pese a lo mal que me sentía, no pude por menos de admirar la espesa maraña de sus pestañas y la impresionante altura de su pelo.

—No puedes perderte el juego de esta noche. Vamos a salir todos en búsqueda especial —advirtió—. Te conviene comer algo.

La idea de comer me mandó directamente a vomitar al cuarto de baño. Cuando acabé, me lavé la cara y la boca, y entonces entró Kathleen sin llamar.

—¿Qué te pasa, Ari? ¿Es el lupus?

En sus ojos percibí inquietud, incluso amor.

—La verdad es que no lo sé —respondí.

En cierto modo mentía. En realidad tenía un marcado presentimiento en relación al origen del problema. Me había olvidado en casa la botella de tónico.

Michael se unió a nosotras en el pasillo, con expresión de curiosidad. Había dejado abierta la puerta de su habitación, de la que surgía una voz monótona cantando: «*Este mundo está lleno de tontos, y yo debo de ser uno más...*»

Michael y Kathleen se pusieron a discutir si debía quedarme en su casa o ir a la de Ryan.

—Quiero irme a mi casa —zanjé yo, que también me sentía como una tonta.

—Te vas a perder la búsqueda —señaló, apesadumbrada, Kathleen.

—Lo siento, pero no sería nada divertido que fuera encontrándome mal.

Fuera sonó la bocina de un coche. Los amigos de Kathleen habían llegado para ir a casa de Ryan.

—Ve y diviértete —le dije—. Muerde a alguien por mí.

Michael me llevó a casa. Como siempre, permaneció callado.

—¿Qué te ocurre, Ari? —preguntó al cabo de un rato.

—No lo sé. Supongo que tengo un estómago algo delicado.

—¿Tienes lupus?

—No lo sé. —Estaba abrumada por las palabras y por aquel zumbido como de mosquitos que persistía en mi cabeza.

—¿Te han hecho alguna prueba?

—Sí, pero los resultados no fueron concluyentes.

A través de la ventanilla observé los árboles, relucientes de hielo, y los carámbanos que colgaban de los aleros de las casas. En unas semanas habría luces de Navidad colgadas por todas partes. «Otro ritual en el que no voy a participar», pensé con un asomo de amargura.

Michael paró el coche y aparcó junto a la acera. Luego me tendió la mano y, sin pensarlo, me precipité en sus brazos. Se produjo algo, algo eléctrico, y después viví una explosión de emoción.

Sí, ya sé que «explosión» no es la palabra adecuada. ¿Por qué será tan difícil escribir sobre los propios sentimientos?

Lo primordial aquí es decir que ésa fue la primera vez que tuve una apreciación real de nuestros cuerpos. Recuerdo que en cierto momento me separé un poco y miré a Michael a la luz de la farola y al reparar en su cuello, tan pálido y que transmitía una sensación de fortaleza, experimenté el anhelo de hundirme en él, de desaparecer en él. No sé si tiene mucho sentido lo que acabo de explicar.

No obstante, una parte de mí permanecía sin implicarse, observando las febriles evoluciones de nuestras manos y bocas. Después oí mi propia voz, muy calmada, decir:

—No tengo intención de perder la virginidad en el asiento de un coche aparcado delante de la casa de mi padre.

El tono sonó tan remilgado que me dio risa. Al cabo

de un momento, Michael también rio, pero cuando paró, tenía la cara y la mirada serias. «¿Me quiere de verdad? —pensé—. ¿Por qué?»

Nos dijimos buenas noches, sólo buenas noches. No hubo planes para vernos al día siguiente, ni declaraciones de pasión... nuestros cuerpos se habían encargado ya de eso.

Al entrar en la casa miré hacia el salón. Las puertas estaban cerradas y no había lámparas encendidas. Caí en la cuenta de que mi padre no me esperaba de vuelta esa noche, pero de todas maneras había previsto que estaría en su sillón, como de costumbre.

Tanto mejor si no estaba, me dije mientras subía al piso de arriba, porque le habría bastado con una mirada para saber cómo había pasado la hora anterior.

Me detuve en el pasillo de arriba, pero no noté nada ni intuí la presencia de otra persona. Nadie me observaba esa noche.

6

Me desperté como si alguien me hubiera llamado por mi nombre.

—¿Sí? —dije, mientras abría los ojos.

Mi padre estaba en la habitación. Pese a la oscuridad, capté su presencia. Se encontraba al lado de la puerta.

—Ari, ¿dónde estuviste anoche? —preguntó.

Me incorporé y encendí la lámpara de la mesita. Los pajarillos hicieron su aparición despejando la oscuridad.

—¿Qué ocurre? —dije.

—El señor McGarritt ha llamado por teléfono hace unos minutos.

Mi padre tenía los ojos grandes y oscuros. Al verlo con traje y camisa, me dije: «¿Ha estado levantado toda la noche? ¿O es que no se pone pijama?»

—Es una hora extraña para llamar. —No quería oír nada más, porque presentía la inminencia de una mala noticia.

—Kathleen aún no ha vuelto a casa —explicó—. ¿Sabes dónde podría estar?

Entonces le conté lo del juego de rol.

—Unos son hombres lobo y los otros, vampiros —detallé—. Todos se mueven por la habitación entonando hechizos y haciendo como si le chuparan la sangre a los otros.

—Qué estrafalario —comentó con aspereza.

—Y anoche estaba previsto que salieran de búsqueda, aunque no sé qué significa. Se iban a reunir en casa de Ryan. Como yo no me encontraba bien después de misa, Michael me trajo a casa.

—¿Después de misa?

—Todos estaban allí —dije—. Los McGarritt, e incluso unos chicos que conocí en el juego de rol. Asisten todos los fines de semana.

—Comprendo —dijo, aunque de su tono se desprendía que para él era incomprensible—. Los hombres lobo y los vampiros rezan y quedan absueltos antes de ir a chupar más sangre.

—Es sólo un juego —precisé.

Mi padre puso cara de perplejidad.

—Bien, llamaré a McGarritt y se lo explicaré. Es posible que quiera hablar contigo si Kathleen no vuelve pronto.

—¿Si no vuelve pronto? —dije—. ¿Qué hora es?

—Las cuatro casi. Así que mejor será que vuelvas a dormirte. Siento haber tenido que despertarte.

—Seguramente aún están jugando —apunté, para convencerme a mí misma más que nada.

Fuera estaba oscuro y hacía frío, y si no estaban en casa de Ryan, ¿dónde podían estar?

Mi padre salió y yo apagué la luz, pero no volví a conciliar el sueño.

La señora McG no estaba en la cocina cuando bajé esa mañana. Me preparé una tostada y estaba comiéndola junto a la mesa, cuando mi padre subió del sótano.

Se sentó frente a mí y guardó silencio un momento. Me observó masticar y tragar, al tiempo que yo trataba de hallar un indicio tranquilizador en sus ojos.

—La han encontrado —anunció por fin.

Ese mismo día hablé con el señor McGarrit, con los policías que vinieron a casa y, después de la cena, con Michael.

Kathleen se había reunido con los otros jugadores en casa de Ryan. Cada cual salió a realizar una búsqueda, que no se sabía muy bien en qué consistía. Kathleen debía traer un ornamento de jardín, de preferencia un gnomo. La hora límite eran las doce. Para entonces todos estaban de regreso en el salón de Ryan a excepción de Kathleen. A la una interrumpieron el juego y pensaron que Kathleen debía de haberse ido a casa hacía rato. Al menos eso me explicó Michael que ellos contaron a la policía.

Los dos policías que vinieron a casa se sentaron con aire de incomodidad en el salón. Aunque tenían una actitud deferente, nos escrutaron a mí, a mi padre y el mobiliario. Yo no pude decirles gran cosa, y ellos aún nos dijeron menos.

En cierto momento, uno de ellos preguntó a mi padre.

—¿Qué hora era cuando Ariella volvió a casa?

—Las diez y cuarto.

No lo miré siquiera. Me quedé inmóvil, preguntándome cómo lo sabía.

—¿Estuvo usted aquí toda la noche, señor?

—Sí —afirmó mi padre—. Como de costumbre.

A Michael le temblaba la voz cuando hablamos por teléfono esa noche.

—Fue el señor Mitchell, el padre de Ryan, el que la encontró —dijo—. Estaba en el invernadero. Oí que mi padre le explicaba a mamá que estaba acostada allí con un aspecto tan apacible que al principio el señor Mitchell pensó que estaba dormida. Pero cuando la movieron —Michael comenzó a sollozar—, dicen que todo el cuerpo se desbarató.

Apenas podía sostener el teléfono. Imaginé la escena: Kathleen tendida entre las orquídeas, bajo el fluorescente púrpura que proyectaba una luz azul violácea. Vi el extraño ángulo que formaba su cabeza, pese a que Michael no lo había descrito. Encima de su cuerpo estaba esparcido el perejil de la bolsita que llevaba colgada a modo de talismán.

—Mamá está fatal —comentó Michael cuando logró seguir hablando—. No creo que se recupere de ésta. Y nadie debe contarle nada a Bridget, pero ella sabe que ha ocurrido algo malo.

—¿Qué pasó? —Tenía que preguntarlo—. ¿Quién la mató?

—No lo sé. Nadie lo sabe. Han interrogado a los otros chicos y todos aseguran que no volvieron a verla después de la primera parte del juego. —Respiraba de forma entrecortada entre las palabras—. Juro que averiguaré quién hizo esto y lo mataré con mis propias manos.

Permanecí un rato escuchando cómo Michael lloraba y despotricaba y volvía a llorar, hasta que el cansancio nos venció a ambos. De todas maneras, tenía la certeza de que ni él ni yo íbamos a dormir esa noche, ni la siguiente.

Al cabo de unos días encendí el ordenador y efectué una búsqueda en Internet de «Kahtleen McGarritt». Obtuve más de 70.000 resultados. A lo largo de las semanas siguientes, el número aumentó hasta 700.000.

El periódico de Saratoga Springs publicó varios artículos en los que presentaba a los jugadores de rol como practicantes de un culto satánico y apuntaba que la muerte de Kathleen podía haber sido un acto ritual. Se especificaban pocos detalles sobre su muerte, sólo que habían encontrado su cadáver casi exangüe y mutilado. En un editorial advertían a los padres del peligro de dejar que sus hijos participaran en juegos de rol.

Otras publicaciones exponían de forma más neutra los hechos, sin pronunciarse ni entrar en conjeturas sobre el móvil del crimen.

Todas coincidían en algo: se desconocía la identidad del asesino. Se creía que no la habían matado en el invernadero, sino en un patio cercano, donde habían encontrado fragmentos de un gnomo de yeso roto y manchas de sangre en la nieve. La policía local había pedido ayuda al FBI para la investigación.

«Si esa noche no me hubiera encontrado mal —pensé—, habría estado con ella. Tal vez habría evitado su muerte.»

Algunas de las búsquedas en Internet me condujeron a *MySpace.com*, a los blogs de tres amigos de Kathleen que hablaban de su muerte. Los leí someramente, asqueada por los detalles. Uno de ellos decía que le habían cortado el cuerpo «como sushi».

Las semanas siguientes transcurrieron, mal que bien. Unos días después, mi padre y yo reanudamos las clases. Omitimos hablar de Kathleen.

—Eileen McGarrit no volverá —anunció una noche—. Mary Ellis Root se encargará de prepararte la comida.

Hasta ese momento ignoraba cuál era el nombre de pila de la señora McG.

—Prefiero cocinar yo misma —contesté. Tampoco es que esos días tuviera nada de hambre.

—De acuerdo —aceptó.

Michael llamaba un par de veces por semana. Decía que no podríamos vernos durante un tiempo. Los medios de comunicación iban tras su familia y los amigos de Kathleen, y lo mejor era que se quedara en casa. Mientras tanto, la policía y el FBI guardaban silencio y lo único que precisaban era que había «destacados profesionales» a cargo del caso.

Los McGarritt enterraron a Kathleen. Si hubo una ceremonia, la realizaron en la intimidad. El funeral en su memoria tuvo lugar la semana anterior a Navidad, y mi padre y yo asistimos.

Se llevó a cabo en el gimnasio del colegio, el mismo sitio donde se celebrara el baile de Halloween. La diferencia era que, en lugar de las guirnaldas de papel, la sala estaba llena de detalles decorativos navideños. Cerca de la estatua de Jesús de la entrada, un pino adornado despedía un fuerte olor a resina. Habían puesto una fotografía de Kathleen en un caballete —un retrato que le habían sacado cuando llevaba el pelo largo— junto a un libro abierto en el que todos firmamos al entrar. Después nos sentamos en unas incómodas sillas plegables metálicas.

En el fondo de la sala, junto a un jarrón blanco con rosas blancas, hablaba un sacerdote. Yo apenas oí nada. Estaba observando a la otra gente.

La señora McG había perdido peso y la cara parecía

habérsele hundido. No habló con nadie ni tocó a nadie, ni siquiera para estrecharle la mano. Estaba sentada y de vez en cuando asentía con la cabeza. Parecía una anciana, pensé.

Michael me miraba desde el otro lado del recinto, pero no tuvimos ocasión de hablar. El resto de la familia no cruzó la mirada conmigo en ningún momento. Tenían la cara más afilada de lo que recordaba y estaban ojerosos. Hasta la pequeña Bridget, a la que por fin habían puesto al corriente de la muerte de su hermana, se veía más delgada. A su lado, el perro *Wally* estaba echado con la cabeza apoyada en las patas.

Los amigos «paganos» de Kathleen, de traje y corbata, parecían tristes y se lanzaban miradas de recelo. La tensión que se respiraba era indescriptible. El olor a flores resultaba mareante.

Varias personas subieron al estrado y dijeron cosas sobre Kathleen, mayormente tópicos manidos. ¡Cómo se habría reído si los hubiera oído! Yo tampoco les prestaba mucha atención. No podía creer que mi amiga estuviera muerta y no pensaba actuar como una hipócrita, así de sencillo.

Mi padre permaneció sentado a mi lado y siguió junto a mí cuando salimos. Estrechó la mano del señor McGarritt y dijo que lo sentíamos mucho. Yo no dije nada.

Michael me dedicó otra mirada cuando nos marchábamos, pero seguí caminando como una zombi.

Cuando estábamos a punto de salir, mi padre me desvió de repente hacia una puerta lateral. Después, una vez en el coche, lo entendí: en la entrada principal había una aglomeración de fotógrafos y cámaras de televisión.

Mi padre puso en marcha el motor. Yo me estremecí, observando cómo los periodistas rodeaban a los amigos y familiares de Kathleen a medida que abandonaban el colegio. Había empezado a nevar y en el aire flotaban unos voluminosos copos, como jirones de gasa. Dos de ellos quedaron pegados al parabrisas unos segundos antes de fundirse, dejando un reguero de agua. Habría querido quedarme allí mirando la nieve, pero el coche arrancó. Me recliné en el respaldo y mi padre condujo hasta casa.

Aquella noche pasamos una hora en silencio en el salón, fingiendo leer, y luego me fui a acostar. Me tendí bajo las mantas, con la mirada perdida. Al final debí de quedarme dormida, porque me desperté con un sobresalto, con la sensación de que alguien me había llamado por mi nombre otra vez.

—¿Ari? —Era una vocecilla aguda que llegaba de fuera—. ¡Ari!

Fui hasta la ventana y corrí las gruesas cortinas. Estaba abajo, descalza en la nieve, con la camiseta negra desgarrada y la cara iluminada por la cercana farola. Lo peor era la cabeza, que parecía haber sido arrancada y vuelta a colocar en un inverosímil ángulo. Se veía torcida.

—¿Ari? ¿Vienes a jugar?

Su cuerpo se bamboleaba mientras hablaba. Pero no era su voz... el timbre era demasiado agudo y tenía un sonsonete raro.

—Venga, vamos a jugar —insistió.

Me puse a temblar.

Entonces mi padre salió por la puerta de atrás.

—Vete. Vuelve a la tumba. —Aunque habló en voz baja, la potencia que transmitía me produjo un escalofrío.

Kathleen vaciló un momento. Luego dio media vuelta y se alejó a trompicones, como una marioneta, con la cabeza doblada hacia delante.

Mi padre volvió a entrar en casa, sin mirar hacia mi ventana. Unos segundos más tarde, estaba en mi habitación.

Yo seguía temblando acurrucada en el suelo, abrazándome las rodillas con toda la fuerza de que era capaz.

Él me dejó llorar un rato. Después me cogió, con la misma facilidad que si hubiera sido un bebé, y me puso en la cama. Luego me tapó, acercó una silla y me cantó.

—«*Murucututu, detrás do Murundu.*»

Yo no sé portugués, pero en ese momento dio igual que no entendiera la letra. Él me cantaba muy quedo, casi en un susurro. Al cabo de un momento pude parar de llorar, y al final me dormí.

Al día siguiente me desperté resuelta, sin ganas de llorar.

Cuando mi padre acudió a la biblioteca esa tarde, estaba preparada. Esperé a que se sentara y entonces me puse de pie.

—¿Quién soy, papá?

—Mi hija —repuso, observando lo hermosas que tenía las pestañas, como si buscara que yo reparara en eso para así distraerme.

Pero yo no estaba dispuesta a caer en la trampa.

—Quiero que me cuentes cómo ocurrió... cómo llegué a existir.

Permaneció callado un minuto, más o menos. Yo me quedé quieta. No podía percibir lo que pensaba.

—Entonces siéntate —indicó por fin—. Es una larga historia.

—No tengo manera de saber hasta qué punto eres como yo y en qué medida eres como tu madre —empezó.

Desplazó la mirada a la ventana, a la urna de la pared y de nuevo la posó en mí.

—Muchas veces, debido a tu manera de pensar, he creído que te parecías más a mí... y que con el tiempo aprenderías instintivamente lo que necesitas saber para sobrevivir.

»Pero no puedo estar seguro de eso. —Cruzó los brazos—. Como tampoco de que yo tenga siempre la posibilidad de protegerte. Supongo que ha llegado el momento de que te lo revele todo, desde el principio.

Me advirtió que sería un relato largo, que llevaría tiempo y me pidió que fuera paciente y no lo interrumpiera con preguntas.

—Quiero que comprendas cómo se encadenaron las cosas, cómo una condujo a la otra —puntualizó—. Tal como escribió Nabokov en sus memorias: «Dejadme observar con objetividad a mi demonio.»

—Sí —dije—. Quiero comprender.

De este modo, me explicó la historia que he incluido al comienzo de este cuaderno, la historia de una noche en Savannah. Los tres hombres que jugaban al ajedrez. La curiosa intimidad que se estableció entre mi padre y mi madre. La verja, el río, el chal. Y una vez que hubo acabado, volvió a contármela, agregando detalles. Los hombres que estaban con él eran sus compañeros de la Universidad de Virginia, con los que había ido a pasar el fin de semana en Savannah. Dennis era uno de los tres. El otro se llamaba Malcolm.

Mi padre había nacido en Argentina; nunca conoció a su padre, pero le habían dicho que era alemán. Sus padres no llegaron a casarse. Su apellido, Montero, provenía de su madre brasileña, que había muerto poco después de nacer él.

Le pregunté un detalle sobre mi madre.

—Tú le dijiste que la habías visto antes.

—Fue una extraña coincidencia —confirmó—. Sí, nos habíamos conocido de niños. Mi tía vivía en Georgia. Conocí a tu madre una tarde de verano en Tybee Island y estuvimos jugando juntos en la arena. Yo tenía seis años y ella diez. Yo era un niño y ella era una niña.

Reconocí el verso de «Annabel Lee».

—Eso de vivir junto al mar, después de pasar la infancia en las tierras del interior de Argentina me causó una honda impresión. Los sonidos y los olores del océano me procuraban una sensación de paz que no había experimentado antes. —Desvió la vista para fijarla de nuevo en la urna, en los tres pajarillos atrapados dentro.

»Me pasaba todos los días en la playa, construyendo castillos de arena y recogiendo conchas. Una tarde se me acercó una niña con un vestido blanco que me tomó la barbilla con la mano y me dijo: "Yo sé quién eres. Estás en el Blue Buoy Cottage."

»Tenía los ojos azules y el pelo caoba oscuro, la nariz pequeña y unos labios carnosos curvados en una sonrisa que me hizo sonreír. La miré a la cara mientras me retenía el mentón y entre nosotros se produjo algo.

Paró de hablar. Durante un momento, en la habitación sólo se oyó el tictac del reloj de caja.

—Por eso, cuando nos encontramos en Savannah, ni se me ocurrió plantearme si nos íbamos a enamorar —prosiguió en voz baja y suave—. Hacía veinte años que sentía amor por ella.

—¿Amor?

—Amor —corroboró, elevando la voz—. «Una forma de cooperación biológica en la que las emociones de cada cual son necesarias para la consecución de los propósitos instintivos del otro.» Fue Bertrand Russell quien lo escribió.

Mi padre se arrellanó en el sillón.

—¿Por qué tuerces el gesto, Ari? Russell también definió el amor como una fuente de deleite y conocimiento. El amor exige cooperación, y la ética humana está anclada en dicha cooperación. En su forma más elevada, el amor propicia valores que de lo contrario nunca conoceríamos.

—Eso es muy abstracto —objeté—. Yo preferiría oír qué sentías tú.

—Bien, Russell tenía razón en todo. Nuestro amor era una fuente de deleite. Y tu madre puso a prueba todos los valores que yo profesaba.

—¿Por qué dices siempre «tu madre»? —pregunté—. ¿Por qué no usas su nombre?

Desplegó los brazos y entrelazó los dedos a la espalda, escrutándome con frialdad.

—Me duele pronunciarlo —confesó—, incluso después de tantos años. De todas formas, tienes razón... necesitas saber quién fue tu madre. Se llamaba Sara. Sara Stephenson.

—¿Dónde está? —Ya se lo había preguntado antes, hacía mucho, sin obtener resultados—. ¿Qué le ocurrió? ¿Está viva todavía?

—Ignoro las respuestas a esas preguntas.

—¿Era guapa?

—Sí, era guapa —confirmó con voz ronca—. Sin embargo, carecía de ese engreimiento que tiene la mayoría de las mujeres hermosas. A veces, tenía sus ratos de mal-humor, eso sí.

Tosió.

—Desde que empezamos a salir, ella programaba el tiempo que pasábamos juntos. Planificaba los días como si fueran eventos artísticos. Una tarde fuimos a merendar a Tybee Island, comimos moras, tomamos champán teñido con *curaçao* y escuchamos a Miles Davis, y cuando le pregunté el nombre de su perfume, dijo que era L'Heure Bleue.

»Hablaba de "momentos perfectos". Esa tarde disfrutamos de uno de esos momentos. Ella había hecho una siesta y yo me quedé acostado a su lado, leyendo. "Siempre recordaré", dijo, "los sonidos del mar y el ruido que haces al pasar las páginas, y el olor de L'Heure Bleue. Para mí significan amor".

»Yo me burlé tildándola de romántica y ella replicó tachándome de intelectual aburrido. Ella creía realmente que el universo nos envía continuos mensajes sensoriales, que nunca podemos acabar de descodificar. Por su parte, también trataba de enviar los suyos.

Entonces mi padre dijo que ya era suficiente por una noche, que continuaríamos al día siguiente. Era tarde y fuera estaba muy oscuro.

Me fui sin protestar a la cama y esa noche no lloré, y tampoco soñé.

Yo preveía que mi padre reanudaría el relato de su noviazgo con mi madre, pero las clases del día posterior empezaron de una manera bastante distinta.

En lugar de en la biblioteca, dijo que prefería que nos reuniéramos en el salón. Tenía una copa de Picardo en la mano, pese a que normalmente sólo bebía después de acabar las clases.

Una vez que estuvimos instalados en nuestros habituales asientos, entró sin más en materia.

—Yo carezco de ciertas cualidades humanas, algunas de las cuales percibo en la facilidad con que hablas con Dennis, como el sentido de la broma, la espontaneidad para demostrar afecto.

»Tengo ciertas compensaciones, desde luego. —En ese punto esbozó su tensa sonrisa académica—. Una de ellas es la memoria. Me acuerdo de todo. Retengo de nuestras conversaciones cosas que tú olvidas. Pero tú posees una memoria implícita... es decir, que aunque no tengas consciencia de los sucesos del pasado, tu red neurológica retiene fragmentos concretos de experiencia codificada.

»Yo siempre he mantenido la expectativa de que, con el tiempo, ibas a descodificarlos, que ante la presión de un estímulo apropiado los recordarías de modo consciente.

Levanté la mano y él paró de hablar. Tardé un minuto en comprender lo que me decía. Al final asentí, y él prosiguió su relato.

La vida de mi padre se dividía en cinco períodos. Primero, la infancia, que, a su decir, fue monótona, con horarios regulares para las comidas, el sueño y las clases. Dijo que había procurado estructurar una monotonía similar en mi caso y apuntó que Bertrand Russell afirmaba que la monotonía es un ingrediente esencial de una vida feliz.

Cuando dejó la casa de su tía para asistir a la Universidad de Virginia, mi padre entró en otra fase: sus años locos, tal como los llamaba ahora. Como no tenía dificultad en su aprendizaje, dedicaba una parte considerable de su tiempo a beber, jugar y frecuentar mujeres.

Luego conoció a mi madre en Savannah, lo que dio paso al tercer período.

Ella abandonó a su marido y se trasladó a un apartamento de una vieja casa de ladrillos situada frente al cementerio colonial de Savannah. (Aquí, como si quisiera demostrar la capacidad de su memoria, mi padre describió los senderos que atravesaban el cementerio, incrustados de pedazos de conchas de ostra y los motivos grabados en las aceras de ladrillo que los bordeaban. Eran espirales. Él dijo que no le gustaba mirarlos, pero para mí las espirales son uno de mis símbolos preferidos. ¿Para ti también? Simbolizan la creación y el crecimiento si giran en el sentido de las agujas del reloj desde el centro, y la destrucción si se enroscan hacia la izquierda. En el hemisferio norte, los huracanes giran hacia la izquierda, por ejemplo.)

Mi madre se puso a trabajar en una empresa que se dedicaba a la recolección, envase y comercialización de miel. Se había negado a aceptar dinero de su marido. Aparte, inició las gestiones para el divorcio.

Todos los fines de semana, mi padre conducía ocho horas desde Charlottesville hasta Savannah, y todos los lunes regresaba. Dijo que nunca le importaba hacer el viaje hasta el sur. Lo que detestaba era el trayecto de regreso.

—Cuando uno está enamorado, las separaciones producen un dolor físico —declaró.

Hablaba en voz tan baja que yo tenía que adelantar el torso para oírlo.

Me pregunté qué sentiría por Michael, de no haber estado tan aturdida. «Ari está aturdida.» Durante ese período me resultaba fácil pensar en mí en tercera persona: «Ari está deprimida», pensaba a menudo. «Ari prefiere estar sola.»

Cuando estaba con mi padre, no obstante, me olvidaba de todo. Ahora sé que escuchar su relato fue la mejor manera de superar la muerte de Kathleen.

La casa de ladrillo donde mi madre vivía en Savannah tenía tres pisos, con postigos verdes, balcones de hierro forjado y una cerca recubierta de glicinias. Su apartamento quedaba en el segundo piso. Con mi padre se sentaba a veces a charlar, tomando vino, en el balcón que daba al cementerio.

Las gentes del lugar decían que la casa estaba encantada. Una noche entre semana en que mi madre estaba sola, se despertó de manera brusca, percibiendo la presencia de alguien en la habitación.

Al día siguiente describió el incidente por teléfono a mi padre: «Me sentí helada hasta los huesos, y eso que estaba tapada con el edredón y que no era una noche fría. Había una niebla en la habitación; la veía girar con la luz de la farola de fuera. Entonces se condensó y comenzó a tomar forma. Sin pensarlo, dije: "Dios mío, protégeme. Dios mío, sálvame." Y cuando abrí los ojos, se había ido. Se había esfumado por completo. La habitación estaba tibia otra vez y me dormí sintiéndome a salvo.»

Mi padre trató de consolarla, pero en el fondo pensaba que debían de ser imaginaciones suyas, producto de su superstición.

No tardó mucho en convencerse de lo contrario.

—Habías dicho que mi madre era supersticiosa. —Me di cuenta de que estaba tocando el saquito de lavanda que llevaba colgado y me apresuré a apartar la mano.

—Lo era. —Se había percatado de mi gesto y sabía que estaba pensando en Kathleen—. Creía que el color azul daba suerte, y también la letra S.

—La S es azul —afirmé.

—Ella no era sinestésica —puntualizó.

Escuché lo que me explicó sobre la aparición del fantasma en la habitación de mi madre sin cuestionarlo. Mi escepticismo había quedado en vilo permanente la noche en que vi a Kathleen debajo de mi ventana.

Un fin de semana, cuando mi madre y mi padre volvieron a su apartamento después de cenar, los dos notaron un olor extraño en el salón, un olor a humedad y moho. Aunque abrieron las ventanas, persistía. Más tarde, cuando se iban a acostar, vieron una voluta de humo verde que giraba en el dormitorio. Iba dando vueltas, como un torbellino y, aunque parecía fundirse, seguía conservando una forma precisa.

Mientras lo observaban, mi padre abrazaba a mi madre, porque cada vez hacía más frío en la habitación.

—Hola, James —dijo por fin mi madre.

Al ser reconocido, el humo se disipó. En cuestión de segundos, el cuarto recuperó el calor.

—¿Cómo conocías su nombre? —preguntó mi padre.

—Ha venido más de una vez. No lo mencioné, porque no me creíste cuando te hablé de su primera visita.

Mi madre estaba convencida de que aquello era el fantasma de alguien llamado James Wilde, a cuya tumba del cementerio de enfrente condujo al día siguiente a mi padre. Era un día ventoso y los líquenes prendidos de los robles de Virginia parecían danzar en torno a ellos.

Mientras mi padre miraba la lápida, mi madre recitó de memoria la inscripción:

Esta humilde losa
atestigua la filial piedad,
fraternal afecto y varoniles virtudes
del señor JAMES WILDE,
que fuera Pagador de Distrito del Ejército
de Estados Unidos.
Falleció en un duelo el 16 de enero de 1815,
a manos de un hombre
que, no mucho antes, de no ser por él,
no habría tenido ni un solo amigo;
y expiró al instante a los 22 años de edad,
muriendo tal como había vivido:
con firme valor e impoluta reputación.
Con su prematura muerte se quiebra
el báculo de una Madre;
se destruyen la esperanza y consuelo de unas Hermanas;
se desmorona el orgullo de unos Hermanos,
y toda una Familia, hasta entonces feliz,
queda sumida en la aflicción.

Más adelante, mi padre se enteró de que el hermano de Wilde había conmemorado su muerte en un poema, algunos de cuyos versos me citó:

Mi vida es como la rosa de verano
Que se abre por la mañana temprano;
Y cuando llegan las sombras del anochecer,
En el suelo se desparrama... para perecer

En ese momento mi padre no quedó convencido de que el fantasma fuera Wilde, pero mi madre estaba segura.

—De este modo —continuó— me vi introducido en una nueva dimensión, donde los hechos y la ciencia no alcanzaban a explicarlo todo. Poe lo sabía muy bien. «Yo creo que los demonios aprovechan la noche para confundir a los incautos... pese a que, como sabéis, yo no creo en ellos.» ¿Recuerdas esta frase de él?

No la recordaba.

Sólo mucho más adelante comprendí por qué mi padre me contó la anécdota del fantasma y me citó todos esos versos, porque quería distraerme de la muerte de mi mejor amiga y ayudarme a aceptarla a la vez.

7

No obstante, yo no podía aceptar su muerte sin saber quién la había matado. Los McGarritt eran, en efecto, «toda una Familia, hasta entonces feliz... sumida en la aflicción» y merecían saber —como todos— lo que realmente había ocurrido.

Un gélido día de enero, me quedé sorprendida y extrañamente aliviada a un tiempo cuando mi padre me previno de que esa tarde vendría a vernos un agente del FBI.

El agente se llamaba Cecil Burton y era la primera persona afroamericana que venía a nuestra casa. Resulta difícil de creer, ¿verdad? Hay que tener presente que en Saratoga Springs llevábamos una vida retirada.

Mi padre acompañó a Burton al salón, y lo primero que percibí de él fue su olor: una potente mezcla de tabaco y colonia para hombre. Burton olía bien y me miraba como si supiera que yo estaba pensando eso. Llevaba un traje de buen corte que destacaba su complexión sin llegar a ser ceñido. En su mirada había una expresión de hastío, pese a que no tendría más de treinta y cinco años.

El agente Burton se quedó con nosotros sólo una hora, pero durante ese tiempo obtuvo de mí más información sobre Kathleen de la que yo creía disponer. Me hizo preguntas sobre nuestra amistad, de tipo intranscendente al principio: «¿Cómo os conocisteis? ¿Con qué frecuencia os veíais?» Después fue perfilando más los planteamientos: «¿Sabías que estaba celosa de ti?» y «¿Cuánto hace que dura tu relación con Michael?»

Yo respondí con sinceridad a todas las preguntas, aunque en principio no creí que llevaran a ninguna parte. Luego traté de imaginar qué estaba pensando realmente mientras hablaba, y descubrí que era capaz de leer algunos de sus pensamientos.

Uno mira a los ojos del otro y es como si sus pensamientos llegaran telegrafiados a la propia mente, y así sabe exactamente qué está pensando en ese momento. A veces ni siquiera hay necesidad de mirar; basta con concentrarse en las palabras para captar los pensamientos.

Me di cuenta de que Burton sospechaba que mi padre y yo estábamos implicados de algún modo en la muerte de Kathleen. No era porque tuviera ninguna prueba concreta, simplemente no le gustaba el «marco» (una palabra que yo nunca había usado ni pensado antes). Había efectuado indagaciones sobre nosotros; lo deduje porque no paraba de efectuar referencias mentales a ellas, sobre todo en relación a mi padre. («Cambridge, ¿eh? Lo dejó todo de forma repentina. Eso fue hace dieciséis años. ¿Qué edad tiene este tipo? No parece que pase de los treinta. El muy presumido debe de inyectarse Botox. Y tiene un cuerpo de atleta de maratón. Pero ¿por qué no está nada bronceado?»)

—¿Y dónde está la señora Montero? —preguntó Burton a mi padre.

—Estamos separados —respondió éste—. Hace años que no la veo.

«¿Consultar acuerdo de separación?», pensó Burton. Todos esos pensamientos los capté, pero en otras ocasiones, no logré obtener acceso. La interferencia venía provocada por una especie de estática mental, me pareció.

Entonces miré a mi padre y en sus ojos quedó patente que sabía qué estaba haciendo y que quería que parase.

—¿De qué hablasteis con Michael cuando te acompañó a casa esa noche? —La pregunta de Burton se coló entre mis pensamientos.

—Ah, no me acuerdo —contesté. Era mi primera mentira y me dio la impresión de que lo notó.

—Michael dijo que la cosa —en ese momento pareció relajar la expresión— se puso un poco tórrida e intensa. —Al cabo de un segundo volvía a estar alerta como antes.

—¿Es esto necesario? —intervino mi padre. En su tono impasible era perceptible cierta repulsa.

Me dieron ganas de oír qué estaba pensando, pero me abstuve. En lugar de ello ladeé la cabeza y miré de frente a Burton sin leerle en los ojos.

—Nos estábamos besando —dije.

Después de acompañar a Burton afuera, mi padre regresó al salón. Sin darle tiempo a volver a sentarse, le lancé la pregunta.

—¿Te acuerdas de *Marmalade*? ¿El gato del vecino? ¿Sabes quién lo mató?

—No.

Intercambiamos una mirada de recelo mutuo. Después él se encaminó al sótano.

¿Había mentido a Burton?, me planteé. Si no, ¿por qué no estaba en el salón cuando yo entré esa noche? Él era una persona muy rutinaria, pensé. Y si mentía, ¿dónde estaba pues esa noche?

Y debajo de todas esas preguntas subyacía la principal: ¿había intervenido mi padre en la muerte de Kathleen? Así lo expresaba yo en mi interior. No lograba pensar directamente: ¿la había matado?

Sí, Burton estuvo con nosotros sólo una hora, pero alteró el ambiente de nuestra casa. Introdujo un elemento que nunca había estado presente hasta entonces: la sospecha. Cuando me fui arriba, el sonido de mis pasos en las escaleras, las formas de los cojines marroquíes del rellano, hasta los cuadros de la pared... todo se me antojó extraño y reservado, siniestro casi.

Encendí el ordenador y efectué una búsqueda en Internet con el nombre de Kathleen. No encontré apenas novedades, excepto en los blogs, donde alguien afirmaba que uno de los participantes en el juego de rol la había matado, y varias personas respondieron. Encontré tan estúpido el debate que no lo leí.

Obedeciendo a un impulso repentino, busqué «Sara Stephenson» y salieron más de 340.000 resultados. Al añadir «Savannah» a su nombre, éstos se redujeron a 25.000. Fui pasándolos página por página, pero ninguno relacionaba el nombre Sara con el apellido Stephenson. Los dos aparecían mencionados en contextos distintos.

La búsqueda correspondiente a «Raphael Montero» me remitió al personaje de las películas del Zorro. También resultó que «Montero» era el nombre de un vehículo todoterreno. ¡Qué indignidad!

Renuncié. No quería pensar más. Al ver en el escritorio el baqueteado *En el camino* que me había prestado Michael, decidí pasar el resto de la tarde leyéndolo en la cama.

Al cabo de una hora aproximadamente, dejé el libro, deslumbrada por su estilo. Kerouac tenía una manera rara de enfocar los personajes —ninguno de los femeninos me parecía auténtico y la mayoría de los hombres daba la impresión de estar muy idealizados—, pero sus detalladas descripciones eran hermosas y, en ciertos pasajes, casi líricas. El libro me inspiró deseos de viajar, de ver la América que Kerouac había visto. Intuía que había un vasto mundo aguardándome y que, por más que leyera o indagara en Internet, no aprendería las lecciones que me daría la experiencia.

Cuando volví a bajar, se habían disipado las sospechas con respecto a mi padre y la casa me resultaba de nuevo familiar. Por primera vez en varias semanas sentí hambre. Mirando en los armarios de la cocina, encontré una sopa de crema de espárragos. Busqué leche en la nevera, pero la del brik que había comprado la señora McG se había agriado. Tuve que diluir la sopa con agua.

Mientras se calentaba, me senté en la mesa y leí el libro de recetas de mi madre y preparé una lista para la compra. Aquélla era la primera vez que lo hacía. La señora McG siempre se había ocupado de esas cosas.

Cuando estuvo lista la sopa, la vertí en un tazón y, obedeciendo a un impulso, metí una cucharada de miel.

Mi padre entró mientras comía. Primero miró la comida y luego a mí, y yo deduje lo que pensaba: mi madre se ponía miel en la sopa.

En el salón, después de la cena, mi padre reanudó su relato sin que yo se lo pidiera.

El año en que cumplió veintisiete años, le ofrecieron

participar en una investigación postdoctoral en la Universidad de Cambridge. También le hicieron la propuesta a su amigo Malcolm, y entre los dos efectuaron las gestiones para que Dennis los acompañara como ayudante en la investigación.

Mi padre tenía dudas porque no quería dejar sola a mi madre, pero después de la manifestación de inquietud inicial, ella lo animó a ir.

—Será tu consagración —dijo.

Se marchó, pues. Tras firmar unos papeles y deshacer el equipaje en su nuevo apartamento, se dio cuenta de lo solo que estaba. Malcolm y Dennis habían vuelto a irse, para asistir a una conferencia en Japón; él no los había acompañado, porque quería disponer de tiempo para pensar.

Como faltaba una semana para el comienzo del trimestre, decidió efectuar un breve viaje por Inglaterra. Después de pasar unos días en Londres, alquiló un coche y se dirigió a Cornualles.

Se proponía encontrar un lugar adonde llevaría a Sara cuando ella pudiera ir a visitarlo la primavera siguiente. Primero se desplazarían hasta el condado de Berkshire, para que ella viera algo de lo que siempre había hablado —el caballo céltico grabado en una colina cerca de Uffington— y después reanudarían el camino hacia Cornualles. Localizó una pensión al final de una sinuosa carretera que conducía al pueblo de pescadores de Polperro. Pasó tres días en una habitación del piso de arriba, leyendo y escuchando los graznidos de las gaviotas que revoloteaban abajo en el puerto.

Todos los días salía a caminar por los senderos del acantilado. Después de cinco años de encierro en aulas y laboratorios, su cuerpo estaba hambriento de ejercicio.

Además, las excursiones le levantaron el ánimo. Pese a lo mucho que añoraba a mi madre, comenzó a pensar que podría soportar la separación.

En la ruta de regreso a Cambridge, paró en Glastonbury, una pequeña ciudad de Somerset Levels, dominada por la colina sagrada del Tor. Sara la había descrito como un centro de «pensadores alternativos», un sitio que debía ver.

Allí le ocurrieron tres cosas extrañas.

Mientras caminaba por Benedict Street, un perro negro se cruzó delante de un coche que llegaba; el vehículo se desvió y chocó contra la acera con tal violencia que el parabrisas se hizo añicos, propulsando trocitos de vidrio en todas direcciones. Mi padre se detuvo un momento a mirar a los transeúntes que se interesaron por el estado de la conductora, que encorvada encima del volante parecía más conmocionada que herida. Después siguió su camino, oyendo el ruido que hacían los cristales aplastados bajo sus zapatos.

Cuando vio el letrero del Blue Note Café, se acordó de Sara. A ella le encantaba el color azul y consideraba como transmisores de suerte todos los nombres que incluyeran la palabra «azul». Se imaginó llevándola a Glastonbury en primavera, conduciéndola a Benedict Street para luego observar cómo se le iluminaba la cara al ver el rótulo. Luego entró en el establecimiento, pidió un bocadillo y se figuró que estaba sentada en la mesa frente a él.

La mujer que acudió a servirlo comentó que se había «perdido el espectáculo». Y explicó que un momento antes, después de acabar de comer, un cliente había comenzado a quitarse metódicamente la ropa, que dejó plegada en una silla. Señaló la pequeña pila de ropa dispuesta en la silla. Acto seguido, el hombre había salido corriendo desnudo a la calle.

—Alguien habrá llamado a la policía —conjeturó.

Los comensales de las otras mesas hablaban del incidente y todos coincidían en que aquel individuo no era de la localidad.

—Debe de estar loco —apuntó uno.

Una vez que hubo acabado de comer, mi padre pagó y se encaminó a la zona de aparcamiento. Atravesaba una calle cuando un ciego se acercó desde la otra acera. Era un hombre corpulento y completamente calvo; iba tanteando el suelo frente a él con un bastón blanco. Cuando estuvo más cerca, mi padre advirtió que tenía los ojos totalmente blancos, como si las pupilas estuvieran vueltas hacia el cráneo. Un segundo antes de que se cruzaran, el ciego volvió la cabeza en su dirección y sonrió.

Mi padre experimentó una subida de adrenalina... y algo que no había sentido nunca: notó que se hallaba en presencia del mal.

Aceleró el paso. Al cabo de un minuto, miró por encima del hombro. El hombre había desaparecido.

De nuevo en la carretera, volvió a repasar mentalmente las escenas, pero no logró hallarles ningún sentido. Después les contó a Dennis y Malcolm la anécdota del hombre que fingía ser ciego, en son de broma. Dijo que se había topado con el diablo en Glastonbury. Mientras sus dos amigos se mofaban de él, deseó poder compartir su escepticismo.

En ese punto, mi padre abrió una pausa.

—¿Tú crees en el diablo? —le pregunté.

—No es una cuestión de creer o no —repuso—. Mi

reacción fue instintiva e inmediata: me había cruzado con el mal... y ésa es una palabra en la que ni siquiera creo haber pensado nunca.

Deseaba que volviera atrás, que me contara las cosas que más necesitaba saber. Me fascinaba el sonido de su voz al pronunciar el nombre de mi madre: Sara.

—Parece que en aquellos tiempos eras diferente —señalé, para incitarlo a continuar—. Ibas de excursión y jugabas en la playa. ¿No tenías... —titubeé un instante— lupus cuando eras más joven?

Dejó la copa en la mesa de caoba dispuesta junto a su sillón.

—Entonces gozaba de buena salud —contestó—. El sol no me molestaba. La comida no era motivo de preocupación. Sentía pasión por Sara y por mi trabajo. No tenía inquietudes financieras, gracias al legado de mi padre, con el que nos mantenemos aún. El futuro se presentaba radiante —resumió con una irónica sonrisa.

El diablo con que se cruzó mi padre en Glastonbury no era nada comparado con el diablo que lo aguardaba en Cambridge.

Al principio su investigación la supervisaba el profesor A. G. Simpson, una persona apacible, más bien tímida, de impecables modales a través de los cuales brillaba su gran inteligencia. Las becas de investigación que gestionaba Simpson sumaban millones de libras y su trabajo se centraba en las células madre.

Al cabo de unos meses, no obstante, otro profesor del departamento de Hematología, John Redfern, intentó captar a mi padre y a Malcolm como colaboradores. Los laboratorios de Redfern, especializado en la medicina de transfusión, estaban adscritos a las actividades de la Agencia Nacional de Hematología, en el campus de Addenbrooke.

En aquel momento interrumpí a mi padre:

—No me has hablado apenas de Malcolm.

—Era mi mejor amigo. Malcolm era casi tan alto como yo, de pelo rubio con raya a la izquierda; se lo dejaba caer por encima de la frente. Tenía una piel muy clara que se enrojecía con facilidad cuando estaba incómodo o enfadado. Era inteligente y bastante apuesto, o al menos así lo consideraban las mujeres por aquel entonces, pero a él le gustaba representar el papel de misántropo y cínico. No tenía muchos amigos.

Cuando Malcolm pasó a recoger a mi padre ese día, llevaba corbata y camisa blanca debajo de su habitual chaqueta de punto. Le habían prestado un coche, con el que se desplazaron para reunirse con Redfern en un restaurante que no conocían, situado en el otro extremo de la ciudad. El lugar resultó ser una sala mal ventilada y cargada de humo, donde unos empresarios de caras coloradas consumían unos típicos platos de asado inglés con guarnición de verdura.

Redfern se levantó de una mesa cuando entraron. El restaurante quedó en silencio mientras los comensales escrutaban a los recién llegados. Malcolm y mi padre a menudo eran el blanco de todas las miradas en los locales públicos, porque no tenían aspecto de ingleses.

Redfern debía de medir un metro sesenta, tenía ojos oscuros, nariz larga y piel rojiza. No era bien parecido, pero cada vez que mi padre lo veía en el campus iba acompañado de alguna persona guapa.

Mientras comían carne roja regada con vino tinto, Redfern expuso su plan. Quería fundar una empresa que tendría por objeto desarrollar una base de datos de muestras de suero destinada a la identificación de enfermedades. Estuvo un buen rato argumentando en qué medida Malcolm y mi padre podrían incrementar el potencial de dicha empresa y al tiempo enriquecerse.

—Ya veo, lo que interesa aquí es el dinero —dijo Malcolm.

El desdén que impregnaba su voz pareció tomar por sorpresa a Redfern.

—Creía que vosotros los yanquis sólo pensabais en el sucio lucro —replicó.

(Recordé que, en latín, *lucrum* significa «avaricia». Y en la Edad Media, *lucro* significaba «provecho», pero también «ganancia ilícita».)

En cualquier caso, Redfern se equivocaba de plano en lo referente a Malcolm y a mi padre. Ambos tenían demasiado dinero ya. El bisabuelo de Malcolm, John Lynch, había hecho fortuna en la industria del acero americana, y Malcolm era millonario. El dinero de mi padre provenía de un grupo de empresas fundado por su padre, un acaudalado alemán que se enriqueció aún más gracias a algunos turbios negocios realizados en América Latina durante la Segunda Guerra Mundial.

Después de la intervención de Malcolm, mi padre miró por encima de los ensangrentados platos y las salpicadas servilletas de la mesa y percibió un destello de rabia en los ojos de Redfern. Un segundo después, su expresión había cambiado por una de triste demanda.

—Espero que se planteen mi oferta —dijo, con actitud casi humilde.

Dejaron que Redfern pagara la cuenta y se fueron en el coche, riéndose de él.

Yo me revolvía en mi sillón.

—¿Tienes sueño? —me preguntó mi padre.

Yo no lo tenía nada claro. Había perdido la noción del tiempo.

—No —aseguré—. Sólo necesito estirar las piernas.

—Quizá deberíamos parar por hoy —propuso.

—No —decliné—. Quiero oírlo todo.

—No estoy tan seguro. No querría trastornarte.

—Dudo que haya alguna cosa que vuelva a trastornarme —señalé.

Unos días después de aquella comida, mi padre se encontró por casualidad con Redfern mientras caminaba por el centro de la ciudad. Redfern iba con una sueca alta que trabajaba en el laboratorio Cavendish. Los tres se saludaron y de pronto mi padre notó que no podía moverse.

Las piernas no le obedecían. Tenía los ojos clavados en los de Redfern y, cuando trató de desviar la mirada, no lo logró.

Redfern sonreía.

Mi padre volvió a intentar desplazar la mirada hacia la mujer, pero se vio obligado a mantenerla como estaba, fija en la de Redfern.

Transcurrió un minuto antes de que mi padre pudiera moverse de nuevo. Entonces despegó la vista de Redfern para posarla en la mujer, que rehuyó la mirada.

—Nos veremos pronto —dijo Redfern.

Mi padre sintió ganas de echar a correr. Reprimiéndose, se alejó andando por la calle, seguido por las risas de ambos.

Una semana después, Malcolm llamó para invitar a

mi padre a tomar el té en sus habitaciones. Él contestó que estaba ocupado.

—He visto una hemoglobina sorprendente hoy —dijo Malcolm. No era el tipo de persona que usara la palabra «sorprendente» así como así, de modo que el comentario bastó para atraer a mi padre.

Mientras subía las escaleras de las habitaciones de Malcolm, percibió un fuerte olor a pan quemado. Nadie respondió cuando llamó, pero como la puerta no estaba cerrada, entró.

Como de costumbre, Malcolm había encendido fuego en la chimenea de la sala de estar. Junto a ella, Redfern sostenía un hurgón en cuyo extremo había prendida una rebanada carbonizada de pan.

—Me gustan las tostadas quemadas —dijo sin volverse—. ¿Y a ti?

Malcolm no estaba, por lo visto.

Redfern lo invitó a tomar asiento. Aunque quería marcharse, se sentó. Bajo el olor a pan quemado, detectó otro olor, un olor desagradable.

Quería marcharse, pero permaneció en su asiento.

Redfern se puso a hablar. Mi padre lo encontraba brillante y fatuo a la vez. «Brillante» era una palabra que se usaba mucho y de manera indiscriminada en Cambridge, comentó mi padre, y añadió que lo mismo debía de ocurrir en la mayoría de las grandes universidades dedicadas a la investigación. Dijo que el mundo académico le recordaba a un circo mal organizado. Los miembros de las facultades eran como animales mal alimentados —hastiados de sus jaulas, que nunca eran lo bastante espaciosas— remisos a obedecer al látigo. Los trapecistas se caían con monótona regularidad en unas redes que no estaban bastante tensadas. Los payasos tenían cara de hambre.

La carpa tenía goteras. El público estaba distraído y gritaba de manera incoherente, en los momentos inadecuados. Y cuando el espectáculo terminaba, nadie aplaudía.

(Las metáforas prolongadas eran una herramienta que mi padre usaba de vez en cuando, supongo que por diversión y también como mecanismo de elucidación. En todo caso, me gustó la imagen del circo mal organizado, y por eso la incluyo aquí.)

Miraba a Redfern mientras éste recorría la habitación, hablando de filosofía, precisamente. Dijo que quería conocer algo más sobre la postura ética de mi padre, pero antes de que éste pudiera decir algo, pasó a exponer la suya.

Redfern se consideraba un utilitario.

—¿Convendrías conmigo —planteó— en que la única obligación del hombre es generar el máximo placer posible?

—Sólo si el placer generado es equivalente a la disminución del dolor. —Mi padre se cruzó de brazos—. Y sólo si el placer de cada hombre es igual de importante que el de cualquier otro.

—Muy bien. —La cara de Redfern se veía más rojiza que de costumbre por obra del fuego, y mi padre la encontró de una fealdad excepcional—. Entonces convendrás conmigo en que la cantidad de placer o dolor generados por una acción es un criterio esencial para determinar qué acciones conviene llevar a cabo.

Mi padre asintió, con la sensación de estar asistiendo a una clase de ética.

—Muchas acciones son erróneas porque provocan dolor —declaró Redfern agitando el atizador, con la renegrida rebanada prendida en la punta—. ¿Estás de acuerdo? Y si se puede demostrar que un acto desencadenará dolor, ello sería suficiente motivo para no realizarlo.

En ese momento mi padre advirtió un leve movimiento a su espalda. Sin embargo, cuando se volvió a mirar no vio nada. Por otra parte, el repulsivo olor pareció cobrar intensidad.

—De ello se desprende, pues, que hay casos en que es necesario infligir dolor ahora a fin de evitar un mayor dolor después, o a fin de propiciar un placer futuro por el que merezca la pena sufrir el dolor presente.

Mi padre observaba a Redfern, tratando de dilucidar adónde quería ir a parar, cuando Malcolm se le acercó por la espalda, le echó la cabeza atrás y lo mordió en el cuello.

—¿Cómo fue? —pregunté.

—¿No sientes una sensación de repugnancia al escuchar esto?

En realidad, me sentía alerta y aturdida a un tiempo.

—Prometiste contármelo todo.

El dolor era abrasador, más violento de lo que jamás había experimentado. Forcejeó en vano para liberarse.

Malcolm lo retenía en un torpe abrazo que habría resultado impensable, en el supuesto de que mi padre se hubiera hallado en condiciones de pensar. Intentó girar la cabeza para verle la cara a Malcolm, pero entonces debió de desmayarse, aunque antes le dio tiempo de percatarse de que, al otro lado de la habitación, Redfern observaba la escena con evidente regocijo.

Al recobrar el conocimiento, estaba tendido en el sofá, y cuando se pasó la mano por la cara, se le quedó oscura, manchada de sangre coagulada. Sus «amigos» no estaban.

Se incorporó. Notaba la cabeza pesada e hinchada y una gran debilidad en piernas y brazos; sin embargo, tenía un perentorio deseo de irse corriendo. El fuego se había apagado y hacía frío, pero los olores a pan quemado y a la otra sustancia desconocida persistían. Ahora le parecían casi apetitosos, al igual que un curioso sabor metálico que tenía en la boca.

Lo recorría una especie de hormigueo. Se sentía vacío y a la vez sus venas parecían cargadas con algo semejante a la adrenalina. Consiguió ponerse en pie y caminar hasta el baño. En el sucio espejo de encima del lavabo, vio la herida que tenía en el cuello y un cerco de sangre seca en torno a su boca. El corazón le resonaba en la cabeza como un martilleo de metal contra metal.

Frente al baño había un dormitorio cerrado, de donde emanaba aquel extraño hedor. Dentro debía de haber algún animal muerto, pensó mi padre.

Cuando bajaba las escaleras, vio a Redfern y a Malcolm. Se detuvo a observarlos en el rellano. Sentía vergüenza, rabia y deseos de venganza. No obstante, mientras ellos se aproximaban al rellano, no hizo nada.

Redfern asintió con la cabeza. Malcolm lo miró un instante y desvió la vista. El cabello le caía sobre los ojos y tenía la cara tan rosada como si acabara de frotársela. Su mirada aparecía apagada, apática, y no olía a nada en absoluto.

—Es inútil dar explicaciones —dijo Malcolm, como si mi padre las hubiera reclamado—. Un día comprenderás que ha sido por tu propio bien.

Redfern sacudió la cabeza y continuó subiendo.

—Americanos —murmuró—. Absolutamente incapaces de ironía.

—¿Sabías lo que eras? —pregunté.

—Tenía cierta idea —reconoció—. Había visto algunas películas y leído varios libros... pero eso es ficción, en su mayor parte pura invención.

—¿Puedes transformarte en un murciélago?

Me miró con aquella mirada desganada, de decepción.

—No, Ari. Eso es folclore. Ojalá fuera verdad. Me encantaría poder volar.

Me dispuse a hacer otra pregunta, pero él me atajó.

—Necesitas dormir. Mañana te contaré el resto.

Reparé en que se me habían quedado dormidas las piernas. El reloj anunció un cuarto: las 12.15 de la noche. Sacudí las piernas y me levanté despacio.

—Papá —dije—, ¿yo también lo soy?

Él sabía muy bien a qué me refería.

—Eso empieza a parecer —contestó.

8

—Muy poco de lo que se escribe sobre nosotros es cierto —afirmó a la tarde siguiente—. Nunca te fíes de los que se hacen pasar por expertos en vampiros. Por lo general son farsantes provistos de una imaginación enfermiza.

Ese día también estábamos en el salón, no en la biblioteca. Yo había acudido a la cita preparada, o así lo creía, con páginas de información vampírica que había copiado de Internet en mi diario. Después de dedicar una ojeada a unas cuantas, él sacudió la cabeza.

—Escritas por tontos bienintencionados —dictaminó—. Es una lástima que no haya más vampiros que divulguen la realidad. Algunos lo han hecho y espero que se vayan sumando otros, a medida que aprendamos nuevas maneras de encarar nuestro trastorno.

—¿Y las estacas clavadas en el corazón? —pregunté.

Frunció el entrecejo y torció el gesto.

—Cualquiera moriría si le clavan una estaca en el corazón —arguyó—. Y cualquiera moriría si sufre graves quemaduras, incluso los vampiros. Pero lo de dormir en ataúdes, llevar ropa pomposa y la necesidad de disponer de nuevas víctimas... todo eso son bobadas.

»El mundo es el hogar de cientos de miles, tal vez millones, de vampiros —dijo—. Nadie lo sabe a ciencia cierta, porque no hay censos ni listados al respecto. La mayoría de los vampiros llevan vidas normales, una vez que aprenden a desenvolverse con sus necesidades especiales, no muy diferentes de las causadas por cualquier otra dolencia crónica.

—Como el lupus —apunté.

—Te mentí en lo referente al lupus, Ari. Perdona. Es la tapadera que ideé para adaptarme al mundo. Quería ser sincero contigo, pero también esperar a que fueras un poco mayor. Si hubieras resultado mortal, quizá lo mejor habría sido que creyeras que tenía lupus. Y si no... bueno, otra parte de mí pensaba que tú siempre habías sabido que no era lupus.

»No obstante —añadió—, en ciertos sentidos el vampirismo es como el lupus. También provoca sensibilidad al sol y tendencia a padecer dolor en las articulaciones y migraña. Algunos medicamentos y suplementos para tratar el lupus también son eficaces para los vampiros, sobre todo para controlar el sistema inmunitario.

Seradrone había creado suplementos sanguíneos que usaban tanto los vampiros como los enfermos de lupus, confeccionados a partir de su investigación en el campo de la sangre artificial.

—Estamos creando nuevos medicamentos específicos para nosotros —explicó—. Los ensayos clínicos del año pasado dieron lugar a un nuevo híbrido llamado Meridian Complex. Aumenta la tolerancia al sol e inhibe el deseo de consumir sangre.

Debí de translucir incomodidad, porque de improviso me miró con aire comprensivo.

—Por desgracia, esa parte del saber popular es cierta.

—¿Mataste a mi madre? —Lo dije sin pensar. Cada vez me ocurría más pronunciar las palabras al mismo tiempo que las pensaba.

—Por supuesto que no —contestó, de nuevo con cara de decepción.

—¿Le chupaste alguna vez la sangre?

—Prometiste que tendrías paciencia —me recordó.

La gente usa nombres ridículos para designar esa anomalía, pero mi padre prefería «vampirismo», pese a que el término se había originado en macabros episodios de la historia eslava. Existen otras palabras para designar el proceso de conversión en vampiro: en los juegos de rol lo llaman «engendrar», mientras que otros lo denominan «transformación» o «renacimiento».

—Por desgracia, uno nace sólo una vez —objetó mi padre—. Ojalá no fuera así. —Y aludió a su propia iniciación como un «cambio de estado»—: Después del cambio de estado, normalmente se produce un período de mala salud —dijo.

Intenté imaginar cómo había sido su «cambio de estado» y no lo logré.

De pronto me dio por imaginar cómo sería morderlo... sí, morder el cuello de mi propio padre. ¿Qué sabor tendría su sangre?

En ese momento me asestó una mirada tan tenebrosa, tan amenazadora, que enseguida me disculpé.

—Lo siento.

Siguieron unos momentos de tenso silencio.

—Te contaré cómo fue —dijo al cabo.

Pasó varios días en cama medio despierto, soñando en duermevela, demasiado débil para hacer algo más.

Malcolm acudía una vez al día a alimentarlo. La primera vez fue la peor. Malcolm se acercó, sacó un cuchillo con mango de marfil del bolsillo y, sin ninguna ceremonia, se hizo un corte en la muñeca izquierda. Luego acercó la cabeza de mi padre a la herida y, como un recién nacido, éste chupó para nutrirse.

Después de cada una de aquellas sesiones se sentía más fuerte, y siempre se juraba no volver a hacerlo. Con todo, no tenía la energía suficiente para resistirse a Malcolm.

Una tarde, mientras mi padre se nutría, entró Dennis.

En el saber sobre vampiros se habla del erotismo implícito en el acto de beber la sangre de otro. Mi padre comentó que en eso había algo de verdad, que sentía una especie de repulsivo placer al tomarla.

En el rostro de Dennis se hicieron patentes el asombro y la repugnancia, pero pese a estar abrumado por la vergüenza, mi padre siguió chupando. Cuando estuvo saciado y Malcolm retiró el brazo, los dos volvieron a mirar a Dennis. Su cara había cambiado; ahora tenía una expresión de súplica.

Cuando Malcolm abrió la boca, mi padre supo que se disponía a abalanzarse sobre Dennis.

—¡No! —gritó con todas sus fuerzas.

Malcolm emitió un sonido semejante a un gruñido.

—Yo puedo ayudaros —dijo Dennis—. Os puedo ayudar a los dos.

A lo largo de los cinco días siguientes, Dennis demostró ser el mejor amigo de mi padre.

Éste yacía en la cama, sumido por momentos en una especie de delirio provocado por aquella nueva hambre, furioso contra Malcolm. Fantaseaba con asesinarlo. Por aquel entonces no conocía gran cosa sobre el vampirismo, aparte de lo que sabía por los libros y películas. En una ocasión le pidió a Dennis que le llevara estacas de madera y un mazo.

En lugar de eso, Dennis le llevó sangre del hospital, que aun sin ser tan potente como la de Malcolm, resultó digerible. Mi padre se sentía menos enérgico después de las inyecciones, pero también menos agitado. Dennis le leyó textos donde se exponían las investigaciones que se estaban llevando a cabo para producir sangre artificial y hormonas que estimulan la médula ósea con el fin de generar glóbulos rojos. Juntos comenzaron a planificar un protocolo de supervivencia en el que no era imprescindible beber sangre humana.

Por esa época, Dennis introdujo a mi padre en las obras de Gandhi y del Dalai Lama. Le leyó en voz alta sus autobiografías. Ambos creían en la importancia suprema de la bondad y la compasión. Gandhi proclamaba la futilidad de la venganza y la importancia de la no violencia. Y el Dalai Lama escribió: «En la práctica de la tolerancia, el propio enemigo es el mejor profesor.»

Tuve que reflexionar un minuto antes de comprender la última frase.

—Creo que ya lo entiendo —declaré al final.

—Yo tardé un poco —admitió mi padre—, pero cuando lo comprendí, sentí un alivio desmesurado. Tenía la sensación de que siempre había conocido esas verdades, pero sólo cuando las oí expresadas en palabras empecé a inspirar mis actos en ellas.

»La siguiente vez que vino Malcolm, le dije que no

pensaba continuar con ese despropósito canibalístico. Con la ayuda de Dennis, adquirí la fuerza para volver a centrarme en mis estudios y vivir con mi dolencia.

—¿Malcolm te dejó en paz?

—Al final, sí. Al principio trató de hacerme desistir. Aseguraba que mi sitio estaba en su laboratorio, puesto que él me había dado la oportunidad de vivir para siempre.

»Sin embargo, el vampirismo no es garantía de vida eterna. Al contrario de lo que se asegura en esa información que sacaste en Internet, sólo un pequeño porcentaje de quienes han cambiado de estado vive más de cien años. Muchos encuentran la muerte por culpa de sus propios actos de agresión o arrogancia. Fallecen experimentando el mismo dolor que los mortales.

—Debe de haber compensaciones, ¿no?

Con las manos entrelazadas bajo la barbilla, mi padre me miró con una expresión lo más parecida al amor que había visto nunca en sus ojos.

—Sí, Ari —reconoció en voz baja—. Tal como te dije, existen compensaciones.

Hizo una pausa para atender una llamada a la puerta. Alguien, Root probablemente, le tendió una bandeja de plata con dos copas de Picardo. Después de cerrar la puerta, me ofreció la bandeja.

—Coge la copa de la izquierda —me indicó.

«Otra primicia», pensé cogiéndola.

Dejó la bandeja en la mesa y alzó la otra copa para brindar.

—*Gaudeamus igitur, iuvenes dum sumus*.

—Disfrutemos pues ahora, mientras somos jóvenes —traduje—. Haré que inscriban eso en mi tumba.

—En la mía también.

Aquélla fue la primera broma que compartimos. Después entrechocamos las copas y bebimos.

Aquello tenía un sabor horrible, y supongo que se me debió de notar en la cara. Mi padre casi estuvo a punto de echarse a reír.

—Otro sabor que te exigirá un proceso de adaptación para apreciarlo —dijo.

—O no —repliqué—. ¿Qué hay en esta bebida?

Alzó su copa e hizo girar el rojo líquido.

—Es un aperitivo. Del latín *aperire*.

—Abrir —inferí.

—Sí, para abrir las papilas gustativas antes de una comida. Los primeros aperitivos se preparaban con hierbas aromáticas y especias, y con las raíces y frutos de algunas plantas.

—¿Por qué es tan rojo?

—La receta es un secreto que mantiene celosamente la familia Picardo, su creadora.

Mientras tomábamos los aperitivos, mi padre prosiguió con su relato. Quienes sufren el «cambio de estado» enseguida se dan cuenta de su nueva condición. No obstante, cuando un vampiro y un mortal engendran un hijo, la naturaleza de ese niño está por determinar.

—Yo he leído escritos donde se contaban atroces actos de padres que exponían a un hijo híbrido a la luz del sol... lo ataban con cuerdas y estacas y lo dejaban así, para ver si se quemaba —explicó—. Sin embargo, la fotosensibilidad no es una señal infalible de vampirismo. Incluso entre la población general, la sensibilidad al sol presenta grandes variaciones.

Yo tenía mis reparos frente a la palabra «híbrido».

—He usado el término histórico —precisó él—. Hoy en día, preferimos utilizar el término «diverso».

Bebí un pequeño sorbo de Picardo y me esforcé por engullirlo sin notar su sabor.

—¿No existe una prueba sanguínea para detectar el vampirismo? —pregunté.

—Ninguna fiable. —Cruzó los brazos sobre el pecho, y reparé en que me estaba fijando en los músculos de su cuello.

Mi padre me dijo que existen vampiros en todas partes, en todos los países y de todas las profesiones. Como es lógico, muchos se ven atraídos por la investigación científica, en especial las áreas relacionadas con la sangre, pero otros trabajan como profesores, abogados, agricultores o políticos. Comentó que se rumoreaba que dos miembros del Congreso de Estados Unidos eran vampiros; de acuerdo con los chismes que corrían por Internet, uno de ellos se estaba planteando «salir del armario», una expresión eufemística que significaba reconocer públicamente la propia naturaleza vampírica.

—Dudo que lo vaya a hacer pronto —opinó mi padre—. Los americanos no están dispuestos a aceptar a los vampiros como ciudadanos normales. Lo único que conocen son las patrañas propagadas por las novelas y películas. —Cogió mi diario, pero volvió a dejarlo—. Y en Internet.

Respiré hondo.

—¿Y lo de los espejos? —planteé—. ¿Y las fotografías?

—Ya preveía esa pregunta.

Señaló la urna de la pared, atrayéndome con un gesto. Nos colocamos delante de ésta. En un primer momento no entendí por qué, hasta que vi un tenue reflejo de mí misma en el cóncavo cristal. Mi padre no proyectaba ninguno. Me volví para cerciorarme de que seguía a mi lado.

—Es un mecanismo protector —explicó—. Lo llamamos emutación. Los vampiros emutan en diferentes grados. Podemos volvernos completamente invisibles para los humanos o producir una imagen borrosa o parcial controlando los electrones de nuestro cuerpo, impidiendo que absorban la luz. Se trata de un acto voluntario que se convierte en algo tan instintivo que con el tiempo parece involuntario. Cuando tu amiga trató de sacarme una foto, mis electrones se bloquearon propiciando que la luz de la habitación, o para ser más precisos, la radiación electromagnética, pasara a través de mí.

—¿Por qué no apareció tu ropa en la foto? —objeté tras unos segundos de reflexión—. ¿Y por qué tampoco se ve en el espejo?

—Mi ropa y mis zapatos están confeccionados con «metamateriales» —explicó—. Las telas tienen una base de metal, porque los metales reaccionan bien con la luz; por eso se utilizan para fabricar los espejos. Cuando los electrones de mi cuerpo se cierran, la temperatura de mi piel se eleva y la estructura microscópica de los materiales se altera, lo cual permite que deformen la luz, dejando que fluya a mi alrededor. Por eso, cuando las ondas electromagnéticas chocan con mi ropa, no producen ningún reflejo ni sombra.

—Qué bien —dije sin pensar.

—Algunos sastres británicos son auténticos magos —alabó—. En cualquier caso, la invisibilidad es una de las compensaciones que se adquieren con la dolencia, por así decirlo. Aparte del acceso a los mejores sastres del mundo.

—¿Tú lo llamas dolencia?

Posé la vista en el sitio del espejo donde debería haberse reflejado la imagen de mi padre. Él me dejó mirar unos segundos más antes de volver a su sillón.

—La hematofagia es sólo un aspecto —puntualizó—. Nuestro estado, si prefieres, está más relacionado con la física... con la conversión de energía, con las variaciones en las temperaturas moleculares, las pautas de presión y los movimientos. Nosotros necesitamos sangre de mamíferos, o buenos sustitutos, para resistir. Podemos subsistir con cantidades relativamente pequeñas, lo he aprendido a través de la experiencia personal y los experimentos, pero nos vamos debilitando si no nos alimentamos.

Asentí con la cabeza. Tenía hambre.

Mientras cenaba una lasaña vegetariana, insulso resultado de mis primeros tanteos en la cocina, mi padre se tomó otro aperitivo y me habló del lado más alegre del vampirismo.

—Antes de cambiar de estado, tomaba como consabido lo que ahora me parece extraordinario —admitió—. Mi agudeza de percepción sensorial se multiplicó por cien. Malcolm me aconsejó aproximarme al mundo en pequeñas dosis, a fin de no quedar abrumado. Según dijo, nuestro nuevo estado de consciencia sensorial era semejante al que se induce con el LSD.

—¿Alguna vez has probado LSD? —pregunté, dejando el tenedor en el plato.

—No, pero Malcolm describió su propia experiencia con esa droga y aseguró que era comparable. Dijo que las situaciones normales ahora adoptaban nuevas apariencias y significados. Un paseo por la capilla del King's College mientras sonaba el órgano era casi demasiado para la capacidad de absorción de sus sentidos. Los colores se volvieron brillantes, los sonidos, intensos y puros, y todos los sentidos se entremezclaban, de tal forma que era capaz de saborear al mismo tiempo la textura de las paredes de piedra, sentir los olores de incienso y ver los sonidos de las campanas.

—Yo también puedo hacer eso —señalé.

—Sí, recuerdo que una vez me dijiste que el miércoles siempre era plateado, mientras que los martes eran de color lavanda.

Mientras hablaba, yo admiraba su camisa, que lograba tener tres colores —azul, verde y negro— y a la vez ninguno.

—También adquirí hipersensibilidad a los estampados y motivos esquemáticos —continuó—. Malcolm dijo que no todos presentábamos ese rasgo. Algunos motivos (los de cachemira, por ejemplo, o los complicados arabescos de las alfombras orientales) me pueden dejar hipnotizado si no aparto la vista. La complejidad inútil, que no tiene ningún objeto, retiene mi atención y me obliga a buscar la aberración que no presenta. Al parecer, eso está relacionado con mi dificultad para abrir cosas; es una especie de dislexia. ¿Lo has notado tú también?

—No. —Por primera vez comprendí por qué ninguna de las telas de la casa tenía estampados y por qué las manecillas de las puertas eran más grandes de lo normal—. ¿Y qué hay de lo de de cambiar de forma?

—Otro mito. Yo puedo volverme invisible, como te he dicho. Puedo captar los pensamientos de los demás... no siempre, pero casi. Y también soy capaz... —hizo un gesto como quitándole importancia— capaz de hipnotizar a los otros. Pero eso también puedes hacerlo tú, igual que muchos humanos. Se cuenta que Freud era capaz de controlar a su familia en la mesa a través del movimiento de su ceja izquierda.

—¿Era Freud uno de los nuestros?

—Oh, no. Freud fue el padre del psicoanálisis. Ningún vampiro que se precie tendría nada que ver con eso.

Levanté la mirada del plato y percibí un brillo de hilaridad en sus ojos.

—Tomando en cuenta todo, esas cualidades no son exactamente lo que yo considero bazas, sino más bien habilidades extraordinarias que prefiero poner en práctica lo menos posible. Las verdaderas bazas son las más evidentes... no envejecer nunca y disfrutar de una potencial longevidad infinita, inmunidad frente a muchas enfermedades y peligros, y una rápida recuperación frente a la exposición limitada a las pocas a las que sí somos vulnerables.

—¿Cuáles son esas pocas?

—*Erythema solare*, o sea quemadura del sol. Fuego. Herida grave en el corazón.

—Papá —pregunté—, ¿yo soy mortal o no?

—Una parte de ti lo es, por supuesto. —Rodeó con la mano la base de la copa. Tenía manos fuertes pero no recias—. Lo que no sabemos es hasta qué punto. Las cosas se irán manifestando por sí solas a medida que crezcas. La herencia no sólo depende del ADN, como ya sabes. Los rasgos también se transmiten a través del comportamiento y la comunicación simbólica, incluido el lenguaje.

—A medida que crezca —repetí—. ¿No significa eso que sí soy mortal, el hecho de que cada año sea diferente, mientras que tú continúas igual?

Dejó la copa en la mesa.

—Hasta ahora sí, estás creciendo como los mortales. Podría llegar un momento en que elijas. —Hizo una pausa, mientras en su cara se instalaban unas arrugas de tristeza bastante habituales, acompañadas de una expresión próxima a la desesperación—. Un momento en que elijas dejar de hacerte mayor, o puede que la elección te venga impuesta.

—¿Puedo elegir? —Aquello era algo que no había tomado en cuenta.

—Puedes elegir. —Volvió a mirar mi plato con una mueca de disgusto—. Se te va a enfriar la comida, con tantas preguntas.

—Aún tengo muchas pendientes —insistí, sin hacerme eco de la insinuación—. ¿Cómo haré para elegir? ¿Y qué le pasó a mi madre? ¿Está muerta?

—Demasiadas preguntas —replicó levantando la mano—. Las responderé, pero no por partes. Ahora te explicaré cómo fueron las cosas entre nosotros, ¿de acuerdo? Y después, tal como ya te dije, tú misma podrás resolver sola las cuestiones esenciales.

Volví a asir el tenedor mientras él retomaba el hilo de la historia.

Durante el tiempo inmediatamente posterior a su cambio de estado, Malcolm le aseguró que su nueva vida sería mejor que la anterior.

—Nunca envejeceremos —se congratuló Malcolm—. Sobreviviremos a todo... accidentes de coche, cáncer, terrorismo, a los infinitos y mezquinos horrores de la vida terrenal. Nosotros persistiremos, a pesar de todos los obstáculos. Prevaleceremos.

En la cultura occidental, envejecer tiene siempre una connotación de pérdida de poder. Malcolm añadió que ellos no tendrían que padecer dolor... y tampoco amor, que era la maldición de los mortales. Vivirían sin tener que atender a lo que él denominaba «las cosas efímeras», las preocupaciones transitorias basadas en las personalidades mortales y en la política que, al final, nadie conservaría en el recuerdo.

Malcolm hablaba de los mortales como si fueran los peores enemigos de los vampiros.

—El mundo sería mucho mejor si no existieran los humanos —afirmaba.

Bebí otro sorbo de Picardo, que me produjo una sensación de hormigueo en el cuerpo.

—¿Estás de acuerdo?

—A veces estoy tentado de darle la razón. —Mi padre agitó la mano en dirección a la ventana cegada por la persiana—. Cuando uno sale fuera, ve demasiado sufrimiento inútil, mucha codicia y malicia, el maltrato y el asesinato de personas y animales, tan inútil como frecuente... A los vampiros, al menos a algunos, nos repele la fealdad. En ese sentido somos un poco parecidos a Dios. ¿No te acuerdas de esa afirmación de Spinoza, según la cual ver las cosas tal como las ve Dios equivale a verlas bajo el aspecto de la eternidad?

—Pensaba que no creíamos en Dios.

—No lo sabemos seguro, ¿verdad? —contestó con una sonrisa.

Malcolm no mencionó, sin embargo, los problemas, advirtió mi padre: la terrible ansia de alimento, los cambios de humor, los puntos vulnerables y todas las complicaciones éticas que entraña el cambio de estado.

Al principio mi padre se consideraba poco menos que un caníbal. Con el tiempo, incorporó la verdad transmitida en la creencia de Bertrand Russell: al poner orden en la mente, la felicidad se vuelve accesible para cualquiera.

Una noche, estando semiinconsciente, mi padre llamó a Sara. Malcolm se lo recordó después y añadió que lo que debía hacer era no volver a verla más.

—Hay algo que aún ignoras —le explicó—. Otros vampiros han intentado vivir con mortales, y nunca funciona. La única alternativa es morderla. Podrías utilizarla como una donante, siempre y cuando nunca le permitieras morderte. Personalmente, me decepcionaría que transformaras a una mujer en «uno de nosotros». —Malcolm estaba recostado en el sofá de la habitación de mi padre, en actitud, según comentó, similar a la de los personajes de Oscar Wilde, como un consumado misántropo.

Por aquel entonces, mi padre pensó que tal vez Malcolm tuviera razón, que lo mejor que podía hacer era poner fin a su relación con Sara. Sufría pensando cómo iba a decírselo. ¿Cómo podía explicárselo? ¿Qué clase de carta podía escribir?

Mi madre no era religiosa en el sentido convencional, pero creía en un Dios destacado entre muchos otros dioses, al que podía rezar en momentos de apuro. El resto del tiempo no dedicaba gran atención a ese Dios, como la mayoría de los mortales. Mi padre temía que la noticia pudiera inducirla a cometer algún acto irracional. Se planteó no volver a verla, trasladándose simplemente a un lugar donde no pudiera encontrarlo.

Cuando Dennis relevó a Malcolm en sus funciones de cuidador, mi padre comenzó a encarar el problema de otra forma. Tal vez existían otras alternativas. En cualquier caso, no veía claro que pudiera solventar el asunto con una carta. Escribiera lo que escribiera, no lo creería, y ella se merecía una explicación cara a cara.

Algunos días, a medida que iba recuperando fuerzas, mi padre pensaba que él y mi madre quizá poseían fuerza suficiente para afrontar la situación. La mayoría de las veces creía lo contrario. Mientras guardaba cama, Malcolm le había contado algunos casos que lo habían convencido de que toda unión entre un vampiro y un mortal estaba condenada al fracaso.

Por el momento, optó por no decirle nada a mi madre. La sorpresa fue que Dennis sacó a colación el tema.

—¿Qué le vas a explicar a Sara?

—Se lo explicaré todo, en cuanto la vea —le respondió.

—¿Y no es arriesgado?

Mi padre se preguntó por un momento si Dennis no había estado hablando con Malcolm. No obstante, cuando miró a su amigo —con su cara pecosa y los grandes ojos castaños—, tomó consciencia de lo mucho que había hecho por él. Dennis sostenía en ese momento un frasco de sangre que se disponía a inyectarle.

—¿Qué es la vida sin riesgo? Sólo *mauvaise foi* —dijo.

Me recordó que *mauvaise foi* significaba «mala fe».

—Tendremos que dedicar un poco más de tiempo a los existencialistas, ¿no crees? —comentó.

—Papá, me gustaría dedicar más tiempo a los existencialistas —acepté—. De verdad encuentro interesante conocer estos detalles, pero no puedo soportar la idea de irme a la cama esta noche sin saber lo que pasó con mi madre, o si yo voy a morir o no.

Se removió en el asiento y posó la mirada en mi plato, ya vacío.

—Entonces vayamos al salón y acabaré de contártelo.

Al final mi padre no tuvo que elegir una manera de explicarle lo ocurrido a mi madre.

—Estás cambiado —le dijo ella en cuanto lo vio en el aeropuerto.

En lugar de volver con ella a Cambridge, la llevó al hotel Ritz de Londres, donde pasaron los cinco días siguientes intentando adaptarse el uno al otro. Sara había preparado minuciosamente la maleta.

Ella tenía un estilo especial, explicó mi padre, evocando un vestido de gasa verde que formaba un vuelo parecido a una lechuga.

Sin embargo, no tuvo ocasión para ponerse elegante. En lugar de ir al teatro, o de bajar siquiera a tomar el té, se quedaron en la *suite*, desde donde encargaban las comidas, luchando con amargura por su futuro.

Cuando mi padre le habló de su nuevo estado, ella reaccionó tal como dicen que hacen los humanos al recibir la noticia de la muerte de la persona amada: con incredulidad, titubeos, culpa, rabia, depresión y, por fin, una especie de aceptación.

(Comentó que yo no había reaccionado de ninguna de esas maneras a nada de lo que me había contado, lo cual podía interpretarse como un indicio de que tal vez era «uno de los nuestros».)

Mi madre se culpabilizó por la transformación que había sufrido mi padre. ¿Por qué lo había animado a ir a Inglaterra? Después desplazó la culpa sobre mi padre. ¿Quién le había hecho eso? ¿Lo había provocado él en cierto modo? Finalmente rompió a llorar y siguió así durante casi todo un día.

Mi padre la abrazaba cuando ella se lo permitía, pero lo hacía con cautela, inquieto por la posibilidad de experimentar alguna tentación. No se fiaba de sí mismo para estar relajado junto a ella.

Le dijo que lamentaba haber nacido, y luego se disculpó por usar un cliché. Anunció que saldría de su vida de inmediato, por el bien de los dos.

Ella se negó a escucharlo. Cuando paró de llorar, insistió en que siguieran juntos. Dijo que, si mi padre la dejaba, se quitaría la vida.

Mi padre la tachó de melodramática.

—¡Eres tú el que ha vuelto melodramáticas nuestras vidas! —replicó—. Eres tú el que se las arregló para convertirse en un condenado vampiro. —Y se echó a llorar otra vez.

Mi padre me explicó:

—Incluso en los momentos más propicios, condición que no se daba entonces, Sara estaba poco dotada para proceder con argumentos razonados.

Al final de la semana, mi padre se sentía agotado tanto en el plano físico como emocional.

Sara se salió con la suya. Regresó a Savannah con una alianza de compromiso: una reproducción de un anillo etrusco con un diminuto pájaro encaramado; mi padre lo había comprado al llegar a Londres. Unas semanas más tarde, él hizo las maletas y volvió a casa.

Se reunió con Sara en la casa de ladrillos contigua al cementerio, que efectivamente estaba encantada. Cada día aprendían nuevas formas de adaptarse a lo que Sara llamaba su «dolencia». Dennis se quedó en Cambridge, pero le enviaba a mi padre «cócteles» deshidratados por congelación, cuya fórmula mejoraba sin pausa para asemejarla cada vez más a la sangre humana fresca. Aquel trabajo fue el comienzo de lo que más tarde se convertiría en Seradrone.

Al cabo de unos meses, mi madre y mi padre se casaron en Sarasota, una ciudad costera de Florida, y más tarde se trasladaron a Saratoga Springs. (Sara mantenía su afición por la letra S, que consideraba propiciatoria de suerte, y mi padre no quería llevarle la contraria. Quería complacerla hasta donde podía, como compensación por su anomalía.)

Se instalaron en una casa de estilo victoriano. Con el tiempo, Dennis terminó sus investigaciones en Cambridge y encontró trabajo en una de las facultades de Saratoga Springs, de modo que él y mi padre pudieron seguir trabajando juntos.

Fundaron la empresa denominada Seradrone y emplearon como ayudante a Mary Ellis Root, cuya formación en el campo de la hematología era realmente extraordinaria, según señaló mi padre.

Entre los tres idearon un método de purificación de sangre que ha facilitado las transfusiones en el mundo entero.

Sara se mantuvo ocupada al principio, decorando la casa y cuidando de los jardines y, más adelante, de sus abejas; puso unas colmenas junto a los macizos de lavanda. Eran felices (mi padre pronunció la palabra con un timbre de asombro en la voz).

Había un solo inconveniente: mi madre quería un hijo.

—Tú fuiste concebida según el método normal —dijo mi padre con sequedad—. Tu nacimiento fue un largo proceso, pero tu madre lo sobrellevó bastante bien. Tenía mucha resistencia.

»Sólo pesaste dos kilos, Ari. Naciste en el dormitorio de arriba, el del papel de lavanda... tu madre insistió en que así fuera. Dennis y yo ayudamos en el parto. Los dos estábamos preocupados porque no lloraste. Te quedaste mirándome con esos ojos azul oscuro, con una fijeza imprevista para un recién nacido. Parecía como si saludaras al mundo con gran naturalidad.

»Tu madre se quedó dormida casi enseguida, así que te llevamos abajo para efectuar algunas pruebas. Cuando analizamos tu sangre, descubrimos que tenías anemia. Ya habíamos previsto tal posibilidad, puesto que tu madre padeció anemia durante el embarazo. Pasamos un rato estudiando cuál sería el mejor tratamiento. Incluso llamé al doctor Wilson. Después volví a llevarte arriba. —Levantó las manos en un gesto de impotencia—. Tu madre había desaparecido.

—¿No muerto? —dije.

—No. Simplemente no estaba. La cama estaba vacía. Y entonces fue cuando empezaste a llorar.

Me quedé despierta con mi padre hasta las cuatro de la madrugada, repasando los detalles.

—¿No la buscaste? —pregunté en primer lugar.

Él contestó que sí la habían buscado. Dennis salió primero, mientras mi padre me daba leche; habían comprado latas de leche maternizada por si la leche del pecho de mi madre no era la adecuada. Cuando Dennis volvió, se quedó cuidándome y mi padre salió.

—Tu madre no se llevó el bolso —precisó con tono sombrío, sumido en los recuerdos—. La puerta de delante estaba abierta de par en par. El coche seguía en el garaje. No encontramos ningún indicio de adónde podía haber ido. A saber qué le pasó por la cabeza.

—¿Llamaste a la policía?

—No. —Mi padre se levantó del sillón para pasearse por el salón—. La policía es muy limitada. No tenía sentido llamarlos, y no me apetecía someterme a su escrutinio.

—¡Pero ellos podrían haberla encontrado! —Me levanté a mi vez—. ¡¿Es que no te importaba?!

—Por supuesto que sí. Después de todo, yo tengo sentimientos. Pero estaba seguro de que Dennis y yo teníamos más posibilidades de encontrarla por nuestros propios medios. Y... —titubeó— bueno, yo estaba acostumbrado a que me dejaran.

Pensé en su propia madre, que falleció cuando él era muy pequeño, y en lo que había dicho de los niños desconsolados: que la muerte los impregna, los deja marcados para siempre.

Comentó que a veces sentía como si entre él y el mundo se interpusiera un velo que le impedía experimentarlo de una manera directa.

—Yo no tengo tu sentido de la inmediatez —explicó—. En eso, eres como tu madre. Para ella todo era inmediato.

»Cuando comenzó a disiparse la conmoción por su desaparición, empecé a recordar cosas que había dicho durante los meses anteriores. Se encontraba enferma a menudo y era evidente que se sentía deprimida e infeliz. A veces decía cosas irracionales. Amenazaba con marcharse, con dejarte una vez que hubieras nacido. Decía que se sentía como un animal enjaulado.

—No me quería. —Volví a sentarme.

—No sabía lo que quería —matizó—. Yo pensaba que tal vez padecía un desequilibrio hormonal. Para serte franco, no sabía qué otra cosa pensar. El caso es que, por algún motivo, optó por marcharse. —Clavó la mirada en el suelo—. Los humanos siempre se están yendo, Ari. Eso es algo que he aprendido. La vida es una sucesión de abandonos.

Guardamos silencio unos segundos. En el reloj sonaron las cuatro.

—Llamé por teléfono a su hermana, Sophie, que vive

en Savannah. Me prometió llamarme si Sara aparecía. Al cabo de un mes, más o menos, me llamó. Sara le había dicho que no me dijera dónde estaba. Dijo que no quería volver.

Me sentía vacía por dentro, pero aquella vacuidad era opresiva y acerada. Dolía.

—Si yo no hubiera nacido, ella todavía estaría aquí —apunté.

—No, Ari. Si no hubieras nacido, todavía habría sido más desgraciada. Ella deseaba mucho tenerte, no lo olvides.

—¿Y tú no? —Lo miré y vi que así era.

—Yo no creía que fuera una buena idea —reconoció. Tendió las manos hacia mí, con las palmas hacia arriba, como pidiendo compasión—. Por todos los motivos que te he expuesto, es mejor que los vampiros no se reproduzcan.

El vacío se transformó en aturdimiento. Había obtenido respuestas a todas mis preguntas, eso sí. Tenía la cabeza colmada de ellas, pero en lugar de procurarme satisfacción, me hacían sentir mal.

9

Cuando son pequeños, los animales y los humanos tienden de manera instintiva a registrar, a captar las características de los padres y a imitarlas. Los potros recién nacidos, por ejemplo, registran y siguen a cualquier criatura grande que se encuentre por encima de ellos en el momento del parto. Después de nacer yo, mi padre era el único progenitor que se erguía a mi lado, de modo que aprendí a imitarlo.

Durante la gestación, en cambio, debí de haber escuchado con atención a mi madre. De lo contrario, no se habría explicado una buena parte del comportamiento que había tenido últimamente, salvo por la transmisión genética. Sin embargo, ése es un complicado asunto que tendremos que tocar en otro momento, ¿de acuerdo?

Todos los meses de enero mi padre se ausentaba de casa una semana para asistir a una conferencia profesional. Normalmente Dennis lo relevaba en las clases.

La noche antes de que se fuera mi padre, Dennis cenó con nosotros. Root había preparado un guiso de berenjena, que para mi sorpresa resultó mucho más sabroso que todo lo que cocinaba la pobre señora McG. De todas maneras, no tenía apetito y apenas pude probar un bocado.

«Ari está deprimida», pensé. Al observar a mi padre y a Dennis, sentados en frente de mí, percibí que ellos pensaban lo mismo. La preocupación que se translucía en sus caras me hacía sentir un poco culpable. Fingían hablar de física —en concreto de electrodinámica, el tema sobre el que versarían mis próximas clases—, pero en realidad hablaban de mí.

—Empezaréis con la revisión de la estructura atómica —indicó mi padre a Dennis, sin apartar la vista de mí.

—Por supuesto —dijo Dennis.

No había estado mucho por casa desde la muerte de Kathleen, pero siempre que venía, me apoyaba las manos en los hombros como si quisiera infundirme fuerzas.

Root subió del sótano con una gran botella marrón en la mano. La dejó en la mesa delante de mi padre, que la puso junto a mi plato. Entonces ella me miró y yo le devolví la mirada, y por un momento advertí un asomo de compasión en sus ojos negros, antes de que se apresurara a regresar al sótano.

—De acuerdo, pues. —Mi padre apartó la silla hacia atrás—. Ari, volveré el viernes próximo, y para entonces espero que estés preparada para debatir sobre la teoría cuántica y la de la relatividad.

Se quedó de pie un momento... mi apuesto padre, con su impecable traje y su oscuro pelo reluciente a la luz de la lámpara de mesa. Crucé la mirada con la suya un segundo y después la posé en el mantel. «No me querías tener», pensé, deseando que me oyera.

El nuevo tónico tenía un sabor más fuerte que el anterior, y después de la primera cucharada sentí una oleada de energía inédita para mí. Al cabo de una hora, me encontraba de nuevo decaída.

Arriba no teníamos balanza. Supongo que debía de haber una en el sótano, pero no quería ir al territorio de Root. Sabía que había perdido peso sólo por cómo me quedaba la ropa. Los vaqueros me iban muy sueltos y, en cuanto a la camiseta, me sobraba una talla. Fue por entonces cuando dejó de venirme la regla. Unos meses después, caí en la cuenta de que había sufrido anorexia.

Con Dennis íbamos revisando, bien que mal, la teoría cuántica. Yo lo escuchaba sin hacer preguntas. En cierto momento, interrumpió la clase.

—¿Qué ocurre, Ari? —preguntó.

Advertí que entre su pelo rojizo había algunos cabellos plateados.

—¿Tú piensas alguna vez en la muerte? —le planteé.

—Todos los días de mi vida —admitió, frotándose la barbilla.

—Tú eres el mejor amigo de mi padre —dije, sin saber muy bien adónde quería ir a parar—. Pero no eres...

—No soy como él —concluyó por mí—. Qué lástima, ¿eh?

—¿Quieres decir que te gustaría ser como él?

Se arrellanó en el asiento.

—Sí, claro que sí. ¿Quién no querría tener la oportunidad de seguir aquí para siempre? Aunque no sé si a él le gustaría que te hablara así. Todavía estás un poco...

Como él vacilaba, aventuré:

—... ¿indefinida?

—Pues eso, aunque no sé qué significa. —Esbozó una sonrisa.

—Significa que tengo que elegir. Eso me dijo él, pero aún no sé de qué manera.

—Yo tampoco lo sé —reconoció Dennis—. Lo siento. Pero estoy seguro de que ya lo averiguaremos.

—Eso es lo que dice él. —Lamentando no tener una madre para aconsejarme, crucé los brazos sobre el pecho—. ¿Y ahora dónde está? ¿En alguna gran conferencia donde se habla de sangre? ¿Por qué no has ido tú también?

—Está en Baltimore. Todos los años va allí. Y no es un congreso sobre hematología. Es algo relacionado con el club, o la organización, de seguidores de Edgar Allan Poe, o comoquiera que se llame. —Sacudió la cabeza y volvió a abrir el libro de física.

Habíamos acabado las clases y estaba practicando yoga sola (Dennis se había echado a reír cuando sugerí que me acompañara), cuando resonó el aldabón de la puerta principal. Era una pieza antigua de bronce, con la cara de Neptuno, que rara vez había oído utilizar... Casi siempre había sido las noches de Halloween, aunque los niños acababan teniendo que marcharse sin recibir ningún caramelo.

Cuando abrí la puerta, me encontré con el agente Burton.

—Buenos días, señorita Montero —me saludó.

—En realidad, ya es la tarde —indiqué.

—Ah, bueno. ¿Y cómo estás esta tarde?

—Guay. —Si mi padre hubiera estado presente, habría dicho «muy bien».

—Estupendo. —Llevaba un abrigo de pelo de camello y un traje oscuro, y aunque tenía los ojos enrojecidos irradiaba energía—. ¿Está tu padre en casa?

—No.

—¿Cuándo volverá? —Sonrió como si fuera un amigo de la familia.

—El viernes. Está en una conferencia.

—Una conferencia. —Burton asintió con la cabeza, tres veces—. Dile que me he pasado por aquí, ¿de acuerdo? Dile que me llame cuando pueda, por favor.

Le prometí que así lo haría y me disponía a cerrar la puerta, cuando él añadió:

—Una cosa más, ¿por casualidad sabes algo de kirigami?

—¿Kirigami? ¿Se refiere a la técnica de recortar papel?

Mi padre me había enseñado kirigami hacía años. Tras doblar el papel se efectúan pequeños cortes y después se despliegan para producir un dibujo. Era una variedad de esquematización que él toleraba, me explicó, porque era simétrica y podía resultar útil.

—Una técnica de cortar muy refinada. —El agente Burton seguía inclinando la cabeza—. ¿Quién te la enseñó?

—Leí sobre eso en un libro.

Me sonrió y se despidió, pensando: «Apuesto a que su padre sabe algo de esa clase de recortes.»

Esa noche Dennis preparó la cena —tacos vegetarianos con un relleno de sucedáneo de carne— y aunque quise comer, no pude. Dije que no tenía hambre e intenté sonreír. Él me hizo tomar dos cucharadas de tónico y me dio unas cuantas «barras proteínicas» elaboradas en casa, envueltas en plástico.

La cara se le ponía más oscura y roja cuando estaba preocupado.

—Estás deprimida —observó—, y no me extraña. Pero se te pasará, Ari. ¿Me oyes?

—Te oigo. —El queso se fundió en el plato con el grumoso sucedáneo de carne, provocándome náuseas—. Echo de menos a mi madre. —Era otra revelación que no había planeado hacer. Sí, es posible echar de menos a alguien a quien no se ha conocido.

Me extrañó ver la expresión de culpa que asomó a su rostro.

—¿Y qué fue de ese chico con el que salías? Mitchell, ¿no?

—Michael. —Nunca lo había mencionado, estaba segura—. Es el hermano de Kathleen.

Por su reacción, deduje que eso no lo sabía.

—Habrá sido duro para él —dijo.

Luego tomó un gran bocado de taco, del que salió un chorro de salsa de tomate que acabó en su camisa. En otro momento lo habría encontrado gracioso.

—¿Por qué no le pides que venga algún día? —propuso, masticando.

Respondí que tal vez lo haría.

Cuando llamé a casa de los McGarrit esa noche, no contestó nadie. A la mañana siguiente volví a probar, y Michael descolgó el teléfono.

No manifestó ni alegría ni tristeza al oír mi voz.

—Las cosas se han calmado —informó—. Los periodistas nos dejan casi en paz ahora. Mamá aún no está bien.

—¿Quieres venir a casa?

Lo oí respirar, hasta que se decidió a responder.

—Mejor no. —Hizo otra pausa—. Pero me gustaría verte. ¿Podrías venir tú aquí?

Dennis prefería darme las clases por la mañana, para ir a la facultad por la tarde, de modo que, después de otra apabullante sesión de física, me fui arriba y me miré en el espejo. Mi vacilante reflejo no causaba una gran impresión. La ropa me iba tan holgada que parecía una niña abandonada.

Por suerte, me habían regalado ropa nueva por Navidad (que habíamos celebrado con menos boato aún del habitual). Me habían dejado una enorme caja con la leyenda Gieves & Hawkes en el salón. Contenía unos pantalones y una chaqueta de sastre, cuatro bonitas camisas, calcetines, ropa interior, una mochila e incluso unos zapatos hechos a mano. Había estado demasiado alicaída para probármelo hasta entonces. Todo me iba a la perfección. Vestido con aquellas prendas, mi cuerpo se veía esbelto y no huesudo.

Sintiéndome más presentable, me dirigí a casa de los McGarritt. El aire no era demasiado frío... la temperatura debía de estar unos grados por encima de cero, porque la nieve se fundía en el suelo y los carámbanos goteaban en los tejados. Observando la tonalidad gris apagada, invariable en el cielo, me di cuenta de lo cansada que estaba del invierno. A veces cuesta imaginar por qué la gente elige vivir en los sitios donde vive, y por qué alguien elegiría precisamente Saratoga Springs. No le encontraba nada especial ni pintoresco ese día; sólo veía hileras y más hileras de casas destartaladas medio despintadas, enmarcadas por la sucia nieve abajo y arriba por el opresivo cielo.

Llamé al timbre de los McGarrit, que con sus tres notas ascendentes tenía un sonido que resultaba demasiado alegre, fuera de lugar. Michael me hizo pasar. Si yo estaba delgada, él lo estaba aún más.

Me miró sin ninguna clase de expectativa. Le puse la mano en el hombro con gesto fraternal. Fuimos al salón y estuvimos casi una hora sentados uno al lado del otro en el sofá, sin hablar. En la pared había un calendario con una imagen de Jesús conduciendo un rebaño de ovejas, detenido en el mes de noviembre.

—¿Dónde están todos? —dije por fin, casi en un susurro.

En la habitación reinaba un orden inusitado y la casa entera estaba en silencio.

—Papá está en el trabajo —respondió—. Los niños están en la escuela y mamá está arriba en la cama.

—¿Por qué no estás tú en el colegio?

—Me estoy ocupando de la casa. —Se echó atrás el cabello, que llevaba ya igual de largo que yo—. Limpio, hago la compra, cocino...

Me pareció detestable el aire de extravío que advertía en sus ojos.

—¿Estás bien?

—¿Te has enterado de lo de Ryan? —dijo, como si no me hubiera oído—. Intentó suicidarse la semana pasada.

No lo sabía. No me imaginaba a Ryan cometiendo un acto tan grave.

—No quisieron que saliera en los periódicos. —Michael se frotó los ojos—. Tomó pastillas. ¿Lees los blogs? La gente dice que él la mató.

—No me imagino a Ryan haciendo eso. —Vi las señales que tenía en los brazos, como si se rascara a menudo.

—Yo tampoco, pero la gente dice que fue él. Aseguran que tenía la ocasión y el móvil. Dicen que estaba celoso de ella. Yo nunca vi que lo estuviera. —Me miró con vaguedad—. Uno se queda pensando hasta qué punto conoce algo de los demás.

En realidad no quedaba más que decir. Permanecí sentada con él otra media hora, hasta que, de repente, no pude soportarlo más.

—Tengo que irme —anuncié.

Me miró con rostro inexpresivo.

—Ah, he leído *En el camino* —añadí, sin saber por qué.

—¿Ah, sí?

—Sí. Está muy bien. —Me levanté—. Estoy pensando en irme yo también a la carretera, como él.

La verdad es que nunca se me había ocurrido tal cosa. Había experimentado tan sólo un vago deseo de conocer Estados Unidos, pero de improviso se me antojó un plan perfecto, una medida necesaria para contrarrestar la inercia que había en torno a mí. Yo haría lo que mi padre y Dennis no habían hecho: seguiría el rastro de mi madre, para averiguar qué había sido de ella.

Michael me acompañó a la puerta.

—Si te vas, ten cuidado.

Intercambiamos una última mirada. Al constatar que en sus ojos no quedaba ningún rastro de sentimiento, me pregunté si estaría consumiendo drogas.

En el trayecto de vuelta a casa comencé a sopesar los pros y los contras. ¿Por qué no podía irme unos días de ese lugar? ¿Por qué no iba a intentar localizar a mi madre? No sé si fue el tiempo, o el hecho de haber visto a Michael, o la necesidad de liberarme de la depresión, pero tenía ansias de cambio.

Mi madre tenía una hermana que vivía en Savannah. ¿Por qué no ir a visitarla? Quizás ella pudiera explicarme por qué nos había abandonado mi madre. Tal vez ella estuviera todavía en algún sitio, esperando a que yo la encontrara.

Pese a toda mi instrucción, no sabía gran cosa en lo tocante a las distancias del territorio. Aunque era capaz de precisar la distancia de la tierra al sol, no tenía ni idea de a cuánto quedaba Saratoga Springs de Savannah. Había visto mapas, desde luego, pero no pensaba consultarlos para determinar el mejor itinerario, ni calcular los días que tardaría en efectuar el viaje. Me figuraba que podía llegar a Savannah en dos o tres días, ver a mi tía y después volver más o menos para cuando mi padre regresase de Baltimore.

La única previsión que tomó Kerouac para su viaje de costa a costa fue preparar bocadillos, e incluso ésta fue inútil, porque la mayoría se le echó a perder. Lo mejor era simplemente marcharse, iniciar el movimiento y ver adónde conducía.

Cuando llegué a casa, había tomado una resolución. En mi cuarto metí en la mochila nueva el monedero, el diario, unos vaqueros viejos y las camisas y ropa interior nuevas. Lo hice a toda prisa, porque ahora me producía claustrofobia estar allí. Lamenté tener que dejar el ordenador, pero me habría supuesto demasiado peso. En el último momento cogí un cepillo de dientes, una pastilla de jabón, las botellas de tónico, crema solar, las gafas de sol, las barras de proteínas y el *En el camino* que me había regalado Michael.

Le dejé una escueta nota a Dennis: «Me voy unos días.»

En la cocina encontré un trozo de cartón en el que escribí SUR con rotulador en letras bien grandes. No me estaba escapando, me decía. Estaba yendo en pos de algo.

SEGUNDA PARTE

DE CAMINO HACIA EL SUR

10

Lo primero que hice fue ir al cajero automático del centro. Mi padre me había abierto una cuenta para ropa, comida, cine y esa clase de gastos. Tenía un saldo de 220 dólares, que retiré en su totalidad.

Como no me pareció inteligente hacer autostop en el centro de la ciudad, me trasladé en autobús a las afueras, donde me encaminé a la entrada de la Interestatal 87 Sur. La tarde estaba avanzada y el sol asomó un momento entre la capa gris de nubes. Yo mostraba el letrero, llena de regocijo por encontrarme en el mundo, en ruta hacia un destino desconocido.

En el primer trayecto tuve suerte: me paró una familia que iba en un antiguo Chrysler. Me senté con tres niños en el amplio asiento de atrás. Uno de ellos me ofreció patatas fritas. El coche era grande y espacioso, y olía como si ésa fuese la casa de la familia.

—¿Adónde vas?

La mujer del asiento del copiloto se volvió a mirarme. Le faltaba un diente.

Dije que a Savannah, a visitar a mi tía.

—La I-95 te lleva directo allí. —Asintió, como si

confirmase para sus adentros la indicación—. Bueno, puedes venir con nosotros hasta Florence. Vivimos en las afueras de Columbia.

—Gracias —respondí. No sabía en qué estados estaban esas localidades, pero era demasiado orgullosa para preguntarlo.

El padre, un hombre corpulento con un tatuaje en el brazo derecho, conducía en silencio. Los niños también iban bastante callados. A mi lado, una niña de unos seis años me informó de que iban a ver a sus primos en Plattsburgh. Tampoco sabía dónde se encontraba esa ciudad.

Pegué la cara a la fría ventanilla y contemplé el paisaje de colinas nevadas y casas, blancas en su mayoría, con ventanas cuadradas apagadas como litofanías que aguardasen una luz interior para cobrar vida. A medida que se iba oscureciendo el cielo, imaginé que había familias dentro de las casas, charlando en torno a la mesa, tal como hacían antes los McG; imaginé los olores a carne asada con puré de patata y el tenue sonido de fondo del televisor. Me puse a imaginar cómo sería formar parte de una familia normal.

La niña de al lado me ofreció otra patata frita, que mastiqué despacio, saboreando la grasa y la sal.

—Me llamo Lily —dijo. Tenía el pelo castaño oscuro y lo llevaba recogido en pequeñas trenzas con una perla al final.

—Yo soy Ari —me presenté. Las dos inclinamos la cabeza.

—¿Quieres que nos demos la mano? —propuso, introduciendo la suya en la mía. Era pequeña y cálida.

Mientras el espacioso coche proseguía camino entre la oscuridad, Lily y yo nos quedamos dormidas cogidas de la mano.

Paramos un par de veces en áreas de descanso para poner gasolina e ir al baño. Cuando ofrecí contribuir a pagar la gasolina, simularon no haberme oído. La madre compró hamburguesas, café, refrescos y más patatas fritas, y me dio una hamburguesa envuelta como si me correspondiera una. Aparte del tónico y las barras de proteínas, me había propuesto comer sólo helado y pastel de manzana en las cenas, en honor a Kerouac.

Traté de rehusar.

—Se ve que tienes hambre —replicó ella—. Vamos, come.

De este modo volví a probar la carne. Al principio pensé que iba a vomitar, pero descubrí que, si masticaba deprisa y de forma concienzuda cada bocado, podía tolerarla. Además, no sabía mal.

Después de comer, el padre de familia se puso a cantar. Al concluir cada canción, anunciaba su título, en atención a mí. «Ésta era "I Saw the Light"», dijo, y más tarde: «Y ésta "Blue Moon of Kentucky".» Tenía voz de tenor, y los niños lo acompañaban en los estribillos. Cuando paró de cantar, todos volvieron a dormirse excepto él.

Se detuvieron en la salida de Florence, Carolina del Sur, a primera hora de la mañana para que me apeara, y parecían sinceramente apenados por tener que despedirse de mí.

—Sé prudente —me aconsejó la mujer—. Y evita a la policía.

Salí al encuentro de una clara y fría mañana, mientras el sol se elevaba por encima de un plano paisaje de color maíz del que surgían moteles y gasolineras. Mientras el coche se alejaba, Lily agitó frenéticamente la mano en la ventanilla trasera y yo correspondí con el mismo gesto.

Nunca volvería a verla, pensé. Mi padre tenía razón: la gente siempre se estaba yendo. Entraba y salía como sombras de nuestras vidas.

Tardé una hora en conseguir que alguien me recogiera, y sólo fue para un trecho de veinte kilómetros por la I-95. Pasé el día entero efectuando un lento avance, y entonces empecé a darme cuenta de la suerte que había tenido la tarde anterior. Aunque me decía que cada kilómetro me acercaba más a mi madre, la exaltación del autostop comenzó a esfumarse.

Recordando la recomendación de la mujer, cada vez que divisaba un coche de policía corría a refugiarme detrás de los árboles próximos a la carretera. Ninguno se detuvo.

La mayoría de los que me paraban eran personas que conducían coches antiguos; los flamantes automóviles de gran cilindrada pasaban de largo, al igual que los camiones. Un individuo que iba en uno de ellos, parecido a un tanque, estuvo a punto de atropellarme.

Mientras el cielo se volvía a oscurecer, yo esperaba en la rampa de entrada en medio de la nada, preguntándome dónde iba a pasar la noche. Entonces paró un reluciente coche rojo, con unas letras plateadas que decían «CORVETTE».

—¿No eres un poco joven para andar por ahí sola? —me dijo el conductor cuando abrí la puerta.

Debía de tener treinta y pico años, deduje. Era bajo y musculoso, de cara cuadrada y cabello negro de aspecto graso. Llevaba gafas de sol de estilo aviador, lo cual me pareció extraño siendo ya de noche.

—Soy lo bastante mayor —contesté.

De todas maneras, vacilé. Una voz interior me decía: «No estás obligada a subir.»

—¿Vienes o no? —preguntó.

Era tarde y estaba cansada. Aunque no me gustaba su apariencia, subí.

Dijo que iba a Asheville.

—¿Te conviene?

—Sí —confirmé.

No estaba segura de si había dicho Nashville o Asheville, pero ambos lugares me sonaban situados lo bastante al sur.

Aceleró a fondo y entró como un bólido en la autopista. Luego puso música rap en la radio. La palabra «zorra» aparecía en dos de cada tres frases. Me centré en frotarme las manos. Las sentía tiesas y frías a pesar de que llevaba guantes, pero me los dejé puestos porque me procuraban una ilusión de calor.

No sé cuánto tiempo transcurrió antes de que notara que algo no iba bien. No fue mucho, en todo caso. En los letreros indicativos ponía I-26, no I-95, y circulábamos en dirección oeste, no sur. Tomé consciencia de que luego me costaría más llegar hasta Savannah. Aunque, por lo menos, no estaba a la intemperie con aquel frío.

El conductor manejaba el volante con la mano izquierda y lo toqueteaba repetidamente con la derecha. Tenía las uñas largas y sucias. El músculo de su mejilla izquierda se encogía y relajaba una y otra vez. De vez en cuando me miraba y entonces yo volvía la cabeza hacia mi ventanilla. Con la creciente oscuridad, no veía gran cosa en el exterior. La carretera se prolongaba adelante, pálida y lisa, alumbrada sólo por las farolas. Después, poco a poco, comenzó a subir. Tragué saliva, con las orejas tapadas.

Dos horas más tarde, el coche se desvió y tomó una salida a tanta velocidad que no alcancé a ver ningún cartel.

—¿Adónde va? —pregunté.

—Tenemos que comer algo —respondió—. Apuesto a que tienes hambre, ¿a que sí?

No obstante, pasó de largo las luces de la estación de servicio y el restaurante. Un par de kilómetros más adelante enfiló con brusquedad una carretera secundaria.

—Tranquila —dijo sin mirarme—. Conozco el sitio adecuado.

En todo caso era evidente que sabía bien adónde iba, porque se desvió tres veces más antes de tomar una pista de tierra que serpenteaba hacia lo alto de una colina. No vi ninguna casa, sólo árboles. Cuando paró el coche, sentí que estaba perdida.

Utilizó los dos brazos para sujetarme, y era fuerte.

—Tranquila, tranquila —repetía.

Reía como si encontrara divertida mi resistencia. Cuando fingí relajarme, usó una mano para desabrocharme los pantalones, y fue entonces cuando me abalancé y lo mordí.

No lo había planeado de manera consciente. Sólo cuando le vi el cuello, expuesto e inclinado hacia mí, pasé a la acción. Todavía oigo el grito que emitió. En cuestión de segundos expresó sorpresa, luego rabia, después dolor y finalmente súplica... Luego lo único que oí fue el alocado latido de mi corazón y el ruido que hacía al succionar y tragar.

¿A qué sabía? A algo parecido a música, a electricidad, al claro de luna reflejado en una corriente de agua... Bebí hasta saciarme y, cuando paré, era como si mi propia sangre me cantara al oído.

Pasé las siguientes horas andando por el bosque. No notaba el frío y me sentía con vigor suficiente para caminar kilómetros. En el cielo, la luna llena me miraba con neutra indiferencia.

Poco a poco, mi energía fue menguando. Tenía el estómago revuelto y unas incipientes náuseas. Paré y me senté en el tocón de un árbol.

Procuraba no pensar en lo que había hecho, en vano. ¿Estaría vivo o muerto aquel hombre? Deseaba que estuviera muerto, y una parte de mí se horrorizaba por ello. ¿En qué me había convertido?

Me dieron arcadas, pero no llegué a vomitar. Luego eché la cabeza atrás y contemplé la luna, visible entre dos altos árboles. Respiré despacio. Las náuseas cedieron y de nuevo me sentí en condiciones de andar.

La pendiente era muy marcada. Aunque no era fácil caminar, sin la luz de la luna habría resultado imposible. Los árboles, altos y erizados de agujas, eran cada vez más densos. Supuse que se trataba de pinos o algo por el estilo.

«Papá, estoy perdida —pensé desorientada—. Ni siquiera conozco los nombres de los árboles. Mamá, ¿dónde estás?»

Al llegar a una cresta, seguí otro camino que descendía poco a poco. A través de la maleza percibí un brillo de luces, confuso al principio y más nítido después. «De vuelta a la civilización», deduje. Ello bastó para levantarme el ánimo.

Cuando oí voces, me detuve. Provenían de un claro más adelante. Sin salir de los árboles, me desplacé con sigilo por el perímetro de aquel espacio despejado. Eran cinco o seis. Algunos llevaban capas, y otros, sombreros picudos.

—¡Me rindo! —gritó alguien. Un muchacho con capa agitó una espada de plástico.

Entonces salí al claro para que me vieran.

—¿Puedo jugar? —pedí—. Conozco las reglas.

Pasamos una hora jugando al claro de luna. Aquel juego era diferente del que había presenciado en casa de Ryan; éstos no consultaban cuadernos de encantamientos y cada cual improvisaba su parte. Tampoco hubo alusiones a los bancos.

El juego se centraba en una búsqueda: había que localizar y robar el tesoro de los hombres lobo, que se encontraba escondido en el bosque. Los hombres lobo, el equipo contrario, habían dado a mi equipo (los magos) una serie de pistas por escrito. *«No debes mirar al cielo / Lo que buscas está cerca en el suelo»*, era una de las primeras.

—¿Quién eres? —me preguntó uno de los chicos cuando me incorporé al juego—. ¿Mago o gnomo?

—Vampiro —repuse.

—La vampira Griselda se suma a los Magos Holgazanes —anunció.

A mí las pistas me resultaban extremadamente fáciles. El mago Lemur, el que me había presentado, también leía las pistas; era el cabecilla del grupo. Cada vez que leía una, yo me desplazaba de manera instintiva hacia donde apuntaba. *«Donde el árbol más alto crece / A su derecha ir debes.»* Al cabo de unos minutos, noté que todos me observaban.

El tesoro resultó ser un paquete de seis cervezas escondido bajo una pila de ramas secas. Cuando levanté las cervezas, los demás lanzaron vítores.

—La vampira Griselda se apodera del tesoro —proclamó Lemur—, que esperamos que comparta.

Le entregué el paquete entero.

—Yo no bebo —dije—. Cerveza —aclaré.

Los magos me llevaron a su casa.

Fui con Lemur (que se llamaba Paul) y su novia Beatrice (cuyo nombre real era Jane) en un viejo Volvo destartalado. Parecían hermanos, con su pelo multicolor escalado, su delgadez y hasta los mismos vaqueros deshilachados. Jane estudiaba en la universidad. Paul había dejado los estudios. Les expliqué que me había ido de casa. Dijeron que podía «apalancarme» en su casa, una vieja vivienda situada en el centro de Asheville, a lo cual añadieron que podía usar la habitación de Tom, quien estaba de gira con su grupo.

Y la verdad es que me apalanqué: casi me caí directamente en la cama que me adjudicaron. Sentía el cuerpo cansado y excitado a la vez, recorrido por un hormigueo de la cabeza a los pies, y lo único que quería era quedarme acostada y evaluar la situación. Recordé la descripción que había efectuado mi padre de su cambio de estado, de la debilidad y malestar que sufría, y me extrañó no sentirme débil. ¿Tal vez porque era medio vampiro de nacimiento?

¿Necesitaría chupar la sangre de más humanos? ¿Se volvería más aguda mi percepción? Tenía un sinfín de interrogantes, y la única persona capaz de responder a ellos se encontraba a muchos kilómetros de distancia.

Los días se sucedieron como envueltos en una especie de niebla. A veces tenía una intensa consciencia de todos los detalles del entorno y de la gente que me rodeaba; otras, en cambio, sólo podía fijarme en una cosa y nada más, como el flujo de mi sangre en las venas; era capaz de percibir la circulación con cada latido del corazón. Permanecía quieta durante largos períodos de tiempo. En cierto momento me di cuenta de que ya no llevaba colgado del cuello mi talismán, el saquito con la lavanda. No le di mucha importancia a la pérdida. Era una más de las cosas familiares que desaparecían.

La casa estaba poco caldeada y tenía un mobiliario escaso y baqueteado. En las paredes había salpicaduras de pintura, sobre todo en el salón, donde alguien había empezado a pintar un mural de un dragón que escupía fuego y lo había interrumpido antes de añadirle la cola y los pies. Otros habían anotado a lápiz números de teléfono en los sitios libres del inacabado dragón.

Jane y Paul me aceptaron sin hacer preguntas. Les dije que me llamaba Ann. Se levantaban tarde, sobre la una o las dos de la tarde, y se quedaban despiertos hasta las cuatro o las cinco de la mañana, normalmente fumando marihuana. Se teñían el pelo; el color que por entonces llevaba Jane, verde lima, le daba un aspecto de dríada.

Jane tenía entonces vacaciones de invierno en la facultad, según me dijo, y se proponía «pasarlo en grande». Por lo visto, Paul vivía así todo el tiempo. Algunos días apenas los veía; otros los pasábamos «en pandilla», comiendo, mirando películas de DVD o paseando por Asheville, una ciudad muy bonita, rodeada de montañas.

La segunda noche de mi estancia en la casa la pasamos reunidos en torno a un pequeño televisor con los otros Magos Holgazanes, viendo una película tan previsible que no le presté atención. Cuando se acabó, dieron las noticias, cosa que todos interpretaron como una señal para ponerse a hablar, pero Jane dio un codazo a Paul.

—Eh, escuchad —dijo.

El presentador comentaba que la policía no disponía de pistas en el caso de Robert Reedy, el individuo de treinta y cinco años que habían encontrado asesinado en su coche el día anterior. Mostraron unas imágenes de unos policías cerca del Corvette rojo y después una panorámica de los bosques próximos.

—Eso queda cerca de donde estuvimos el domingo —señaló Jane.

—Pues los culpables serán los hombres lobo —exclamó Paul.

Jane siguió insistiendo.

—¿Tú viste algo raro, Annie?

—Sólo a vosotros —contesté.

Todos se echaron a reír.

—La niña sólo lleva tres días en el sur y ya ha captado la guasa del ambiente —dijo Paul—. Sigue, Annie.

«De modo que se llamaba Robert Reedy —pensé—. Y yo lo maté.»

Pasaron una pipa y, cuando me llegó, decidí probar para ver si me animaba un poco. Sin embargo, la marihuana no me hizo ese efecto.

Los demás se enzarzaron en largas y tortuosas conversaciones. Uno comenzó hablando de la incapacidad de Paul para encontrar las llaves del coche, los otros aportaron toda clase de sugerencias para localizarlas y Jane acabó repitiendo, una y otra vez: «Todo está en alguna parte.»

En lugar de charlar, pasé el resto de la noche observando los motivos de la alfombra del suelo, convencida de que contenían algún mensaje importante.

En las veladas siguientes, siempre rechacé la pipa.

—Annie no necesita fumar —decía Paul—. Ya está colocada de forma natural.

Cuando rememoro mi estancia en Asheville, la asocio con una canción que Paul ponía con frecuencia en el equipo de música: «Dead Souls», de Joy Division.

Dormía poco, comía aún menos y pasaba horas sin hacer nada, limitándome a respirar. A menudo, generalmente en torno a las tres de la mañana, me planteaba si estaba enferma, o si iba a morir incluso. No tenía la energía para ir en busca de mi madre. Me preguntaba si no debería volver a casa a tratar de recuperarme... pero ¿qué pensaría mi padre de mí?

A veces me acercaba a la ventana, percibiendo una presencia fuera. Otras, estaba demasiado asustada para mirar. ¿Y si me estaba esperando el fantasma de Reedy? Cuando miraba, no veía nada.

Por las mañanas, el oscilante reflejo de mi cara en el espejo seguía igual, aunque tal vez tenía un aspecto algo más saludable que cuando me había ido de Saratoga Springs. Pasaba pues la mayoría de los días aislada en mi nube, o con Jane.

La noción que ella tenía de un día ideal consistía en levantarse tarde, comer mucho y después pasear por Asheville, hablando a menudo con Paul por el móvil. (Él tenía un empleo a tiempo parcial en una sandwichería, y cada noche traía comida gratis a casa.) Jane era una virtuosa del arte de rebuscar en las tiendas de ropa de segunda mano; era capaz de entrar en una y revisar las hileras de prendas con tanta rapidez y precisión, que en cuestión de segundos decía: «La chaqueta de terciopelo, en el centro del tercer pasillo», o bien: «Hoy no hay más que pingos. Nos vamos.»

Entonces íbamos a las cafeterías o librerías estilo New Age, donde leíamos libros y revistas sin comprar nada. En una ocasión, Jane robó una baraja de Tarot, y yo noté algo que se agitaba en mi interior. ¿Sería la conciencia? Sentí deseos de decirle algo, pedirle que la devolviera a su sitio, pero me abstuve. ¿Cómo podía predicar una asesina a alguien que sisaba un artículo irrisorio en una tienda?

Varias veces a la semana íbamos al supermercado, donde Jane compraba comida. Cuando yo me ofrecía a pagar, ella solía declinar.

—Déjalo —decía—. De todas maneras, comes como un pájaro.

Normalmente no comía mucho, pero de vez en cuando me entraba hambre y entonces devoraba lo que encontrase. Aunque me habían criado como vegetariana, ahora me apetecía la carne, cuanto más cruda y sanguinolenta, mejor. Una noche, sola en mi habitación, me zampé medio kilo de hamburguesas crudas. Entonces experimenté un marcado aumento de energías, que descendió en picado al cabo de pocas horas. Debía de haber una manera mejor de equilibrar todo aquello, pensaba.

Algunas veces nos reuníamos con los magos y los hombres lobo para entretenernos con los juegos de rol. Los jugadores habían inventado identidades mucho más interesantes que las reales. ¿Para qué iban a identificarse como un fracasado escolar, un mecánico o una camarera de bar, cuando podían ser un mago, un hombre lobo o un vampiro?

Una noche nos encontramos con el grupo en un local del centro. Era como un almacén, un edificio largo con techo altos; la música tecno resonaba en las paredes y unas tenues luces azules iluminaban la pista de baile. Yo me apoyé en la pared para mirar y después me encontré bailando con un chico de mi misma estatura, un muchacho de cara dulce, bonita piel y cabello negro rizado.

Después de bailar un rato, salimos a un callejón. Él

fumó un cigarrillo y yo contemplé el cielo. No había estrellas ni luna. Por un momento perdí la noción de quién era y dónde estaba. Cuando recobré la consciencia de mí misma, me acordé de la escena de *En el camino*, cuando Sal se despierta en una extraña habitación de hotel sin saber dónde se encuentra y dice que era como si su vida estuviera poseída.

—¿Quién eres? —me preguntó el chico del pelo rizado.

—Un fantasma —respondí.

—Paul... quiero decir Lemur, dijo que eras un vampiro —señaló, confuso.

—Eso también —confirmé.

—Perfecto —dijo—. Yo soy un donante.

Crucé los brazos, con la mirada fija en su garganta... en su liso, blanco y esbelto cuello.

—¿Me vas a engendrar? —preguntó.

Tuve ganas de corregir su terminología. Quise hacerlo entrar en razón, regañarlo por jugar con fuego. Lo que más deseaba, sin embargo, era sangre.

—¿Estás seguro? —inquirí.

—Segurísimo —afirmó.

Abrí de forma instintiva la boca, inclinándome hacia él.

—¡Ufff —lo oí exclamar—, eres auténtica!

Ésa fue la noche en que aprendí a controlarme. Sorbí sólo la sangre suficiente para saciar mi sed. Cuando me aparté, me miró con las pupilas dilatadas y una expresión de éxtasis.

—Lo has hecho de verdad —dijo.

Me distancié, limpiándome la boca con la manga.

—No se lo cuentes a nadie. —No quería mirarlo, porque ya me sentía avergonzada.

—Nunca lo contaré. —Se rozó la herida del cuello y se miró la mano manchada sangre—. Caramba.

—Apriétatelo.

Encontré un pañuelo en el bolsillo de la chaqueta y se lo di. Él se lo aplicó al cuello.

—Ha sido asombroso —dijo—. Yo... te quiero.

—Si ni siquiera me conoces.

—Me llamo Joshua —se presentó, tendiéndome la mano libre—. Y ahora soy un vampiro, como tú.

«No, no lo eres», quise decirle, pero opté por no desengañarlo. Al fin y al cabo, sólo estaba participando en un juego de rol.

Podría haberme quedado en Asheville para siempre. Tenía un sitio donde vivir, amigos (más o menos) y un donante bien dispuesto. No obstante, fui saliendo poco a poco de mi sopor. La clase de vida que llevábamos me producía un creciente desasosiego; cada día se parecía al siguiente. No estaba aprendiendo ni creando nada. Y todas las noches, en lugar del sueño, lo que me esperaba era el recordatorio de que había matado a un hombre.

Racionalizaba el acto argumentando que lo tenía merecido. El aplomo con que había encontrado la pista del bosque y su forma de burlarse de mi resistencia me habían persuadido de que les había hecho a otras mujeres lo que pretendía hacerme a mí. Aun así, mi comportamiento, aquel comportamiento puramente instintivo, no tenía excusa. Todo lo que mi padre me había enseñado iba en contra de mi actuación.

En otras ocasiones ponía en tela de juicio el valor de aquella educación. ¿Qué importancia tenía saber historia, literatura, ciencia o filosofía? Todo ese conocimiento no me había impedido asesinar a alguien, y tampoco me servía para ningún propósito práctico. Había sobrevivido; eso era lo único que contaba.

Durante aquellos meses de embotamiento tenía sueños turbios, a menudo violentos, poblados de bestias, sombras y árboles de escabrosas formas. En los sueños yo corría perseguida por algo que nunca veía. Con frecuencia me despertaba con la sensación de haber intentado pedir ayuda, pero no lograba articular las palabras; a veces me preguntaba si vocalizaba realmente los sonidos inconexos que componía en mis sueños.

Abría los ojos en la misma habitación desordenada llena de pertenencias de alguien a quien no conocía. Nadie acudía nunca a comprobar si estaba bien. Aquéllos eran los momentos en que ansiaba tener la madre que nunca había conocido. Pero ¿qué le parecería a ella tener una hija vampiro?

Poco a poco, mis sueños comenzaron a estructurarse, como si soñara los capítulos de un relato que se reanudaba, noche tras noche. Los mismos personajes —un hombre, una mujer, otro semejante a un pájaro— se desplazaban por un paisaje azul en medio de plantas exóticas y mansos animales. A veces viajaban juntos, pero con frecuencia estaban separados, y yo, la autora del sueño, estaba al corriente de todos y cada uno de sus pensamientos y sentimientos. Iban en busca de algo que nunca se especificaba; aunque ambos se sentían solos o tristes a veces, mantenían la paciencia, la curiosidad e incluso el optimismo. Los quería sin conocerlos bien. Ahora me parecía más interesante dormirme que estar despierta, lo cual me llevó a pensar que era hora de abandonar Asheville.

Joshua también influyó en la decisión. Decía que yo era su novia, pese a que nunca nos habíamos besado, ni siquiera dado la mano. Yo lo consideraba un hermano menor, que aun resultando inoportuno a veces formaba parte de la «familia». Parecía que siempre estaba allí y se planteaba quedarse a vivir en la casa. Yo le decía que necesitaba mi espacio.

Una noche, después de cenar (un burrito para él y un vaso de sangre de Joshua para mí), nos quedamos sentados en el suelo de mi cuarto, apoyados contra la pared, aturdidos. Unos años más tarde vi una película sobre heroinómanos y los personajes me recordaron a Joshua y a mí en Asheville, en nuestro estado de saciedad.

—Annie —dijo—, ¿quieres casarte conmigo?

—No —repliqué.

Parecía tan joven, sentado junto a la pared con sus vaqueros desaliñados, apretándose el cuello con un pañuelo de papel. Yo siempre procuraba morderle en el mismo sitio, para minimizar el riesgo de infección. Por entonces no sabía que los vampiros carecen de gérmenes.

—¿No me quieres? —Sus ojos me hicieron pensar en los de otro fiel compañero, *Wally*, el perro de Kathleen.

—No.

Lo trataba muy mal, ¿verdad? Pero por más que hiciera o le dijera, él seguía siempre allí, dispuesto a encajar más.

—Pues yo sí te quiero.

Al ver que estaba casi a punto de llorar, de repente pensé: «Basta ya.»

—Vete a casa —le dije—. Necesito estar sola.

Obediente, venciendo la desgana, se puso en pie.

—¿Todavía eres mi novia, Annie?

—Yo no soy la novia de nadie. Vete a casa.

Llegó la primavera y el mundo entero se vistió de verde. Las plisadas y tiernas hojas de los árboles filtraban el sol, con la misma gracia que un calidoscopio, y el aire estaba impregnado de dulzura. Estiré los dedos frente a los ojos y observé cómo pasaba a través de ellos la luz del sol, y también cómo circulaba la sangre. Le dije a Jane que aquel día era como un poema. Ella me miró como si estuviera chiflada.

—Yo me estoy especializando en sociología —señaló—, y mis días no son como poemas.

Lo único que sabía de la sociología era lo que mi padre había comentado una vez: «La sociología es un lamentable pretexto para la ciencia.»

—Por cierto, Joshua ha llamado esta mañana —me informó—. Dos veces.

—Es un pesado —dije.

—Ese chico me pone nerviosa. Es como si lo hubieras embrujado.

Nos encontrábamos en una calle del centro, con gafas de sol por primera vez ese año, en ruta hacia a una zapatería. Parecía que Jane siempre llevaba mucho dinero encima, pero de todas formas era posible que le diera por robar un par de zapatos. De repente sentí una opresiva sensación de claustrofobia... por ella, por Joshua e incluso por los inofensivos magos y hombres lobo.

—Estoy pensando en seguir mi viaje —me oí anunciar.

—¿Adónde?

Adónde, sí, ésa era la pregunta.

—A Savannah —respondí—. Tengo una pariente allí.

—Ah. ¿Quieres ir este fin de semana?

Así de fácil, quedó decidida la cuestión.

Sólo me despedí de Paul.

—¿Sabe Joshua que te vas? —me preguntó.

—No, y por favor no se lo digas.

—Annie, eso no está bien —reprobó.

De todas maneras, me dio un abrazo de despedida.

Jane conducía deprisa. Mientras el coche circulaba a toda velocidad por la I-26, me estremecí cuando pasamos por el sitio donde me había recogido Robert Reedy.

—¿Tienes frío? —preguntó Jane.

—No. ¿No tenemos que salir a la 95 para ir a Savannah?

—Primero pararemos en Charleston —anunció—. Necesito ver a mis viejos.

—¿Tus viejos?

—Mis padres —precisó. Luego encendió la radio, con el volumen muy alto.

Al cabo de una hora estábamos en Charleston. Jane detuvo el coche frente a una verja de hierro forjado.

—Soy yo —dijo a un interfono, y la puerta se abrió.

Seguimos por un sinuoso camino flanqueado por altos árboles salpicados de enormes y bellas flores blancas, que, como me enteré más tarde, se llaman magnolias del sur. El coche se paró delante de una mansión de ladrillo blanca. Supongo que debía de haberme sorprendido que fuera rica, pero no sé por qué, lo encontré normal.

Al final nos quedamos a dormir. Los padres de Jane eran unas personas rubias y envaradas cuyo único tema de conversación era el dinero. Incluso cuando hablaban de la familia —del hermano de Jane, de un primo o un tío— hablaban del dinero que tenían y de en qué lo gastaban. Nos dieron de comer gambas con sémola de maíz y unos enormes cangrejos que abrían con unos mazos de plata para poder sorber su carne. También hicieron preguntas sobre los estudios de Jane, a las que ella respondía con ambigüedad: «No del todo», «Más o menos», «Algo así». Durante la cena se puso a consultar varias veces los mensajes de texto del móvil.

Jane los trataba todavía con más desdén del que le había reservado yo a Joshua. A la mañana siguiente, entendí por qué robaba en las tiendas: era su manera de expresar con más contundencia el desprecio que le inspiraban sus padres y su materialismo.

De todas maneras, cuando su padre le dio un fajo de billetes antes de marcharnos, los guardó en un bolsillo del pantalón.

—Bueno, ya está —dijo.

Escupió por la ventanilla y nos pusimos en camino.

Cuando Jane tomó la autopista de Savannah, la 17, en las afueras de Charleston, tuve ocasión de observar el paisaje de la zona costera de Carolina del Sur. A ambos lados de la carretera, las hierbas de los pantanos se inclinaban con el viento. Las playas grises relucían como venas plateadas en los campos de hierba. Bajé la ventanilla y aspiré el aire, que olía a flores mojadas. Luego, como sentí una ligera sensación de mareo, saqué el tónico de la mochila y tomé un trago.

—¿Qué tomas? —preguntó Jane.

—Un medicamento para la anemia.

Por aquella época mentía de forma automática. Al constatar que en la botella sólo quedaba un cuarto de líquido, me pregunté qué haría cuando se acabara.

Jane telefoneó a Paul. Yo me desentendí de la conversación.

Pasamos junto a un letrero que indicaba DESEMBAR-CADERO DE LAS ABEJAS y una tienda llamada La Grulla Azul. Aquellos nombres me recordaron a mi madre. Apenas había pensado en ella en Asheville, pero aquel paisaje la evocaba, me inducía a imaginarla de niña, creciendo entre los pantanos y aquellos olores agriculces. ¿Habría conducido por esa carretera cuando se alejó de nosotros? ¿Habría visto los mismos carteles que yo? ¿Se había sentido contenta, como si regresara a casa?

Cruzamos la cinta azul zafiro del río Savannah y llegamos al centro de la ciudad hacia mediodía. Jane dejó el móvil junto al asiento.

—¿Tienes hambre? —Parecía impaciente por regresar a Asheville, junto a Paul.

—No. —Por supuesto que tenía hambre, pero no de comida basura, ni siquiera de gambas—. Puedes dejarme en cualquier sitio.

Paró cerca de un cruce. Le di las gracias, pero ella le restó importancia con un gesto.

—Los Magos Holgazanes te van a echar de menos —dijo—. Y Joshua, joder, igual se suicida.

—Espero que no.

Sabía que bromeaba. Joshua podría sentirse tentado de hacer tal cosa, sí, pero yo no lo creía capaz de llegar hasta el final.

—Hasta otra —dijimos las dos, sin mucha convicción.

Mientras miraba alejarse el coche gris, a una velocidad excesiva, le deseé suerte. Aunque no habíamos sido exactamente amigas, me había ofrecido compañerismo y le estaba agradecida por ello.

11

En Savannah aprendí a volverme invisible.

Ese primer día pasé horas deambulando por la ciudad, disfrutando de las frescas plazas ajardinadas, las fuentes, las estatuas y los campanarios de las iglesias. Me aprendí de memoria los nombres de las calles y plazas para no perderme, e imaginé al arquitecto que diseñó el trazado de la ciudad calculando cuánto trecho de calle iba a dejar entre las plazas a fin de ofrecer un amparo al bochornoso calor. En todo caso, contaba con mi entusiasta aprobación.

A finales de mayo, la gente caminaba por la ciudad con vestidos de algodón o camisas de manga corta, con las chaquetas colgadas del brazo. Mi pantalón de sastre negro se veía fuera de lugar allí. Me senté en un banco a la sombra de unos robles de Virginia, a contemplar a los transeúntes. Quizá mi tía era uno de ellos. No tenía manera de reconocerla. Sí distinguía a los turistas de las gentes de la zona por su manera de caminar y su aspecto; los oriundos se movían con desenvuelta familiaridad, con un lánguido caminar.

En Savannah comencé a preguntarme: «¿Cómo se reconocen entre sí los vampiros? ¿Existe un gesto secreto, una inclinación de la cabeza, un guiño u otra cosa mediante la cual uno se proclama "uno de los nuestros"? ¿O hay algún instinto que permite la identificación instantánea? Si me encontraba con otro vampiro, ¿se acercaría o bien me rehuiría?»

A la caída de la tarde seguía en el banco, observando las sombras. Todos los que pasaban proyectaban una sombra. Yo no. O bien en Savannah había pocos vampiros, o bien todos se habían quedado en su casa, esperando al anochecer.

Efectué un peregrinaje hasta el cementerio colonial, pero no fui más allá de las rejas. Estuve buscando la casa donde había vivido mi madre, y creo que la encontré: una casa de ladrillo rojo de tres pisos, con postigos verdes y balcones negros de hierro forjado. Mientras miraba el balcón que daba al cementerio, imaginé a mi padre sentado allí con una mujer... una mujer de rostro informe. Mi madre.

Al alejarme, me fijé en la acera de ladrillos y los motivos grabados en ellos. No eran espirales, sino círculos concéntricos, parecidos a los blancos de tiro. La memoria de mi padre no era, después de todo, perfecta, o quizá la causa estuviera en su dificultad para soportar los dibujos esquemáticos.

Unas calles más allá vi un viejo hotel con balcones de hierro forjado y por un momento alimenté la fantasía de alojarme en él, tomar un baño, pasar una noche durmiendo entre sábanas limpias e impolutas. Sin embargo, me quedaban menos de cien dólares y no sabía cuándo podría conseguir más.

Miré por las ventanas de la planta baja. Había un vestíbulo, un restaurante y un bar. En el bar, un individuo vestido con traje oscuro, sentado de espaldas a mí, levantó una copa que al reflejar la luz de las velas despidió un matiz rojo oscuro que conocía bien.

«Picardo.» Repentinamente sentí una terrible añoranza por mi padre. ¿Estaría sentado en su sillón de cuero, sosteniendo una copa como ésa? ¿Me echaría de menos? Debía de estar preocupado, mucho más de lo que lo había estado nunca. ¿O acaso sabía lo que había estado haciendo yo? ¿Podría leerme el pensamiento a aquella distancia? La posibilidad de que así fuera me causó alarma. Si sabía lo que había hecho, me despreciaría.

El espejo detrás de la barra reflejaba la copa de aperitivo... pero no al hombre que la sostenía. Como si captara mi mirada, se volvió. Entonces me apresuré a seguir andando.

Cuando llegué al río, había oscurecido. Me dolían los pies y el hambre me producía una sensación de mareo. Caminé entre los turistas por River Street, entre llamativas tiendas y restaurantes que ofrecían ostras y cerveza. Me detuve en una tienda de productos irlandeses. Mentalmente, vi a mi padre entrando y saliendo con un chal, con el que envolvió los hombros de la mujer sin rostro.

Noté un hormigueo en el cuello. Hacía tanto tiempo que no me ocurría que al principio no reconocí la sensación. Luego supe qué era. Alguien me estaba observando. Aunque miré en todas direcciones, sólo vi parejas y familias, centradas en sí mismas. Respiré hondo y volví a mirar en derredor, despacio. Esa vez mi mirada se detuvo en una escalera de piedra, en el primer escalón, donde la neblina procedente del río parecía haberse concentrado.

«De modo que eres invisible —pensé—. ¿Eres el mismo que me observaba en casa?»

Oí una carcajada, pero alrededor nadie reía.

«No tiene gracia.»

Estaba acalorada de rabia. Entonces, por primera vez en mi vida, traté de volverme invisible.

No es difícil. Al igual que el estado de meditación profunda, es una cuestión de concentración; hay que respirar hondo y centrar la consciencia en el momento inmediato, la experiencia del aquí y el ahora, y después desprenderse de todo. Los electrones del cuerpo empiezan a funcionar al ralentí a medida que uno absorbe su calor. Al desviar la luz se siente como si se estuviera absorbiendo toda la energía en lo más profundo de sí. Me inundó un sentimiento de libertad y liviandad; más adelante supe que lo llaman *qi* o *chi*, el término empleado en chino para designar el «aire» o la «fuerza vital».

Para comprobar si funcionaba extendí las manos delante de la cara, y no vi nada. Enfoqué la vista a las piernas, y vi a través de ellas. Los pantalones de sastre habían desaparecido, al igual que mi mochila. Mi padre no había exagerado al alabar las virtudes de los metamateriales.

Después ya no percibí la presencia del otro. Seguí caminando por River Street, como si flotase. Entré en un restaurante y continué hasta la cocina, donde aguardaban los platos para ser llevados al comedor. Nadie miraba en dirección a mí. Después de coger un plato de solomillo, salí por la puerta de atrás y me senté contra una pared de piedra para devorarlo, usando las manos como cubiertos. Unos minutos después, salieron dos camareros a fumar, y uno de ellos advirtió el plato vacío que reposaba junto a la pared, a mi lado. Se aproximó para recogerlo y lo tuve tan cerca que hasta le vi la caspa del cabello.

—Alguien debe de haber cenado al fresco, ¿eh? —dijo.

El otro camarero rio.

Antes de irme, le metí un billete de diez dólares en el bolsillo de atrás para pagar la cena.

Proseguí mi ingrávido recorrido por River Street, esquivando a los turistas. Ser invisible debe de ser casi igual de magnífico que volar. En una ocasión rocé a un gordo vestido con traje, que se echó atrás y miró furtivamente en torno a sí para ver quién lo había tocado. Entonces lanzó una exclamación ahogada. Tardé un segundo en deducir por qué: se había golpeado con mi invisible mochila.

Por primera vez desde hacía mucho me estaba divirtiendo, y me planteaba qué más podría hacer. No obstante, el esfuerzo físico que requiere mantener la invisibilidad resulta igual de agotador que correr o pedalear durante kilómetros. Era hora de buscar un sitio donde pernoctar.

Subí por la empinada calle adoquinada para regresar al centro y me encaminé hacia el hotel que había visto antes.

Ingresar en el Marshall House fue mucho más sencillo de lo que cabía imaginar; me aupé al balcón sujetándome de un tirante de hierro forjado y, tras pasar junto a una hilera de solitarias mecedoras, me colé por la ventana de un cuarto de baño. Una vez que comprobé que no había nadie en la habitación, cerré la puerta con llave, me quité la ropa y me preparé un baño. Incluso proporcionaban un mullido albornoz. En el rincón encontré un frasquito de aceite de baño con aroma de lavanda, pero el tapón estaba tan duro que tuve que desenroscarlo con los dientes. Vertí el aceite en el agua.

Me metí en la bañera y poco a poco dejé que se desprendiera la luz, lo que permitía que volviera a ser visible... como si alguien pudiera verme. Me froté las piernas y el cabello, que, tal como advertí, me llegaba ya por debajo de la cintura.

Poco faltó para que me quedara dormida en el baño. Extenuada, me sequé y me envolví en el albornoz, me trencé el pelo y me acosté en la cama de matrimonio. Las sábanas desprendían un improbable olor a rosa. Soñé con flores, con pájaros y con crucigramas.

En la *Eneida*, Virgilio denomina al sueño «hermano de la Muerte».

Para nosotros, el sueño es algo más próximo a la muerte de lo que probablemente llegaremos a estar... una vez descartada la eventualidad de una catástrofe, por supuesto. Sí, siempre existe esa eventualidad.

Me despertó el sol que entraba en doradas franjas por el ventanal del balcón. Al sentarme en la cama, noté la cabeza despejada, alerta, como hacía meses que no la sentía. Era como si hubiera estado durmiendo desde mi marcha de casa. Me bastó un segundo para darme cuenta de lo mucho que había echado de menos mi vida sistemática y ordenada. Quizá la educación que había recibido tenía su utilidad, después de todo, no tanto por su contenido como porque me había enseñado a pensar.

Ahora la localización de mi tía se me presentaba como un proceso sencillo. Primero consulté la guía de teléfonos que había en el escritorio; aparecían más de veinte Stephenson, pero ninguna Sophie, ni siquiera S.

Cabía la posibilidad de que se hubiera casado y cambiado de apellido, o que no constara en la guía. Rememoré lo poco que me había contado mi padre del pasado de mi madre: se había criado en la zona de Savannah, pero ignoraba a qué colegio había ido. Conocía, o creía conocer, su dirección anterior, y sabía que había trabajado criando abejas.

Dejé la habitación del hotel tal como la había encontrado, salvo por el frasquito de aceite de lavanda. La vieja puerta de madera se abrió con un crujido. Salí de puntillas al pasillo y bajé las escaleras. En el vestíbulo, me senté frente a un ordenador destinado a los clientes. Gracias al acceso a Internet del hotel, en cuestión de segundos busqué *Savannah* y *miel* y encontré lo que necesitaba: la dirección y el número de teléfono de la empresa Tybee Company.

Atravesé el vestíbulo como si realmente fuera un huésped. El portero me sostuvo la puerta.

—Buenos días, bonita —me saludó.

—Buenos días —repuse.

Después me puse las gafas de sol y me alejé, sintiéndome, con mi traje de sastre negro confeccionado en Londres, una chica más o menos bonita.

Algunos días, es como si uno formara una unidad con el universo. ¿Tú también sientes eso? A cada paso que das, el suelo va al encuentro de tus pies, y el aire te acaricia la piel. Mi pelo flotaba con la brisa tras de mí, impregnado del olor a lavanda. Hasta la mochila resultaba liviana.

La Tybee Company estaba situada en una nave de las afueras de la ciudad, un sitio no muy agradable ni fácil de localizar. La invisibilidad me ayudó; no quería hacer autostop, pero en una gasolinera me metí en la parte trasera de un coche que llevaba una pegatina de Tybee Island. Lo conducía una chica joven que cogió la autopista de la isla. Cerca de la salida de President Street, me puse a gemir, imitando lo mejor que pude el sonido de un motor estropeado. La muchacha paró, cosa que yo aproveché para bajarme con mi mochila mientras ella levantaba el capó. En silencio le di las gracias.

No, por aquel entonces no me sentía culpable de esas travesuras; pensaba que el fin justificaba los medios, aun sin saber a ciencia cierta cuál era el fin. Sólo mucho después me dispensé una buena reprimenda a mí misma.

En el último trecho recobré la visibilidad y me paré dos veces para preguntar el camino hasta que encontré la nave.

Dentro había media docena de jóvenes trabajando. Uno pegaba etiquetas a unos largos tarros de miel. Otro colocaba tarros pequeños en cajas y una chica cortaba cuadrados de panales con una espátula. Pese a la altura del techo y las altas ventanas, el aire era denso y dulzón.

Todos me miraron cuando entré.

—Hola —saludé—. ¿Contratan personal aquí?

Una mujer muy elegante, vestida con traje, me entrevistó en una oficina en la planta superior. Dijo que en ese momento no tenían vacantes, pero que archivaría mi solicitud. Al rellenar el formulario, puse que tenía dieciocho años y dejé en blanco el apartado de la dirección. Le expliqué que estaba de camino para visitar a un pariente y le pregunté si había conocido a mi madre, que había trabajado allí unos quince años atrás.

—Yo llevo sólo un año aquí —respondió—. Podrías hablar con el propietario. Ahora está en Oatland Island con las abejas.

Una de las empleadas vivía en la isla y, como volvía a casa para comer, me acompañó hasta donde se encontraban las colmenas. Era un paraje contiguo a una reserva natural, cerca de una vieja barca de madera apoyada en bloques de cemento. La joven señaló hacia allí antes de regresar al coche.

—Me dan miedo las abejas —adujo, volviendo la cabeza—. Si caminas despacio no te molestarán.

Siguiendo su consejo, me encaminé hacia las colmenas, que desde aquella distancia parecían unos desvencijados archivadores de madera. Un hombre protegido con un traje blanco y una capucha sacaba lo que semejaba un cajón de uno de los archivadores. A su lado reposaba en el suelo un artilugio de metal del que brotaba humo con aroma de pino. Me acerqué despacio. Una abeja revoloteó encima de mí, como si me inspeccionara, antes de alejarse. Una continua procesión de abejas entraba y salía de las colmenas, ensombreciendo el aire. Reinaba un silencio absoluto, turbado sólo por el zumbido de los insectos.

El apicultor me vio. Colocó el cajón en el mueble y me indicó con un gesto que lo siguiera en dirección a la barca. Al llegar allí, se quitó la capucha y el velo.

—Aquí es mejor —dijo—. Las chicas están un poco alborotadas hoy.

Tenía una mata de pelo totalmente blanca y unos ojos color aguamarina.

No sé si he mencionado mi afición por las gemas. Ésta tuvo su inicio en una vieja enciclopedia que había en casa. Todavía veo los cabujones y las gemas talladas, de jade, aguamarina, ojo de gato, esmeralda, piedra de luna, peridoto, rubí, turmalina y mi preferida: el zafiro estrellado. Para mí, los diamantes son tediosos, poco sutiles. La estrella de seis puntas del zafiro posada sobre un fondo de azul prusia, en cambio, era igual de rutilante que unos fuegos de artificio o un relampagueo en un cielo nocturno. Años después vi un zafiro estrellado de verdad y lo encontré aún más sutil: la estrella sólo resultaba visible si se miraba la gema desde un ángulo concreto y entonces emergía, como una fantasmal criatura marina brotando de la profundidad de las aguas, gracias a un fenómeno óptico denominado asterismo. Yo estudiaba detenidamente la descripción de las piedras y su mitología y después pasaba la página de la siguiente entrada: «Genealogía», en la que se incluía un árbol genealógico en que se explicaba el vínculo que unía a un bisabuelo con un primo segundo. Nunca leí esa entrada, pero el árbol adjunto, con sus círculos y líneas de unión, siempre quedará asociado en mi memoria con el brillo y el misterio de las piedras preciosas.

—No eres de por aquí —observó el apicultor.

Me presenté, utilizando mi verdadero nombre por primera vez desde hacía meses.

—Creo que mi madre trabajó para usted —dije—. Sara Stephenson.

Su expresión de curiosidad se transformó en tristeza.

—Sara —repitió—. No tengo noticias suyas desde hace años. ¿Qué fue de ella?

—Yo sé lo mismo que usted.

Aquel hombre se llamaba Roger Winters y, cuando se enteró de que no había conocido a mi madre, sacudió la cabeza con pesar. Al cabo, me explicó que la había conocido bastante bien.

—Trabajaba para mí a tiempo parcial cuando iba a la universidad y más adelante volvió, después de divorciarse. ¿Sabías que había estado casada antes?

—Sí —repuse.

—Me alegré de que lo hubiera dejado, y también de volverla a tener aquí. Era una buena empleada —aseguró—. Tenía una mano especial con las abejas.

Su voz era dulce y hablaba despacio, con inflexiones y omisiones de vocales que yo nunca había oído. Recordando la aspereza de la pronunciación de los habitantes de Saratoga Springs (entre lo cuales, mi padre era una notable excepción), pensé que podría pasarme horas escuchando hablar al señor Winters.

—Ahora veo que guardas un parecido con ella —dijo, observándome—. Tienes los ojos de tu madre.

—¡Gracias! —Me había procurado el primer vínculo físico con mi madre.

Él se encogió de hombros, con un curioso movimiento en que sólo ponía en acción el hombro derecho.

—Era muy guapa —afirmó—. Y divertidísima. Siempre era capaz de hacerme reír.

Le dije que había ido a Savannah en busca de mi madre, de algún rastro de ella o sus familiares.

—Tenía una hermana. Sophie.

—Sophie no se parece en nada a Sara —advirtió.

—¿Está aquí? —Casi no podía creer que tuviera tanta suerte.

—Vive a unos tres kilómetros de aquí, yendo hacia la ciudad. Al menos allí vivía. Hace años que no sé nada de ella. Antes salía en los periódicos con sus rosas, cada vez que organizaban una exposición de flores.

Debí de poner cara de decepción, porque se apresuró a añadir:

—Eso no significa que se haya mudado necesariamente. Podrías ir a comprobarlo.

Le expliqué que no había encontrado su nombre en la guía telefónica y él se encogió de hombros.

—Es una solterona que vive sola. Es probable que no quisiera que su nombre apareciera en el listín. Sí, eso sería muy propio de Sophie. —Se inclinó para recoger la capucha y el velo que había dejado en la hierba, junto al aparato del humo—. ¿Sabes qué? De todas maneras es hora de comer. Te acompañaré allí después de la comida y veremos si aún sigue en esa casa de Screven Street.

—Es usted muy amable.

—Es lo menos que puedo hacer por la hija de Sara. ¿Cuántos años tienes? ¿Diecisiete? ¿Dieciocho?

—Más o menos.

Preferí no explicar por qué una niña de trece años viajaba sola.

El señor Winters conducía una vieja camioneta azul con el logotipo de una abeja amarilla pintado en las puertas. Me alegré de que tuviera las ventanillas bajadas porque el sol había salido entre las nubes y el aire que entraba en el vehículo era húmedo y cálido.

Se paró en un modesto restaurante de carretera, una especie de cobertizo y, sentada en una mesa al aire libre, frente a un pantano, probé por primera vez las ostras.

El señor Winters trajo una fuente llena de ostras abiertas de diversos tamaños, dispuestas sobre hielo picado. Luego fue a buscar una sopera donde había un cuenco con galletas saladas y un bote de salsa roja, que colocó entre los dos.

—¿Nunca has comido ostras? —preguntó, con la misma expresión de asombro que si hubiera dicho que nunca había respirado—. Esos yanquis... —murmuró.

Me hizo una demostración de la técnica adecuada para comer ostras: después de rociar con dos gotas de salsa la redonda ostra gris, cogió la concha, se la llevó a la boca y sorbió. Luego dejó la concha vacía en la sopera y cogió unas galletas.

Tomé una ostra, planeando ya cómo disimularía la repugnancia: tosiendo con discreción para escupirla en una servilleta de papel, por ejemplo. Aquellos cuerpecillos gris y marfil se me antojaban incomibles y, además, por aquel entonces no me apetecía nada que no fuera rojo. La cogí tal como había hecho él, a fin de no derramar ni una gota y, tras acercarla a la boca, sorbí valientemente.

¿Cómo describir aquella primicia de sabor? ¡Mejor que la sangre! Con su textura firme y melosa a la vez, desprendía una esencia mineral que parecía inyectarme oxígeno en las venas. Más adelante averigüé que las ostras —las no contaminadas— están repletas de nutrientes minerales, incluidos oxígeno, calcio y fósforo.

El señor Winters me observaba; lo notaba, pese a que había cerrado los ojos.

—Claro que hay personas que no las soportan... —dijo.

—Es lo mejor que he probado nunca —declaré, abriendo los ojos.

—¿Sí? —Emitió una queda carcajada.

—De verdad. —Intercambiamos una mirada de complicidad.

Después nos centramos sólo en comer. En poco rato consumimos cuatro docenas.

Hay determinadas cosas en la vida que uno o bien adora o bien detesta, sin término medio. Las ostras pertenecen a esa categoría. Por cierto, saben a azul... al tenue matiz marino del topacio azul de Londres.

De vuelta a la camioneta, saciada por completo, con la sensación de que el oxígeno circulaba como un elixir en mi interior, le di las gracias. Él se encogió de hombros con su peculiar manera asimétrica y arrancó el vehículo.

—Yo tenía una hija —dijo mientras nos íbamos.

Lo miré, pero el perfil de su cara no translucía ninguna emoción.

—¿Qué fue de ella?

—Se casó con un idiota —repuso.

Pasamos un minuto sin hablar.

—¿Conoció a mi padre? —pregunté luego.

—Oh, sí. —Salió de la autopista para adentrarse en un barrio de casas antiguas—. Lo vi tres o cuatro veces. Las dos primeras, me gustó.

No supe qué decir.

Llegamos a una tranquila calle, donde detuvo la camioneta cerca de una esquina, debajo de un enorme magnolio. Algunas flores, todavía por abrir, presentaban una forma cónica y un pálido color pajizo. Aunque costaba imaginar que se abrirían dando aquellas flores blancas semejantes a platillos, el árbol ofrecía abundantes pruebas de que así iba a ser.

—Ya hemos llegado. —Me miró con sus ojos azules imbuidos de una repentina seriedad—. Verás, tu tía, si es que está en casa, es una mujer muy suya. Es una de esas... señoras de tipo aristocrático, ya me entiendes.

No lo entendía.

—Jamás en la vida comería una ostra cruda —añadió—. Es el tipo de persona que uno ve en las cafeterías, tomando pequeños emparedados sin corteza.

Bajamos de la camioneta. Era una casa gris de dos pisos, de austero diseño simétrico, y disponía de un gran solar a la izquierda.

—Allí tenía las rosas —comentó para sí—. Parece como si lo hubieran cavado.

Se quedó detrás de mí mientras yo llamaba a la puerta. El porche estaba limpio y las ventanas tenían cortinas de encaje y persianas venecianas.

Volví a llamar y sonó el eco del timbre dentro.

—Vaya, igual no... —dijo el señor Winters.

Entonces se abrió la puerta. Una mujer vestida con una holgada bata nos miró con unos ojos del mismo color que los míos. Era más baja y corpulenta que yo. Nos quedamos mirando. Ella se alisó la media melena gris y detuvo las manos en el cuello.

—Dios santo —exclamó—. ¿Eres la hija de Sara?

El señor Winters se marchó al cabo de poco, pero antes anotó su número de teléfono en un ticket de gasolinera y me lo entregó con un guiño.

No fue una reunión fácil.

En cuestión de minutos resultó evidente que la tía Sophie era una mujer amargada. La gente la había dejado en la estacada una y otra vez. Había estado prometida en una ocasión, a un hombre que después abandonó la ciudad sin despedirse.

Aun cuando su acento era parecido al del señor Winters en la pronunciación de las vocales, tenía un tono más agudo y áspero y utilizaba frases más correctas desde el punto de vista gramatical. Yo prefería, con mucho, escuchar al señor Winters. En realidad, mientras permanecía sentada en el incómodo sofá de aquella sala de estar, con sus tapetes de ganchillo dispuestos en la zona de la cabeza y los brazos, deseé que Winters fuera pariente mío, en lugar de aquella persona que manifestaba una clara tendencia a hablar y hablar sin molestarse en escuchar a los demás.

—Tu madre... —hizo una pausa para abrir más los ojos y sacudir la cabeza— pues no ha dado señales de vida durante años. ¿Te imaginas una hermana así? Aunque, claro, tú eres hija única, Arabella. Pero ni siquiera una postal de Navidad. Ni siquiera una llamada el día de mi cumpleaños. ¿Te lo imaginas?

Si no hubiera consumido un rato antes la mejor comida de mi vida, podría haberle contestado que sí, que me lo imaginaba perfectamente. Y podría haber añadido que no me llamaba Arabella. Incluso podría haberme marchado. Era aburrida, repetitiva, engreída y egoísta. En cuestión de minutos, me di cuenta de que había estado celosa de Sara toda la vida y sospeché que había tratado mal a mi madre. No obstante, la alegría de haber descubierto las ostras perduraba aún, volviéndome comprensiva y tolerante. El mundo no era un lugar tan malo esa tarde, aun cuando la tía Sophie estuviera en él.

Permanecía sentada en el borde del asiento, con los tobillos envueltos en unas medias claras de nailon y unos escarpines negros de tacón bajo, como si fuera la invitada y no la anfitriona. Aparentaba casi sesenta años, con ese rictus permanente de la boca, hacia abajo, y la piel de un tono aceitunado que yo creía propio de mujeres mucho más viejas y delgadas. Sin embargo, en sus ojos se atisbaba que otrora había sido una mujer guapa.

Por encima de las manos, que siempre llevaba metidas en los bolsillos del delantal, se le veían los codos resecos. La habitación, de escasos e incómodos muebles, estaba decorada con tonos beige y blanco. En un aparador había figurillas de porcelana de niños en actitudes de exagerada alegría. Nada de lo que había allí parecía genuino.

Tenía la manía de empezar a contar algo e ir intercalando comentarios de desaprobación («Pero qué largo llevas el pelo», era uno de ellos). Al cabo de un rato dejé de esforzarme por tratar de hallar un sentido a sus palabras y las dejé resbalar simplemente por encima de mí, sabiendo que más tarde las reorganizaría, si así me apetecía hacerlo.

Cuando me invitó a quedarme esa noche, lo hizo con tanta desgana, con un tono de interrogación tan extraño en la voz, que estuve tentada de irme. Aun así, era mi tía y sabía cosas sobre mi madre, incluso aunque no las expresara de forma articulada. De modo que decidí quedarme.

De cena tomamos ensalada de pollo con lechuga iceberg y de postre uvas sin semilla. Después, en la habitación de huéspedes, me sentí decepcionada. Entonces tomé un buen trago de tónico y me recordé que, aparte de la tía Sophie, el mundo contenía ostras, Roger Winters y mi madre... eso siempre y cuando mi madre estuviera viva aún. Luego saqué el diario y me puse a escribir.

Sophie había visto a mi madre hacía trece años, poco después de nacer yo. (Ella no lo dijo, pero yo deduje las fechas una vez que me acosté.)

Mi madre se había presentado en la puerta una tarde.

—Tal como hiciste tú —señaló Sophie—. No sé, será que la gente está demasiado ocupada para llamar antes.

—¿Tampoco salía entonces su teléfono en la guía? —pregunté.

—Aaah —exclamó, prolongando la palabra como si tuviera tres sílabas—. No me acuerdo. ¿Sabes? Tuve que pedir que me quitaran el número de la guía. Había un hombre que no paraba de llamar. Él decía que se equivocaba de número, pero por su voz yo sabía qué clase de individuo era. No es fácil la vida, viviendo sola.

Acto seguido, se desvió en una perorata sobre las penas de las solteronas y la lástima de ser demasiado pobre para no poder vivir en una urbanización privada y cómo se vio obligada a comprarse una pistola.

El caso era que mi madre había llegado en un estado bastante lamentable, según explicó.

—Tenía un aspecto horrible y ni siquiera llevaba una maleta. Y no me quiso contar nada... Quería dinero, pero claro, yo no tengo.

Pasé tres minutos escuchándole relatar cómo la familia había perdido su fortuna dos generaciones atrás y las penosas circunstancias que la habían forzado a aceptar un empleo degradante en un vivero de rosas.

Lo malo del funcionamiento errático del pensamiento de mi tía era que resultaba contagioso. Pronto me di cuenta de que yo también tomaba curiosos meandros y desvíos tangenciales. Por eso, esa noche, ya en la cama, me costó un considerable esfuerzo clasificar la información.

Mi madre se había presentado. Parecía enferma. Le había pedido dinero. Decía que se había ido definitivamente de Saratoga Springs, que pensaba hacerse una nueva vida. Le pidió a Sophie que no le dijera a nadie que había estado allí.

—Bueno, por supuesto que, en cuanto se marchó, telefoneé a tu padre —añadió Sophie—. Él me había llamado hacía cosa de un mes, para saber si ella estaba aquí. ¿Te imaginas... irse así, dejando a una recién nacida?

¿Qué habría podido decir yo? De todas maneras, dio igual, porque siguió hablando sin esperar respuesta.

—Tu padre es un tipo extraño. ¿A ti no te lo parece? Era un chico muy guapo y lleno de vida. Todas las chicas se prendaban de él... Nunca entenderé por qué eligió a Sara, con el mal genio que tenía. Raphael (nosotros lo llamábamos Raff) era un gran bailarín. Y tan lleno de vida... Entonces se fue a Inglaterra. Algo debió de haberle pasado allí, porque a su regreso había perdido toda la chispa. —Asintió de modo enfático—. Inglaterra —repitió, como si toda la culpa fuera de aquel país.

A la mañana siguiente, después de un frugal desayuno con galletas rancias y mantequilla que sabía a viejo, le di las gracias a Sophie por su hospitalidad y le anuncié que proseguiría mi viaje.

—¿Mi madre no le dijo nada de adónde pensaba ir?

—Dijo que iba hacia el sur. —Sophie ajustó el tapete de ganchillo de la mesa que, a juzgar por sus irregulares bucles y bultos, era hecho a mano—. ¿Sabe tu padre que estás aquí? —Me lanzó una mirada incisiva.

Yo acababa de tomar un sorbo de zumo, un zumo de uva color rojo rubí cuyo sabor agrio mezclado con regusto a edulcorante me dio ganas de vomitar. No obstante, me reprimí y lo engullí.

—Por supuesto —aseguré. Y para despistarla pregunté—: ¿Tiene alguna foto de mi madre?

—Las tiré —respondió como si tal cosa—. Comprenderás que después de tantos años sin tener noticias de ella... ni siquiera una felicitación de cumpleaños, sólo aquella postal barata...

—¿Le mandó una postal?

—Era la foto de un animal, una criatura marina. Algo muy ordinario.

—¿Y desde dónde la mandó? —inquirí, armándome de paciencia.

—De algún sitio de Florida. —Se llevó la mano a la frente—. No pretenderás que me acuerde de todo. ¿No te vas a acabar el zumo?

Respondí que lo mejor sería que me pusiera en camino.

—¿No quieres llamar a tu padre? —De nuevo, su mirada pasó de vaga a incisiva.

—Hablé con él ayer —mentí.

—Ah. —Volvió a desenfocar la vista—. ¿Tienes uno de esos teléfonos móviles?

—Sí.

Recogí la mochila y me encaminé a la puerta, esperando que no me pidiera que se lo enseñase.

Pese a que la tía Sophie me había mostrado una actitud próxima a la indiferencia, ahora dejaba entrever una vacilante demostración de afecto. Me puso la mano en el hombro, observando con desaprobación mi pelo.

—¿Adónde piensas ir hoy? —preguntó con tono alegre.

—Hacia el sur. —No tenía ni idea de adónde—. Me quedaré con unos amigos.

—Es algo extraño, ¿sabes? —Se presionó el cabello, de forma innecesaria, porque parecía que lo llevara fijado con laca—. Tu madre siempre formulaba un deseo cuando veía un caballo blanco. Era muy supersticiosa. —Su tono se volvió más sombrío—. Y esa ridícula boda, celebrada en plena noche.

—¿Estuvo en su boda?

Giró sobre sí y salió de la habitación. Yo me quedé junto a la puerta, con la mochila al hombro, preguntándome «¿Y ahora qué?» Me pregunté si mi tía estaría senil o si siempre había sido así. El pequeño comedor de paredes beige, presidido por un antiséptico orden, daba la impresión de haber sido utilizado apenas. De repente, sentí lástima por ella.

Regresó con un álbum de fotos de cuero verde.

—Había olvidado que tenía esto. Vamos a la sala.

Regresamos pues al incómodo sofá, y esta vez ella se

sentó a mi lado. Luego abrió el álbum, y allí estaban mi madre y mi padre, mirándome desde el pasado. Mi madre... ¡por fin veía su cara! Parecía radiante, con los ojos muy abiertos, una alegre sonrisa y una reluciente melena caoba. Llevaba un vestido de noche que relucía como un ópalo de fuego. Mi padre aparecía elegante con su esmoquin, pero tenía la cara borrosa.

—¿Te imaginas, llevar un vestido así el día de la boda? Y sin velo. —Exhaló un suspiro—. No es una buena foto de Raff. En ninguna salió bien.

Pasó la página. Otra foto de mis padres, ésta tomada con luces de velas sobre un fondo de bambúes.

—Se casaron al aire libre en un jardín, en Florida. —Su voz estaba impregnada de amargura—. Bien abajo en Florida. Sarasota, se llamaba la localidad. Nos llevaron hasta allí en tren.

—¿Sarasota?

—Lo eligió ella por el nombre. —Emitió un chasquido con la lengua—. Así hacía las cosas Sara, fíjate.

Pasé a la página siguiente, y luego a la otra. En todas, mi madre se veía hermosa y serena, y mi padre, impreciso.

—Qué guapa es. —Tenía que decirlo.

Sophie no comentó nada.

—Puedes quedártelo, si quieres.

Tardé un segundo en comprender. Entonces ella empujó el álbum hacia mí.

—Gracias.

Lo cogí y observé a mi tía. Tenía una expresión triste, pero al instante la alteró, para volver a dedicarme la mirada incisiva.

—¿Y cómo vas a viajar, señorita?

No podía exponerle mi plan, que consistía en colarme como pasajero invisible.

—En tren —dije.

—Te acompañaré a la estación.

—No es necesario —decliné, pero ella no me hizo caso.

Permanecí fuera, mirando cómo sacaba el coche del garaje. Le costó un poco salir con la marcha atrás.

—¿Qué pasó con las rosas de su jardín? —le pregunté cuando subí.

—Fue una guerra sin fin contra el escarabajo japonés —explicó con acritud—. Probé con toda clase de pesticidas y no hubo manera. Llegaron a exasperarme de tal manera que incluso les disparé a algunos, pero eso estropeó los rosales. Un día decidí que no valía la pena seguir luchando y los arranqué de raíz, hasta el último.

Pensé que me dejaría en la estación, pero aparcó el coche y me acompañó adentro. Eso me obligó a hacer cola delante de la taquilla y elegir un lugar de destino.

—¿Cuánto cuesta un billete para Florida? —consulté.

—¿Adónde de Florida? —preguntó el empleado.

—Humm, Sarasota.

—El tren va a Tampa u Orlando. El resto del viaje hay que hacerlo en autobús. En ambos casos, el billete de ida cuesta 82 dólares.

Precisó que Tampa quedaba más al sur mientras yo contaba los billetes.

—¿Cuándo sale el tren?

—A las siete menos diez de la mañana —contestó.

Por consiguiente, tuve que pasar otra noche en la estrecha y dura cama de la casa de Sophie, precedida por otra desangelada cena con ensalada de pollo. ¿Ése era su menú de cada día? Me habría gustado llamar al señor

Winters y cenar con él, en lugar de seguir prisionera como público de Sophie. Entre los temas de aquella noche surgieron el ruido de los vecinos, los horrores de los perros, otras pruebas de lo malcriada y egoísta que era mi madre y los problemas digestivos de la propia Sophie.

Procuré escuchar sólo las partes concernientes a mi madre («Tuvo que ir a clases de equitación, aunque costaran un dineral, y después volvía a casa hecha un desastre. Yo no soportaba el olor»), pero era difícil concentrarse, porque los pensamientos de Sophie se interferían de continuo. Incluso cuando trataba de mantenerlos a raya, acababan filtrándose. Tenía recelos con respecto a mí; al principio pensó que me proponía pedirle dinero, pero como no lo hice, empezó a sospechar que tenía demasiado. ¿Qué hacía yo, viajando sola a mi edad? También se preguntaba si me drogaba. No creía que mi padre tuviera idea de dónde estaba, pero no tenía intención de llamarlo desde que la última vez se mostrara tan desagradecido.

Tenía ganas de hacerle preguntas al respecto, pero me abstuve. Lo más interesante que averigüé fue que durante años mi madre había prestado ayuda económica a Sophie; le enviaba dinero cada semana cuando trabajaba con las abejas (Sophie era demasiado refinada para ponerse a trabajar), y cuando se casaron, mis padres le dieron cinco mil dólares para ayudarla con un vivero de rosas. No obstante, los dispersos pensamientos de Sophie rezumaban amargura con respecto a aquel episodio: «Unos míseros cinco mil dólares, cuando ellos tenían tanto. Si me hubieran dado diez, el negocio quizás habría resistido. Pero ¿tú te crees cómo lleva el pelo? Me gustaría cortárselo yo misma, para que luzca como una persona respetable.»

Nos deseamos las buenas noches, porque ambas estábamos cansadas. Por otra parte, sentíamos una desconfianza mutua. Sophie temía que me pusiera a merodear por la casa, en busca de dinero o algo que robar. A mí me preocupaba que pudiera intentar cortarme el pelo mientras dormía.

A la mañana siguiente, me despertó con apremio a las cinco y media.

—Tienes que llegar a la estación con media hora de antelación por lo menos —advirtió.

Conducía con las dos manos aferradas al volante y siempre reducía la velocidad cuando se acercaba otro coche.

—Sólo los borrachos circulan a esta hora —aseguró.

Llegamos a las seis y veinte. Apenas había amanecido y hacía frío; a pesar de la chaqueta de lana, me puse a temblar.

Ella también notaba el frío, pero no estaba dispuesta a irse. Consideraba que tenía la obligación de asegurarse de que yo subía al tren. La verdad es que, de no haber estado ella, habría pedido que me devolvieran el importe del billete y me habría ido en autostop.

De modo que permanecimos allí temblando, mirando cómo se aproximaba el tren.

Fue algo incómodo despedirme de ella. Era evidente que la decepción había sido mutua. De todos modos, me ofreció su reseca y empolvada mejilla, que besé de forma somera, y aquello pareció bastarle.

—Llámame cuando llegues —me recomendó.

Le contesté que así lo haría, aunque ambas sabíamos que no iba a llamarla.

El tren se llamaba *Silver Star*, y desde el primer momento me quedé prendada de él. Observando a los otros pasajeros, muchos de los cuales dormían con las mantas subidas hasta la barbilla, me pregunté de dónde vendrían y adónde se dirigirían. El revisor, de uniforme azul marino e impecable camisa blanca, me sonrió y me llamó «señora». Eso me encantó también.

Algunos días me sentía con todos los sentidos despiertos, henchida de curiosidad y capacidad para maravillarme. Ese día era uno de aquéllos. El tren incrementó la velocidad, dejando sonar su pitido, y luego nos deslizamos por un alegre paisaje a través de bosques, dejando atrás lagos, ríos y ciudades que apenas comenzaban a desperezarse. Unos cuantos pasajeros se despertaron y estiraron, y algunos pasaron a mi lado de camino al vagón restaurante para desayunar. Yo me encontraba muy a gusto donde estaba.

Recostada en el asiento de cuero, con los pies apoyados en el reposapiés, me dejé acunar por el suave balanceo del tren hasta conciliar el sueño. Desperté cuando entrábamos en Jacksonville, Florida. Los altavoces anunciaron una parada de diez minutos y que podíamos bajar para tomar algo en la estación.

Aunque no quería tomar nada, decidí estirar las piernas, así que recorrí el andén, respirando el fresco aire. El aire de Florida tenía un olor distinto al de Georgia. Como todavía era temprano, el olor era tenue pero marcado: un aroma a tierra húmeda, con matices de cítricos en flor y vegetales en descomposición.

Más tarde me enteré de que ese olor es característico de los terrenos y vegetaciones que reciben copiosos aguaceros después de recalentarse como en un horno bajo un intenso sol.

En un kiosco junto a la estación reparé en el titular de un periódico: «¿El asesino de Reedy ataca de nuevo?» Y allí se acabó para mí el esplendor de la mañana.

Aunque la ventanilla del kiosco no me permitía ver mucho, en el primer párrafo del artículo leí que la noche anterior habían encontrado un cadáver en Savannah, en un estado similar al que presentaba Robert Reedy, asesinado cuatro meses atrás en las proximidades de Asheville.

Miré de reojo a los viajeros que tenía cerca, convencida de que en mi cara debía de translucirse mi culpa, pero nadie parecía advertirlo. Me apresuré a regresar al tren. Tomé un trago de tónico para calmarme; quedaba muy poco, lo suficiente para dos días más, tal vez. ¿Qué haría después?

El tren se puso en marcha de nuevo, pero su movimiento ya no me procuró placer. Lo único que percibía ante mí era una interminable lucha por sobrevivir. Ahora comprendía por qué mi padre llamaba dolencia a nuestra condición.

Al sur de Jacksonville, el paisaje adquirió un carácter más tropical. Había una profusión de árboles que nunca había visto antes; una jungla de palmeras de formas y tamaños diversos convivía con unos árboles cuyas hojas se apiñaban en racimos rojizos. Como en otras ocasiones, me incomodó no conocer su nombre.

Los verduzcos estanques salpicados de nenúfares alternaban con terrenos cubiertos con lonas de plástico negro, bajo las cuales crecían las tiernas vides. También abundaban allí las casas, algunas de las cuales apenas pasaban de la condición de cobertizos o cabañas, y unas pequeñas iglesias cuyas puertas daban a las vías del tren.

Pasamos por localidades de exóticos nombres, como Palatka, Crescent City y Deland. (Pese a que su estación era muy bonita y pintoresca, intuí algo siniestro en torno a Deland. Posteriormente me enteré de que era escenario frecuente de catástrofes naturales, accidentes y asesinatos. ¿Por qué será que en ciertos lugares abundan mucho más los problemas que en otros?)

Cuando volví a reflexionar sobre mi situación, me encontraba más apaciguada ya. Aun siendo espantosa la noción de que alguien había muerto como Reedy, quienquiera que lo hubiera hecho desviaba la atención de mí. No quise detenerme en conjeturas sobre quién podría haber cometido ese crimen... podría haber sido cualquiera de los miles de vampiros que mi padre me había dicho que había, que salían adelante como buenamente podían. Lo que sí deseé fue que el muerto hubiera sido una mala persona, aun cuando siempre me habían enseñado que nada excusaba el asesinato.

Después me puse a pensar en el futuro inmediato, en lo que podía suceder en Sarasota. Saqué el pequeño álbum de la boda de la mochila y me puse a examinar las fotos una por una. La sonrisa de mi madre daba a entender que nunca había sufrido un momento de preocupación o desesperación, pese a que, por lo que me había contado mi padre, yo sabía que había pasado por momentos así, tanto antes como después de contraer matrimonio. ¿Por qué habría decidido volver a la ciudad donde se había casado? ¿No eran demasiado dolorosos los recuerdos?

Escruté los detalles: las plantas tropicales del fondo, las velas y los relucientes faroles de papel que habían usado para iluminar la ceremonia. Había pocos invitados; en una foto aparecían la tía Sophie, muy empolvada de colorete, y Dennis, más delgado, con mi madre (debió de ser mi padre el que sacó la foto); en otra mis padres estaban de pie delante de una mujer vestida con una túnica negra; aunque estaba de espaldas a la cámara, por su posición, parecía que los estaba casando.

Al pasar la página, cayó una postal del álbum. Una imagen de una criatura inmersa en un agua turquesa me devolvió la mirada cuando me incliné para recogerla. En el reverso de la postal se especificaba que el animal era un manatí, también denominado «vaca marina». Anteriormente me había topado con esa palabra, en el sueño de un crucigrama.

El mensaje, escrito con letra inclinada hacia la derecha, ponía: «Sophie, he encontrado un nuevo hogar. No te preocupes, y no digas nada a los otros, por favor.» La firma era una simple S.

Lo que más me interesó, sin embargo, fue el matasellos: «Homosassa Springs, Florida.» «Cinco eses en un nombre», pensé.

La próxima vez que el revisor pasó por el vagón, le dije:

—He cometido un error. He comprado el billete para el sitio equivocado.

Él sacudió la cabeza. Pareció realmente apesadumbrado por no poder cambiarme el billete. Me explicó que sólo podía hacerlo un taquillero, por lo que me aconsejó que hablara con el de la siguiente estación.

Me bajé pues del *Silver Star* en la parada siguiente, Winter Park. El taquillero de la pequeña estación de ladrillo me repitió tres veces que en mi billete constaba «sin devolución». A continuación me repitió tres veces que los trenes Amrak ya no llegaban a la zona oeste de Florida.

Yo no tenía ni idea de dónde quedaba Homosassa Springs, lo cual probablemente resultó una ventaja para la negociación.

—Tengo que encontrar a mi madre —repetía yo.

—La Amrak no lleva allí —no paraba de contestarme el hombre.

Hasta que al final, una persona de la cola dijo:

—¡Podría coger el autobús!

—Pórtese bien con la niña, hombre —dijo otra.

Y de esa manera conseguí que me devolvieran dieciocho dólares y me informaran de cómo llegar a la estación de autobuses. Sin la menor intención de seguir tal recomendación, me fui por la calle principal de Winter Park, llena de tiendas y terrazas de cafés. El aire olía a agua estancada y perfume de mujer. Al pasar junto a un bar oí a una mujer que le comentaba al camarero:

—Es el mejor Bloody Mary* que he tomado en mi vida.

Me paré en seco y retrocedí hasta el local.

—Querría lo mismo que la señora —pedí, señalando el largo vaso rojo de la mujer.

—¿Puedo ver tu carnet de identidad? —solicitó el camarero.

Le enseñé el único carnet que tenía, el de la biblioteca.

—Ajá —asintió.

Luego me sirvió un vaso largo parecido al de mi vecina. Imagina la decepción que me llevé cuando resultó ser un simple zumo de tomate picante.

* Célebre cóctel preparado con vodka, zumo de tomate, zumo de limón y especias, que significa «María sangrienta» o «sanguinaria», en referencia a la reina María Tudor. (N. de la T.)

12

Luz y sombra: se necesitan las dos para pintar una escena o narrar una historia. Para representar tres dimensiones en una superficie plana, se necesita luz para dar forma al objeto y sombra para conferirle volumen.

Al componer una imagen o un relato, se presta atención tanto al espacio positivo como al negativo. El espacio positivo es aquello en lo que se busca centrar la atención del lector, pero el negativo también tiene forma y sustancia. No es la ausencia de algo, sino una presencia.

La ausencia de mi madre en mi vida era en muchos sentidos una presencia. Mi padre y yo estábamos condicionados por ella, incluso durante los años en que no mencionamos su nombre.

La perspectiva de encontrarla me fascinaba y al mismo tiempo me llenaba de ansiedad, porque amenazaba con recolocar y desplazar todo cuanto me era familiar. Si la encontraba, ¿me convertiría yo en el espacio negativo?

El último tramo de mi viaje fue el más fácil. Gracias al Servicio Postal de Estados Unidos, viajé gratis hasta Homosassa Springs.

En Winter Park encontré una oficina de correos donde pregunté si las cartas con destino a Homosassa Springs las transportaban directamente desde allí. El hombre me miró como si estuviera loca.

—Estoy redactando un documento sobre el reparto de correo —contesté a manera de excusa.

Luego explicó que una carta con destino a Homosassa Springs iba primero al Centro de Distribución de Florida Central, situado en Lake Mary. Allí me desplacé pues, por medio de un furgón postal.

Me sentía un poco como una leyenda urbana: la invitada invisible en el asiento del acompañante. De todas maneras, el conductor nunca dirigía la vista hacia mi lado, salvo para mirar los retrovisores. Desde Winter Park a Lake Mary, el terreno era llano y monótono. Cuando llegamos al centro de distribución, no me costó localizar un furgón que cargaban con correo destinado a la zona oeste. El conductor hacía sonar el claxon mientras el paisaje se poblaba poco a poco de suaves colinas. A última hora de la tarde, llegamos a Homosassa Springs, una localidad muy parecida a las otras ciudades pequeñas que había visto, con sus gasolineras, sus centros comerciales y los repetidores para los teléfonos móviles. Entonces, como otras tantas veces, pensé: «El que quiera ocultarse del mundo no tiene más que instalarse en una pequeña ciudad, donde todo el mundo parece anónimo.»

Cuando el conductor bajó de la furgoneta, cogí la mochila y me apeé. Bajo la sombra de un roble, recobré la visibilidad, tras lo cual rodeé la zona de aparcamiento para entrar en la oficina de correos.

La empleada, una mujer de mediana edad y cabello oscuro, estaba de espaldas a la puerta. Hablaba con alguien situado en la habitación a la izquierda del mostrador.

Saqué el álbum de fotos de la mochila y lo abrí.

—Perdone —dije cuando se volvió—. ¿Conoce a esta mujer?

La empleada me miró, luego examinó la foto y después volvió a observarme.

—Es posible que la haya visto alguna vez —repuso—. ¿Por qué lo preguntas?

—Es pariente mía —expliqué, incapaz de pronunciar «mi madre» delante de una desconocida.

—¿Dónde te alojas? —En realidad, la mujer pensaba: «¿Qué quieres de ella?»

—Todavía no lo sé. Acabo de llegar a la ciudad.

—Bueno, cuando lo averigües, puedes volver y dejar una nota para ella. Pregunta por mí... pregunta por Sheila. Yo me encargaré de que ella la reciba, si es que viene por aquí.

Cerré despacio el álbum y lo devolví a la mochila. Me sentía cansada, hambrienta y falta de ideas.

La mujer pensaba: «No sé si estoy haciendo lo correcto.»

—¿Buscas un hotel? —me dijo—. Hay dos en Homosassa, justo un poco más allá. —Y me dio indicaciones.

Le di las gracias y me fui. Caminé por una autopista con mucho tráfico antes de desviarme por una carretera más tranquila, flanqueada por árboles, junto a casitas de madera, una biblioteca, un restaurante y una escuela. Todos tenían aspecto adormilado. Me sentía como si me pesaran los pies, como si avanzara muy despacio hacia ningún sitio. Más adelante, un cartel anunciaba el Riverside Resort, un establecimiento donde pronto iba a ingresar una invisible huésped.

En aquella ocasión entré en la habitación por la vidriera de un balcón. Tuve que probar en tres balcones antes de encontrar una puerta sin cerrar por dentro. Una vez instalada, bebí lo que me quedaba de tónico y después me senté en el balcón a mirar la puesta de sol sobre el río Homosassa. El agua verde azulada estaba salpicada de manchas anaranjadas, como el de la piedra sanguinaria.

Más tarde, una versión visible de mí fue al restaurante del hotel y pidió dos docenas de ostras abiertas.

El restaurante tenía unas vidrieras que daban al río y una isla próxima presidida por un faro con una franja roja y un aspecto de lo más artificial. Mientras miraba, entre los árboles se movió un animal grande y oscuro.

—*Bob* está agitado esta noche. —La camarera me sirvió una gran bandeja plateada con ostras, acompañada de botes de salsa picante y salsa de cóctel.

—¿*Bob*?

—El mono —precisó—. ¿Algo más?

—No, gracias.

Mientras comía, observé a *Bob* en sus idas y venidas por la diminuta isla.

Una vez más, las ostras me procuraron su mágico efecto. Me preguntaba a qué se debería su sutil sabor, tan fresco y eléctrico como el ozono después de una tormenta. Con cada bocado, recuperaba energías y ánimos.

Como mínimo, la empleada de correos había reconocido la foto, pensé. Mi madre debía de tener ahora unos cuarenta y cinco años, claro, y seguramente una apariencia distinta... pero ¿hasta qué punto sería difícil localizar a alguien en una ciudad tan pequeña como Homosassa Springs?

La camarera me preguntó si quería algo más.

—Otra docena, por favor —pedí, y cuando me las trajo, le pregunté—: ¿Están vivas estas ostras?

—Recién desbulladas —respondió.

Observé con ternura el plato, con su hermoso y jugoso manjar gris, todavía prendido a las nacaradas conchas, e hice votos para que, cuando murieran, no sintieran dolor.

—¿Algo más?

—Más galletas saladas, por favor.

Sí, al día siguiente volví al restaurante para tomar otras tres docenas de ostras, pero esa vez con la identidad de la Ari invisible, porque me estaba quedando sin dinero.

Quería lavar mi ropa, que estaba más mugrienta de lo deseable. Una de las ventajas del vampirismo es que no transpiramos, pero nuestra ropa igual recoge pelusa, polvo y suciedad. Lavarla implicaba demasiados riesgos, porque tendría que colgarla para que se secara y entretanto alguien podría alquilar mi habitación. Por consiguiente, me puse los pantalones y una camisa casi limpia y la chaqueta la guardé plegada en la mochila.

En el balcón busqué con la mirada a *Bob*; entonces vi que tenía un compañero de juegos, un mono más pequeño que se columpiaba en un puente de cuerda tendido entre dos árboles. Mientras miraba, se aproximaron a la isla dos chalanas de pedales y sus ocupantes sacaron cámaras de fotos. *Bob* y su amigo pararon de jugar para dirigirse a la orilla de la isla, donde se quedaron mirando las cámaras.

«¿No saben nadar?», me pregunté. Desde el balcón les envié mi compasión y un mudo adiós.

Ahora debía regresar a la oficina de correos para decirle a la mujer que me alojaba en el Riverside Resort. Había caminado menos de cien metros cuando advertí que la gente se arracimaba en pequeños grupos junto a la carretera para mirar el cielo, como si esperasen algo. Los escolares se apiñaban en torno a los maestros, con unos cartones en la mano. Parecía que todos hablaban a la vez.

Nunca había visto un eclipse, salvo uno en el televisor de los McGarritt. Me quedé cerca de uno de los grupos, escuchando a una maestra que hablaba de las fases del eclipse y explicaba cómo la Luna se situaba en la sombra de la Tierra. Luego advirtió a los niños que usaran su cámara estenopeica de cartón y les indicó que se fijaran en el «efecto de anillo de diamantes».

Cuando paró de hablar, le pedí si tenía una cámara de sobra. Aunque me miró de una forma extraña, me dio dos cuadrados de cartón.

—No olvides ponerte de espaldas al sol —me recomendó—. ¿Eres de por aquí?

—Estoy de paso —respondí. Y la oí pensar: «Se parece a Sara»—. ¿Conoce a mi madre? —pregunté.

Pero ella ya se había alejado. El cielo comenzó a oscurecerse y el aire se enfrió. Todos nos volvimos de espaldas al sol, como obedientes patitos. Yo sostuve las dos cámaras separadas, de forma que la que tenía el pequeño orificio filtrase la luz que pasaba a la otra. El sol apareció reducido a un punto blanco.

Las mismas personas que antes armaban tanto bullicio de repente quedaron en silencio. Mientras la Luna atravesaba la sombra de la Tierra, en mi cámara el Sol se transformó en media luna, y por un momento lo vi como un anillo de diamantes, una radiante gema prendida a una fina franja de luz dispuesta en torno a un oscuro centro. Era, según la expresión que habría empleado Kathleen, «una pasada». Aquellas palabras hicieron aflorar su recuerdo... de cuando corría delante de mí en la bicicleta, o permanecía acostada en los cojines del suelo, apartándose el pelo de la cara y riendo... de cuando era una muchacha llena de vida y no una víctima. Allí parada en la penumbra, lamenté que no pudiera ver el eclipse y formulé deseos de que se hallara en paz.

No sé cuánto tiempo transcurrió antes de que saliera el sol. Todos nos manteníamos en silencio como en un funeral. Yo me quedé mirando por la cámara más tiempo del necesario, porque no quería que me vieran llorar.

El ruido de los demás me devolvió al presente. Me enjugué los ojos con la manga y, cuando los tuve secos, levanté la mirada y me topé con los ojos de mi madre.

Estaba al lado de un grupo de niños, mirándome. Salvo su ropa —unos tejanos descoloridos y una camiseta—, tenía el mismo aspecto que la mujer de las fotos de la boda: piel clara, cabello largo ondulado, frente despejada y ojos azules como el lapislázuli.

—Vaya —dijo—. Estábamos esperando a ver cuándo aparecías.

Me tendió los brazos y yo me precipité en ellos. En ese momento me dio igual que alguien me viera llorar.

Y ésta es la parte más difícil, ¿no crees? ¿Cómo describir la primera experiencia del amor de una madre, sin caer en un ridículo sentimentalismo?

Igual no tengo necesidad de intentarlo. Una frase de la Biblia lo expresa así: «una paz que iba más allá de todo entendimiento».

TERCERA PARTE

LA LONTANANZA AZUL

13

A casa de mi madre se llegaba por una estrecha pista de tierra llena de baches. Pese a que su camión de reparto blanco esquivaba los más profundos, el trayecto resultaba excitante. Conducía deprisa, y por el retrovisor yo veía que dejábamos una buena polvareda a nuestro paso.

En un momento dado abandonó esa pista para tomar otra más estrecha a la derecha, con las curvas señaladas con pequeñas luces blancas. Finalmente paramos delante de una alta verja de aluminio, conectada a una valla también de aluminio que se prolongaba a ambos lados.

—Qué fea, ¿eh? —dijo—. Pero a veces es necesaria.

Después de abrir la verja, introdujo el vehículo y volvió a cerrarla.

Yo no podía despegar la vista de ella.

—Por favor —le rogué cuando volvió a subir—, dime cómo debo llamarte.

—Llámame Mae —dijo—. Es «madre» en portugués y suena más bonito, ¿no crees?

—Mae. —Alargué las dos sílabas: Maa-ee.

Ella asintió.

—Y yo te llamaré Ariella. Siempre me ha encantado ese nombre.

Los árboles formaban un elevado dosel sobre el camino. Algunos eran robles de Virginia, con su puntilla de líquenes, y otros eran mangles, según supe después.

—El río queda al oeste —me informó Mae—. Y al este estamos en el linde de un parque natural. Tenemos veinte hectáreas.

—¿Tenemos? ¿Quiénes?

—Dashay, los animales y yo —respondió—. Y ahora, tú.

Iba a preguntarle quién era Dashay, cuando al doblar otra curva apareció la casa. Nunca había visto nada igual. El edificio central era rectangular, pero se le habían agregado una docena de habitaciones y balcones. Tenía muchos tragaluces y ventanas redondas. La casa era de piedra gris azulado; posteriormente averigüé que los anexos eran de estuco, pintados del mismo color. Las paredes brillaban al reluciente sol de la mañana. (Yo lo percibía más resplandeciente que nunca, aunque no sé si se debía al eclipse o al hecho de haber encontrado a mi madre.)

Bajamos del camión y Mae me cogió la mochila. Cerca de la puerta, me detuve para tocar la pared, en la cual se veían las vetas de la piedra, de color pizarra, gris plateado y azul oscuro.

—Es preciosa —dije.

—Piedra caliza —precisó Mae—. Construida a mediados del siglo XIX. Esta parte es lo único que queda de la casa original. El resto lo destruyeron los soldados unionistas.

Al lado de la puerta había una estatua de piedra de una mujer montada a caballo, junto a una urna llena de rosas.

—¿Quién es? —pregunté.

—¿No la conoces? —Mae parecía extrañada—. Epona, diosa de los caballos. Toda caballeriza que se precie tiene un altar en su honor. —Abrió la recia puerta de madera y me invitó a pasar—. Bienvenida a casa, Ariella.

El olor de casa: madera pulida con aceite de limones Meyer, rosas, una sabrosa sopa que hervía en algún sitio, lavanda, tomillo, geranio blanco y un indicio de caballos. Mae se quitó los zapatos y yo la imité. Me quedé incómoda al ver mis calcetines, uno de los cuales presentaba un agujero en el talón. Ella se dio cuenta pero no dijo nada.

Mi primera impresión visual del lugar fue un amasijo de cosas: cada pared (pintada en distintos matices de azul) tenía un mural, cuadros enmarcados, una estantería o una hornacina con estatuas, flores y hierbas aromáticas. El mobiliario era sencillo, bajo y moderno, blanco en su mayoría. Por todas partes había alfombras y cojines. Mae me llevó por un pasillo hasta una habitación con paredes verde hierba, una gran cama blanca y una tumbona de tono marfil junto a la cual había una lámpara de pie de reflejos nacarados.

Todo era muy distinto de los recargados muebles victorianos de la casa de mi padre. Yo siempre había dado por sentado que mi madre la había decorado, pero ahora no estaba tan segura. Aquella cuestión volvió a suscitar el único interrogante que enturbiaba mi felicidad: ¿por qué nos había abandonado?

Ella me miró y yo traté de leerle el pensamiento, pero no pude.

—Seguramente tienes preguntas pendientes, Ariella. Responderé a ellas lo mejor que pueda, pero primero será mejor que te pongas ropa limpia y comas un poco. ¿De acuerdo?

—Vale —acepté—. Perdona por lo de los calcetines.

Apoyó la mano en mi hombro y, cuando me miró a los ojos, sentí deseos de volver a fundirme con ella en un abrazo.

—A mí nunca debes pedirme perdón —dijo.

Mi madre —Mae— me preparó un baño con pétalos de rosa en el agua.

—Para suavizar la piel —explicó.

La suya era fina como el terciopelo, y aunque compartía con Sophie el acento de Savannah, el tono y el ritmo que empleaba al hablar tenían más semejanza con los del señor Winters. Tenía la voz suave y ligera, igual de hipnótica que la de mi padre, pero en otro sentido.

—Te pareces a la foto de la boda —señalé.

—Creía que tu padre habría tirado todas esas cosas.

—Sophie me la enseñó. Me dio un álbum.

—¿Así que estuviste con Sophie? —Sacudió la cabeza—. Es un milagro que no te disparase. Ya me contarás cómo está, pero después del baño.

Me dejó en el cuarto de baño, una habitación hexagonal con paredes azul aciano y una gran vidriera encima de la bañera en que destacaba un caballo blanco sobre un fondo cobalto. Después de quitarme la ropa, me introduje en el agua y, con los pétalos de rosa flotando en torno a mí, elevé la mirada hacia el tragaluz, enmarcado con las hojas de un árbol cubierto por una trepadora, por donde se veía un pequeño retazo de prístino cielo. En la pared contigua a la bañera había estantes con pequeñas macetas nacaradas donde crecían plantas verdes.

Cuando salí del baño, envuelta en una fragante toalla (añadía aceite de geranio o tomillo al agua del aclarado, según supe después), vi que me había dejado ropa nueva encima de la cama: una camisa, pantalones y ropa interior, todo del mismo algodón suave, del color de las almendras peladas. Parecía cómoda... pero no me protegería igual que el traje de metamaterial. Quizá ya no necesitaría volverme invisible.

Me vestí y me unté con protector solar, repitiendo una acción que para mí constituía ya una rutina tan natural como respirar. Tanto los vampiros como los humanos necesitan una protección constante frente al sol. Espero que lo tengas presente. Si hubiera más humanos conscientes de ello, no envejecerían de la manera tan horrible como lo hacen.

En la mesa contigua a la cama había un peine de madera. Intenté peinarme con él, aunque sin resultados.

Mae llamó a la puerta y entró, con un pequeño vaporizador en la mano.

—Siéntate —pidió.

Obedecí y ella me roció el pelo con algo, antes de pasar el peine por los nudos.

—¿Reconoces el olor?

No lo conocía.

—Romero —explicó—. Mezclado con un poco de vinagre blanco.

—Conozco el vinagre —dije—, y la palabra «romero», pero nunca lo había olido.

Me pasó con delicadeza el peine por el cabello.

—¿Y qué te ha enseñado él entonces?

—Muchas cosas —aseguré—. Historia, ciencia, literatura, filosofía. Latín, francés, español, algo de griego...

—Una educación clásica. Pero ¿no Epona, ni el olor del romero?

—Eso no —reconocí—. Tampoco se me da bien interpretar los mapas de carreteras, y no sé gran cosa de las diosas.

—O sea que tampoco te enseñó mitología —repuso de modo tajante—. Ya está, te ha quedado el pelo como una seda. Ahora vamos a comer.

La cocina era otra amplia habitación de techo alto, con baldosas de piedra de diferentes tonos de azul en el suelo y las paredes de yeso turquesa. Del techo pendían cazuelas de cobre y en una cocina de esmalte azul hervía un cazo. Había ocho sillas dispuestas en torno a una larga y antigua mesa de roble.

Yo me debatía, tratando de hallar las palabras para explicarle a mi madre lo de mi dieta.

—Yo no como lo mismo que la mayoría de la gente —dije—. Bueno, sí puedo comerlo, pero sólo hay ciertos alimentos que me aportan energía.

Ella sirvió sopa en dos grandes cuencos que llevó a la mesa.

—Prueba un poco —me animó.

Era una especie de puré rojo, con visos dorados. Tomé una cucharada con cautela y luego otra.

—Huy, está bueno —exclamé.

La sopa contenía verduras —zanahorias, remolacha, patatas—, pero no logré identificar los otros sabores. Era espesa y sabrosa, y me hacía sentir bien.

—Es una sopa de miso roja. —Engulló una cucharada a su vez—. Con judías, lentejas, azafrán y otros ingredientes, como alholva y alfalfa, que le aportan sabor. Además, lleva algunas vitaminas y suplementos minerales. ¿Nunca lo habías probado?

Negué con la cabeza.

—Bueno, come —dijo—. Estás demasiado delgada. ¿Y qué te daba él de comer?

Aunque no empleaba un tono de crítica, las referencias a «él» me estaban poniendo nerviosa.

—Papá contrató a una cocinera sólo para mí —expliqué—. Yo seguía una dieta vegetariana y él y Dennis me hacían análisis de sangre. Me dieron un tónico especial cuando salió que tenía anemia.

—Dennis —repitió—. ¿Cómo está?

—Bien —respondí educadamente. Luego, con más sinceridad, añadí—: Está preocupado por su peso y porque envejece.

—Pobre. —Se levantó y se llevó mi cuenco para volver a llenarlo—. ¿Y Mary Ellis Root?

«Está horrorosa», pensé, y contesté:

—Igual que siempre. Ella no cambia.

—Ya —dijo mi madre con un asomo de hilaridad, al tiempo que me servía la sopa—. Ya me imagino que no.

Luego cruzó los brazos y me observó mientras comía. Sentía su placer, seguramente tan intenso como el que me procuraba a mí consumir aquel delicioso plato rojo.

—¿Te ha enseñado alguien a cocinar? —preguntó.

—No.

Cogí el largo vaso azul que me había llenado de agua. También me llevé una sorpresa al percibir su sabor, cargado de minerales, con un fresco regusto metálico.

—El agua proviene del manantial que hay atrás —dijo—. Después de comer te llevaré a verlo.

—Sé cocinar un poco —aventuré, pensando en mi desastrosa tentativa con la lasaña vegetariana—. Y también sé ir en bicicleta y nadar.

—¿Sabes gobernar un bote de remos? —preguntó.

—No.

—¿Cultivar un huerto biológico? ¿Coser tu propia ropa? ¿Conducir un coche?

—Tampoco.

De todas maneras, deseaba impresionarla. «Sé volverme invisible —pensé—. Soy capaz de leer los pensamientos de los demás.»

—Bien, ya veo por dónde debe ir mi labor —dijo mientras recogía la mesa.

Un gatito de pelaje gris azulado y ojos verdes entró en la cocina. Después de olisquearme la pierna, se frotó la cara contra ella.

—¿Puedo tocarlo? —consulté.

—Hola, *Grace* —saludó Mae, levantando la cabeza del fregadero—. Por supuesto. ¿Nunca has tenido una mascota?

—No.

—Bueno, aquí tendrás varias.

Grace se acercó lentamente a husmearme la mano y después me dio la espalda. Estaba claro que debía demostrarle que era digna de su atención.

Visité las caballerizas con mi madre y *Grace*. Era un largo edificio azul situado detrás de la casa, desocupado en aquel momento, que olía a heno.

Mae tenía cuatro caballos que estaban pastando en un potrero. Los llamó por sus nombres, *Osceola*, *Abiaca*, *Billie* y *Johnny Cypress*. Cuando acudieron a nuestro lado, me los presentó.

—¿Puedo tocarlos?

Nunca había estado tan cerca de los caballos en Saratoga Springs.

—Por supuesto.

Ella acarició el cuello de *Osceola* y yo toqué el de *Johnny Cypress*. Era el más pequeño de los cuatro y tenía la piel de un gris claro y los ojos azules. Los demás eran blanco, marfil y crema respectivamente. Cuando le pregunté de dónde venían esos nombres, dijo que eran de jefes de la tribu seminola.

—¿Supongo que no sabes nada de ellos? —agregó.

Yo confirmé con la cabeza.

—Eran indios que nunca fueron vencidos. Osceola los dirigió en una batalla contra Estados Unidos. ¿Y tampoco sabes mucho de caballos?

—A veces los iba a ver al hipódromo —dije—. Íbamos temprano por la mañana, cuando entrenaban.

—¿Quién? ¿Tu padre y tú?

—No. Tenía una amiga. Se llamaba Kathleen. La asesinaron.

Le expliqué lo que sabía de la muerte de Kathleen y, cuando acabé, ella me abrazó.

—¿Han encontrado al asesino? —preguntó.

—No, que yo sepa. —Por primera vez en todos aquellos meses, me dieron ganas de llamar a casa.

—Raphael no sabe que estás aquí. —Lo afirmó sin más, como si lo supiera.

—Dejé una nota —aduje, rehuyendo su mirada—. Aunque bastante imprecisa. Él se había ido a una conferencia en Baltimore y yo sentí... que necesitaba encontrarte.

—¿En Baltimore? ¿Y se fue en enero?

Asentí mudamente.

—Hay cosas que nunca cambian.

Osceola dio un relincho.

—No pasa nada —le dijo.

—¿Podría montar alguno de ellos, algún día?

—Desde luego. —Me cogió las manos y las examinó—. ¿Has montado alguna vez?

—No.

—Bueno —concluyó—, pues añadiremos equitación a la lista de cosas por aprender.

A continuación me enseñó las colmenas: unas pilas de cajas de madera como las del señor Winters, situadas cerca de una huerta de naranjos y limoneros.

—El sabor de los cítricos se nota en la miel —dijo.

—¿Sabe distinto de la miel de lavanda? —Pensaba en su libro de cocina, que se había quedado en Saratoga.

—Sí —confirmó en voz baja, deteniéndose—. En mi opinión, no hay mejor miel que la de lavanda. Pero no puedo cultivar lavanda aquí. Lo he probado y siempre acaba secándose.

El sendero rodeaba un huerto, cuyos cultivos fue detallando: cacahuetes, boniatos, tomates, lechuga y legumbres de toda clase.

Junto al huerto había una cabaña pintada de azul, a la que Mae llamaba «la casa de los invitados».

—La cría de caballos nos reporta dinero suficiente para ocuparnos de los rescates —explicó.

«¿Rescates?», pensé, pero tenía una pregunta más acuciante.

—¿Y con quién te dedicas a la cría de caballos... cómo era el nombre que has mencionado antes?

—Dashay. Hoy está en una subasta de caballos. Volverá mañana.

—¿Tú y Dashay sois pareja?

Apenas llevaba unas horas con mi madre y ya me sentía celosa. Quería su atención en exclusiva.

—Una pareja de idiotas es lo que somos —contestó riendo—. Dashay es una gran amiga. La conocí cuando me fui de casa, como tú. Ella me ayudó a comprar esta tierra y ahora compartimos el trabajo y los beneficios.

Observé a mi madre... con su pelo donde se reflejaba el sol y sus ojos de topacio.

—¿Estás enamorada de alguien? —pregunté.

—Estoy enamorada del mundo. ¿Y tú, Ariella?

—No estoy segura —admití.

Mayo en Florida es una época curiosa. Mi madre lo llamó el mes de la última oportunidad, porque, según explicó, a primeros de junio llegaba el cálido período de las lluvias y de los huracanes.

Esa noche la temperatura bajó a dieciséis grados, de modo que nos pusimos un jersey para salir a pasear por el río después de la cena. Un pequeño embarcadero de madera se adentraba en el agua, con tres embarcaciones amarradas a él: una canoa, una lancha y una chalana de pedales.

—¿Quieres salir con una? —propuso Mae.

—¿Con cuál?

—Empecemos por lo más fácil —resolvió.

Después de que yo subiera con aprensión a la chalana, desató las amarras y montó de un salto, con tanta ligereza que no produjo apenas balanceo. Nos alejamos pedaleando río abajo.

La luna llena asomaba de vez en cuando entre las nubes y la dulce brisa nocturna acarreaba aromas de azahar.

—Vives en un mundo maravilloso —dije.

Ella se echó a reír, y el sonido de su risa fue como un chisporroteo en la oscuridad.

—Lo he construido con cuidado —dijo—. Cuando me fui de Saratoga renuncié a mi corazón. —No tenía expresión triste, sólo pensativa—. Tenemos mucho de que hablar —recordó—. Todo no se puede explicar en un día.

La barca salió al flujo de la corriente y al fondo vi las luces del hotel donde había pasado la noche anterior y el fino rayo que despedía el faro de Monkey Island.

—Pobres monos —dije.

Luego le conté que había estado observándolos desde el hotel y a ella le relampaguearon los ojos.

—¿Conoces la historia? Los primeros monos fueron llevados a la isla tras haberlos usado en experimentos para la vacuna de la polio. Eran los supervivientes, los que no habían quedado paralíticos ni muertos. Su recompensa fue convertirse en atracción para turistas.

Nos acercamos más. *Bob* estaba sentado en una piedra, con la mirada perdida. El otro mono más pequeño nos observaba colgado de una rama. Mae emitió un curioso sonido con la lengua y entonces *Bob* se puso de pie. A continuación caminó hasta las rocas del borde de la isla. El otro mono se descolgó y apareció detrás de *Bob*. Es difícil describir lo que ocurrió entonces. Fue como si mi madre y *Bob* mantuvieran una conversación con el agua de por medio, pese a que nadie pronunció una palabra. El otro mono se mantuvo al margen, al igual que yo.

—De acuerdo, pues —dijo Mae al cabo de unos minutos.

Volvió a mirar a *Bob* y después llevó la chalana hacia el lado de la isla opuesto al hotel. Tocamos fondo a varios metros de la orilla. Entonces vadeó hasta tierra, avanzando con tanta gracia que apenas producía salpicaduras. Yo me quedé sentada mirándola, con ganas de lanzarle vítores.

Cuando Mae llegó a la orilla, *Bob* la estaba esperando. Le rodeó el cuello con los brazos y la cintura con las patas. El otro mono se le subió al hombro y se agarró a su cuello. Volvió vadeando, más despacio que antes. Los monos me observaron con sus brillantes ojillos curiosos. Pese a que sentí deseos de saludarlos, me quedé callada cuando subieron a la chalana y se sentaron en el suelo.

Nos alejamos con tanta discreción como habíamos llegado. Yo sentía una emoción indescriptible. No sólo había encontrado a mi madre, sino también a una heroína, y para colmo dos monos.

Luego resultó que en realidad no se llamaba *Bob*. Su verdadero nombre era *Harris*.

Más tarde, mi madre y *Harris* se sentaron en la sala de estar, a seguir con su conversación. El otro mono, *Joey*, tomó una colación compuesta de manzanas y pipas de girasol antes de ir a acostarse a la casa de los invitados.

Mae y *Harris* se comunicaron por medio de gestos, movimientos de ojos, gruñidos y cabeceos. Cuando acabaron, se abrazaron y, después de saludarme con la cabeza, *Harris* se fue a la cabaña.

—¿Cómo aprendiste a comunicarte con los monos? —pregunté.

—Ah, ya habíamos tenido monos antes. —Se levantó y estiró los brazos—. Algunos eran animales domésticos abandonados y otros provenían de Monkey Island. El hotel va a sustituir a *Harris* y *Joey*. Siempre lo hacen.

No había pensado en eso.

—Entonces podemos rescatar a los nuevos también, ¿no?

—Depende. —Se frotó los ojos—. A algunos les gusta estar en la isla. *Joey* habría estado muy a gusto allí, pero *Harris* no lo soportaba, y *Joey* no quería quedarse solo.

—¿Me enseñarás a hablar con ellos?

—Claro. Lleva su tiempo, pero no tanto como aprender francés o español.

—Quiero que *Harris* sea mi amigo —dije, imaginando que íbamos juntos de la mano, caminando o incluso en la chalana de pedales.

—Lo será durante un tiempo. —Mae me miró fijamente—. No puede quedarse aquí para siempre.

—¿Por qué no?

—En primer lugar, no es seguro. Alguien podría verlos y entonces tendríamos problemas con el hotel. Todavía no eres consciente de lo pequeña que es esta ciudad. —Recorrió la habitación, apagando las lámparas—. Y lo más importante es que *Harris* y *Joey* serán más felices en un refugio para primates. Hay uno en Panamá adonde hemos enviado monos otras veces. Allí los rehabilitan y les enseñan a vivir de nuevo en un medio salvaje.

Reflexioné un momento y, aunque era triste, tuve que reconocer que tenía razón.

—Pero tenía ganas de quedarme con él... —dije.

—Puede que algún día aparezca un mono que quiera quedarse. —Mi madre bostezó—. Pero no es el caso de *Harris*. Él detesta Florida.

«¿Cómo puede detestar un mono Florida?», me pregunté más tarde. Acostada en la blanda cama blanca, mirando cómo la brisa perfumada de azahar levantaba las blancas cortinas y escuchando la rítmica canción de las ranas de zarzal combinada con la percusión producida por el entrechocar de los bambúes, me sentía en un estado más próximo a la felicidad de lo que nunca había creído posible.

A la mañana siguiente, fui a la cocina y no encontré a nadie. Me senté frente a la gran mesa de roble, sin saber qué hacer. Me puse a leer los titulares del periódico de Tampa que había allí. Después lo cogí y fui hojeándolo: guerras, inundaciones, recalentamiento del planeta...

En la esquina inferior de una de las páginas interiores, leí: «No hay pistas en torno a los asesinatos vampíricos.» El artículo resumía las circunstancias de la muerte de Robert Reedy de Asheville y un tal Andrew Parker de Savannah. La policía pedía a la gente que llamara aportando información relacionada con los casos. La familia Parker ofrecía una recompensa por cualquier dato útil. Volví a plegar con cuidado el periódico, planteándome cómo iba a decirle a mi madre que había matado a un hombre.

Llegó al cabo de unos minutos, hablando con una mujer alta que tenía el pelo más fascinante que he visto nunca: lo llevaba enrollado y distribuido en elaboradas formas parecidas a rosas, o coles. Tenía unos enormes ojos color caramelo.

—Dashay, ésta es Ariella —me presentó mi madre.

La saludé con timidez. Nunca había sospechado lo hermosas y animadas que podían ser las mujeres. Por las calles de Saratoga Springs no caminaban mujeres como aquéllas. Me quedé mirando la mesa, mientras escuchaba sus voces.

Dashay hablaba de los caballos que había visto en la subasta, de las personas que compraban y vendían. No había estado tentada de pujar, pero se había puesto en contacto con tres ganaderos interesados en cruzar sus yeguas con *Osceola*.

Mae formuló preguntas sobre los ganaderos mientras preparaba unas gachas de avena. Luego nos puso unos humeantes tazones delante y Dashay me dio un tarro de miel con forma de colmena.

—Ponte un chorro —me indicó.

Yo saboreé con fruición el desayuno. La miel sabía a flores y aire primaveral, y las gachas tenían una textura cremosa, apaciguante. La cena de la noche anterior, compuesta de pescado con salsa de cítricos y puré de boniatos, también había estado deliciosa. No echaba de menos el tónico y las barras de proteínas, pero me preguntaba cuándo volvería a necesitar sangre.

Mi madre me observó con expresión inquisitiva.

—De modo que te has ido temprano a cuidar las abejas —comentó Dashay—. Yo seguramente me dedicaré al huerto esta tarde y después llevaré miel a la tienda.

—Hay dos cajas de miel de azahar listas para la venta —dijo Mae, que aún seguía mirándome—. Mientras tanto, le daré una clase de equitación a Ariella.

Enseguida aprendí a ensillar un caballo, ajustar los estribos, a montar y desmontar y sostener las riendas. Había pedido a Mae que me dejara montar *Johny Cypress* y ella consintió.

—Es el más manso —convino—. Creo que es porque está muy agradecido. Su dueño anterior lo maltrataba. Deberías haberlo visto cuando lo adoptamos, el pobre.

Nos dirigimos al río por un sendero. Los caballos caminaban a paso vivo, contentos de poder salir. Me acostumbré rápido al ritmo y me relajé en la silla.

—Montas bien —dijo mi madre. Yo sonreí, porque aquél era el primer halago que recibía de ella—. Aunque no es siempre tan suave —añadió—. Después aligeraremos el paso.

El camino transcurría entre manglares, charcas y hierbas de pantanos, hasta que desembocó en el río, una ancha cinta azul que olía a sal. Allí desmontamos y nos sentamos en una gran piedra plana, a la sombra de los mangles.

—Aquí venimos a merendar a veces —explicó Mae.

Estuvimos calladas un rato. Mirábamos pastar a los caballos mientras el viento nos agitaba el cabello. *Osceola* era hermosísimo, alto, musculoso y bello en todos los sentidos. *Johnny Cypress* era pequeño y garboso, perfecto para mí.

—Quiero montar todos los días —dije.

No me di cuenta de que había hablado en voz alta hasta que mi madre dijo:

—Por supuesto que sí.

—Mae, tengo que contarte algunas cosas. —De nuevo hablé sin habérmelo propuesto. Después las palabras brotaron con precipitación—. Maté a una persona, yo no quería hacerlo, tú no sabes quién soy, todo ocurrió tan deprisa... —Me expresé con torpeza, pero experimenté un enorme alivio.

Ella levantó la mano en un gesto que me recordó a mi padre. Callé.

Sus ojos azules seguían nítidos, imperturbables.

—Ahora explícamelo de nuevo, más despacio.

Le detallé cómo había muerto Robert Reedy en los bosques de los alrededores de Asheville. Ella me interrumpió sólo dos veces, para preguntar «¿Te vio alguien subir al coche?» (No lo sé) y «¿Dejaste alguna pista?» (No, porque llevaba puestos los guantes).

—Bueno, yo no me preocuparía mucho —concluyó, una vez que hube terminado.

—Pero fue un asesinato.

—Más bien un acto de defensa propia —puntualizó—. Ese hombre te habría violado.

—Entonces ¿por qué me siento tan mal? —Crucé los brazos—. ¿Por qué pienso continuamente en ello?

—Porque tienes una conciencia —señaló—, cosa que seguramente no tenía él. Ariella, por todo lo que has contado, dudo mucho que fueras la primera chica que llevaba allí. Puedes estar contenta de haber sido la última.

Sacudí la cabeza con incredulidad.

—Ni siquiera te choca que sea una... una...

—Mira que te pareces a tu padre... —dijo riendo—. Tanto preocuparte por cosas que no se pueden remediar. No, no me choca. ¿Por qué iba a sorprenderme? Desde el principio sabía que eras un vampiro... aunque no pronunciara la palabra.

Concretamente, precisó, desde el primer trimestre de embarazo supo que éste no era «normal».

—Me sentía fatal. —Se frotó la frente y luego se pasó las manos por el pelo—. Vomitaba sin parar y me comportaba mal con tu padre. Le echaba la culpa de todo, aunque en realidad yo fui la única responsable de haberme quedado embarazada.

—Normalmente se necesitan dos personas. —Me salió un tono tan remilgado que ella volvió a reír y yo por fin sonreí.

—En nuestro caso, yo fui la que llevó la iniciativa —afirmó—. ¿No te ha contado nada de eso?

—Un poco. Dijo que fue un embarazo difícil, y que fuiste tú la que quiso tenerme. —Tendí la vista hacia el río.

—Eso tampoco es del todo cierto. Mírame. ¿Estás segura de que quieres oírlo todo?

Ya no estaba segura, pero aun así contesté:

—Tengo que saberlo. Siento como si todo dependiera de que lo sepa.

Ella asintió y emprendió el relato de su versión.

Imagínate que encuentras el amor de tu vida y que luego lo pierdes. Sí, la gente pierde a las personas queridas continuamente, a causa de la guerra, la enfermedad, accidentes y crímenes. Imagina, sin embargo, que ves cómo tu amado cambia a ojos vista y se convierte en otro ser sin que tú puedas hacer nada para impedirlo.

Mi madre me habló de su primer encuentro con Raphael, de los primeros meses que pasaron juntos, de la ilusión con que había preparado el equipaje para ir a Inglaterra como si fuera a vivir su luna de miel. Y luego describió su reencuentro, el horror de ver que un hombre que no era Raphael ocupaba su cuerpo, el fútil deseo de recuperar lo que había sido.

—Era brillante —evocó—, y divertido. Bailaba, contaba chistes, y por supuesto era guapo...

—Todavía es guapo —le recordé.

—Pero le falta algo. Algo que lo hacía ser mi Raphael.

Agregó que había concebido la esperanza de que, con el tiempo y el amor, volvería a ser el de antes.

—Lo más curioso es que él mismo se impuso esa nueva personalidad —comentó—. No fue algo que se produjo como una consecuencia de lo que él llamaba su «dolencia». Se sentía culpable. Se convirtió en una especie de monje, tan obsesionado con hacer lo correcto que todo lo que hacía parecía rígido y programado.

»Tú me conoces sólo desde hace un día —señaló—, pero ya has tenido tiempo de ver que soy impulsiva y un poco atolondrada a veces.

—A mí me gusta así —aprobé.

—A tu padre también le gustaba, en otro tiempo. En cualquier caso, lo de casarnos fue idea mía. Él no creía que fuera ético que un vampiro se casara con un humano. ¡Yo le contesté que el amor no es cuestión de ética!

Permanecimos en silencio un momento. Cerca, el agua comenzó a agitarse y, ante mi mirada, a la superficie afloró una masa de color blanco grisáceo cuya forma se fue perfilando. Apoyé la mano en el hombro de mi madre, susurrando la palabra «manatí».

Ella asintió mudamente. El manatí giró hacia otro lado su arrugada cara y volvió a sumergirse despacio.

—¡Oh, pensar que de verdad existen cosas así! —exclamé.

Mae me tendió los brazos y me abrazó muy fuerte.

Escuchando a mi madre ese día tuve la misma impresión que si hubiera oído un cuento de terror contado a un público infantil. Ni el lugar ni la compañía se ajustaban al carácter del relato.

—Yo le tendí una trampa —declaró, mientras en un arbusto cercano en flor se posaban unas mariposas—. Él no quería tener un hijo. Yo le aseguré que estaba utilizando dos métodos de control de natalidad. Le dije que él no necesitaba tomar más precauciones. Le mentí.

Por primera vez, sentí que estaba oyendo más de lo que deseaba saber, y pareció que ella percibía mi desazón.

—Así que, cuando me quedé embarazada, experimenté una sensación de triunfo, aunque duró poco. Después me sentí horriblemente mal.

Se había enterado de que estaba encinta en noviembre, en plena estación depresiva en Saratoga Springs.

—Hacía un tiempo espantoso y no salía de casa —dijo—. Él se reprochaba haber cedido ante mí y su manera de compensarlo fue comportarse con absoluta corrección. Representaba el papel de marido ejemplar... no, más bien de enfermera, cuidándome, investigando datos sobre el embarazo y el parto en casa, controlando mi alimentación, haciéndome análisis de sangre... Él y Dennis eran como dos gallinas cluecas, afanándose conmigo. Me ponían nerviosísima.

Dos arrendajos —machos, porque tenían las alas y las colas de un intenso azul real— se posaron en las rocas cerca del río y nos miraron. De improviso, sentí compasión por mi padre. Él había procurado hacer lo que creía correcto, dadas las circunstancias. Mi madre había sido la codiciosa.

Ella, que me estaba observando atentamente, asintió con la cabeza.

—Él trató de hacer lo correcto, y creía que no estaba bien tener un hijo. Bien, Ariella, por lo menos esa batalla la gané.

—Madre... —dije tras respirar hondo—. Mae, quiero saber por qué nos abandonaste.

—Es muy sencillo —repuso—. Quería ser como vosotros dos. Estaba cansada de quedarme al margen.

A medida que avanzaba el embarazo, mi madre percibió más indicios de que el niño que llevaba en su vientre —yo— no era un humano normal.

Las náuseas extremas y la anemia como las que padecía se consideraban poco comunes, pero no anormales... en eso coincidían tanto mi padre, como Dennis y Root, que se había sumado a ellos hacía poco. («Detesté a esa mujer desde la primera vez que la vi —confesó Mae—. Y estaba claro que ella me guardaba rencor.»)

Las pesadillas tampoco eran algo anormal.

—Mis pesadillas eran más espantosas de lo que es corriente —alegó—. No podía recordarlas, lo cual ya era en sí terrible para alguien que, como yo, siempre ha otorgado gran importancia a los sueños. Me despertaba con la boca todavía abierta por haber estado gritando, con las sábanas mojadas y el sentido del olfato tan agudizado que hasta notaba el sabor de la lejía en las fundas de las almohadas. Oía voces (no voces conocidas, y mucho menos la tuya o la de tu padre) que me decían que estaba condenada. Yo quería contestar: «¿Quién me condena?» Pero la voz se me secaba en la garganta. Sufría accesos de fiebre. Los oía decir que deliraba.

La brisa se intensificó, dibujando un surco en el agua. El aire pasó a través de mí, mientras me preguntaba si debería haber nacido.

—Ariella, te estoy contando esto porque quiero que comprendas por qué me fui. —Se inclinó hacia mí, de manera que sólo quedó un pequeño espacio entre ambas en la cálida piedra, pero yo no me encorvé hacia ella.

—Cuéntame el resto —pedí con rigidez.

—Le pedí que me transformara en otro, como él, como tú —prosiguió—. Y él no quiso.

Me habló de sus discusiones, en las que no quiero ni pensar, aún menos escribir sobre ellas. Escuchar las peleas de los padres..., ¿hay algo peor para un niño, salvo enterarse años después de que el causante era uno mismo?

Mi padre no estaba dispuesto a convertir en vampiro a nadie. Mi madre, que a través del útero percibía que yo lo era, no estaba dispuesta a ser la única humana que iba a envejecer en la familia.

—Fíjate bien —me dijo—. Volverte vieja y fea, perder la fuerza y la inteligencia al lado de otros que mantienen la suya. Es algo indigno e insoportable.

Respiré hondo.

—Los dos fuisteis demasiado orgullosos.

Al final, o al principio, nací yo. Y mi madre se marchó.

Mi padre me examinaba en el laboratorio del sótano. «¿Qué debió de hacer además de contarme los dedos de los pies?», me planteé. Seguramente análisis de sangre. Pero aparte de eso, ¿qué más?

Mi madre se quedó durmiendo arriba. Recordaba que la habían tapado con una manta amarilla de cachemira.

Cuando despertó, la estaban trasladando, todavía envuelta en la manta, a un coche. Oyó el ruido del motor y notó el olor del tubo de escape. Advirtió un instante la cara de Dennis, que cerró la puerta del vehículo.

—¿Quién conducía? —pregunté con impaciencia—. ¿Mi padre?

Mae había permanecido encorvada hacia delante, trazando dibujos en la piedra mientras hablaba. Entonces se enderezó y me miró.

—¿Tu padre? Por supuesto que no. Era su mejor amigo, un hombre llamado Malcolm.

Mi madre conocía a Malcolm desde hacía años, desde que conoció a mi padre en Savannah, de modo que, cuando él le dijo que Raphael le había pedido que la llevara para que le administrasen un tratamiento médico de urgencia, no hizo preguntas. Se sentía débil y extenuada, y se quedó dormida en el coche.

Despertó en una cama, pero no de hospital, sino en una casa.

—Una casa muy lujosa, en algún lugar de Catskills —precisó—. La habitación tenía largos ventanales emplomados. Eso es lo que más recuerdo, que al mirar por la ventana, distribuida en cristales romboidales, sólo veía colinas y solitarios campos verdes.

Malcolm le llevó comida y se sentó a su lado.

—Me dijo que tú habías nacido con deformidades —refirió en voz baja—. Que lo más probable era que no sobrevivieras. Y que Raphael estaba destrozado pero que, en el fondo, me achacaba la culpa a mí. Me odiaba. Malcolm lo explicó todo de una manera calmada y racional. Me dijo que debía tomar algunas decisiones. La primera era la más evidente: volver y afrontar el horror, o bien tomar un nuevo rumbo en mi vida y dejar que Raphael siguiera con la suya. A continuación añadió que tu padre prefería con mucho la segunda opción.

Me puse en pie, temblorosa.

—Eso no es verdad —desmentí—. Eso no es lo que me contó mi padre.

Mae levantó la vista. Estaba llorando. No obstante, mantuvo la voz clara y firme.

—No puedes hacerte una idea de cómo me sentía: enferma por dentro, débil y estúpida. Me estuvo hablando durante horas de la ética que impregnaba la situación. ¡Cómo detesto esa palabra! La ética no es más que una excusa para determinados comportamientos.

Yo no estaba de acuerdo, pero aquél no era momento oportuno para disentir.

—¿Por qué no llamaste a mi padre?

—No quería hablar conmigo. Malcolm me dijo que lo mejor para todos sería que yo me fuera, emprendiera una nueva vida y olvidara «aquella desgracia», según su expresión, que yo misma había provocado.

Viendo las lágrimas que le resbalaban por las mejillas, sentí deseos de consolarla, pero algo opuso resistencia en mi interior.

—Y me hizo una oferta. A cambio de que dejara a Raphael, me daría lo que yo quería.

—¿Qué era?

—Vivir para siempre. Ser como vosotros.

—¿O sea que nos dejaste, nos abandonaste, por eso?

Tenía una expresión tan patética que por una parte me dieron ganas de confortarla mientras por otra me asaltaron deseos de golpearla, o de romper algo. Cogí una piedra y la arrojé al río, y entonces me acordé del manatí. Me precipité a mirar a la orilla del agua.

—No te preocupes. —Había acudido a mi lado—. Mira.

Señaló un poco más abajo, hacia los remolinos que se acentuaban antes de deshacerse, cuando el manatí salió a la superficie. Nos quedamos mirándolo un momento.

—No sé cómo me siento —reconocí con voz ronca.

Ella asintió con la cabeza. Regresamos a la piedra y nos sentamos. El sol era fuerte, de modo que me desplacé hasta la sombra de un árbol. En algún lugar un sinsonte entonó un complicado trino, que repitió seis veces. Más arriba, un pájaro de gran envergadura alzó el vuelo y planeó en círculos.

—¿Qué es? —pregunté.

—Un gavilán de cola corta. ¿No sería maravilloso poder volar? —comentó con anhelo.

—A mi padre también le habría gustado volar. —Evoqué la tarde en que, sentados en el salón, me explicó su versión—. Conocer la verdad no conlleva la libertad, ¿verdad?

—Creo que sí, con el tiempo. —Ya no lloraba.

El sol había comenzado a desplazarse hacia el oeste, y entonces advertí que no proyectaba ninguna sombra.

—¿Eres una de los nuestros?

—Si te refieres a lo que pienso, sí, ya te lo he dicho.

Me contó que Malcolm había cumplido su parte del trato. Después la había cuidado durante un mes, hasta que estuvo en condiciones de valerse por sí misma.

—Fue el peor mes de mi vida —declaró sin emoción—. A veces me parecía oírte llorar, y me dolían los pechos. Me quería morir.

—Pero no viniste a verme.

—No lo hice. Malcolm me dijo que no debía... que necesitabas una atención especial. Además, Raphael no se habría tomado nada bien que yo fuera un vampiro. Malcolm dijo que ya había causado bastante daño, que destrozaría a Raphael si seguía entrometiéndome. Me convenció de que él tenía razón, de que, al fin y al cabo, lo que contaba era Raphael y sus investigaciones. Habría sido diferente si hubiéramos sido más felices juntos. Malcolm dijo que si sobrevivías, cosa que dudaba, velaría por ti, que actuaría como un guardián invisible. Quería que tu padre se centrara en el trabajo y no se fiaba de Dennis para cuidar de ti. Creía que Dennis estropearía las cosas.

—Así que acepté. Pero nunca me olvidé de ti. Encargaba a amigos que fueran a verte de vez en cuando y ellos me aseguraban que estabas bien, que ibas cobrando fuerzas.

—Casi nadie venía a visitarnos —señalé.

Estaba observando un pájaro que tenía una estrafalaria cabeza bidimensional, un pico ambarino y unas largas patas que proyectaba hacia atrás antes de adelantarlas para caminar por el agua. Parecía un pájaro de dibujos animados.

—Esas visitas eran invisibles —puntualizó, como si se tratara de lo más natural.

—¿Por qué no viniste tú misma?

—Habría sido demasiado doloroso. —Me tendió las manos, pero yo me quedé inmóvil—. Traté de enviarte mensajes. Te enviaba sueños.

Me acordé de los crucigramas, y de la canción.

—«La lontananza azul» —dije.

—¡De manera que funcionó! —exclamó, alegrando la cara.

—La canción llegó hasta mí —confirmé—. Los crucigramas eran bastante enrevesados.

—Pero te trajeron hasta mí.

En realidad no fue así. Para mi madre, no obstante, aquél fue el hilo invisible que me había conducido hasta su casa.

—En realidad, fue la letra S lo que me ayudó a encontrar Homosassa Springs —apunté—. Mi padre y Sophie decían que tú considerabas que la S traía suerte.

—Así es. —Cogió una hoja de un arbusto y se la metió en la boca—. La forma de la S simboliza la luna creciente y menguante. De todas maneras, ya me gustaba antes de saber eso. Desde que aprendí el alfabeto, la forma y el sonido de la S me parecían especiales.

Me tensé al ver una serpiente que pasaba nadando cerca.

—Es un ave —explicó Mae—. Mira.

Bajo la superficie del agua se alcanzaba a ver el cuerpo de un pájaro, cuyo largo cuello me había dado la ilusoria impresión de una serpiente.

—Lo llaman anhinga, o también pájaro serpiente. ¿No te han enseñado nada de aves?

—Un poco. En realidad nos dedicamos más a los insectos. —Estaba reflexionando en todo lo que me había dicho—. Creo que Malcolm es el cerebro gris de la historia.

—Bien mirado, no se portó mal conmigo.

—Te secuestró y te contó mentiras. —Cada vez estaba más convencida de ello—. ¿No te explicó mi padre cómo lo había tratado?

—Malcolm era su amigo —señaló.

—¿No te dijo quién lo había convertido en vampiro?

—Nunca me lo dijo —reconoció, precavida—. Yo di por sentado que fue uno de sus profesores.

«¿Por qué mi padre me lo contó a mí, y no a ella?», me pregunté.

—Muy propio de él, obrar con tanta discreción. —Su voz rezumaba amargura.

—¿Me lees el pensamiento?

—Sí, aunque no lo hago continuamente, te lo aseguro.

—¿Por qué no puedo captar yo el tuyo?

—Suelo bloquearlo.

Entonces bajó la guardia y la oí pensar: «Te quiero. Siempre te he querido.»

«Él te quiere —pensé a mi vez—. Nunca ha dejado de quererte.»

Ella negó con la cabeza. «Dejó de hacerlo el día en que le mentí, el día en que lo seduje. Después percibí vergüenza en sus ojos.»

—Yo le he visto la cara cuando habla de ti —dije—. Te echa de menos. Se siente solo.

—Él prefiere su soledad. Bien mirado, Malcolm tenía razón. Era mejor así.

—Pues ahora te voy a contar más cosas de Malcolm —dije, cruzando resueltamente los brazos.

Le referí las circunstancias del cambio de estado de mi padre y lo que sucedió a continuación. Le expliqué todo lo que me había contado él. Cuando acabé, ella permaneció en silencio.

Regresamos a las cuadras. Primero fuimos al paso, después al trote y luego al galope. Yo me agarré a la silla, temerosa de caerme, pero logré mantenerme en mi montura. Mi madre se adelantó al galope en *Osceola*.

En las caballerizas, almohazamos y dimos de comer a los animales. Cuando Mae no miraba, le di un beso de buenas noches en el cuello a *Johnny*.

—Voy a salir —dijo por fin—. ¿Quieres venir?

14

Como el aparcamiento estaba lleno, mi madre tuvo que dejar el camión en la calle. Fuimos andando hasta un largo edificio blanco en una de cuyas ventanas un letrero luminoso rezaba: FLO'S BAR.

Dentro, las mesas estaban todas ocupadas y en la barra sólo quedaba sitio de pie.

—¡Hola, Sara! —exclamó el barman.

Mae se fue parando para saludar a los clientes mientras nos dirigíamos a un compartimento del rincón.

Dashay estaba con un musculoso individuo tocado con un sombrero negro de *cowboy*. Los dos tomaban una bebida roja. Mi madre se instaló en el sofá de enfrente y yo me senté en la punta.

—Ariella, éste es Bennett —me presentó Dashay—. Mi novio.

Le tendí la mano. Él me la estrechó con firmeza, sonriéndome.

—Me gusta tu sombrero —le dije.

—¿Has oído eso? Le gusta el sombrero —se ufanó—. Dashay no para de decirme que me lo quite. «A ver si pierdes de vista el sombrero», me dice.

—¿Tú tienes novio? —me preguntó Dashay.

—Más o menos.

—¿Cómo es?

—Es reservado y lleva el pelo largo —contesté, intrigada por saber si mi madre tenía novio.

Entonces me miró y dijo:

—No.

Un camarero nos sirvió dos copas de Picardo y mi madre levantó la suya para brindar.

—Por la justicia —propuso.

Dashay y Bennet pusieron cara de extrañeza, pero bebieron.

Yo tomé un sorbo. Definitivamente, ya había terminado el proceso de adaptación del paladar a aquella bebida; esa vez me agradó su sabor fuerte, con un punto ahumado. Cuando paseé la mirada por el local, me fijé en que casi todos los demás parecían consumir Picardo también. De vez en cuando se veía una cerveza o una copa de vino blanco, pero las copas de líquido rojo eran predominantes.

—¿Por qué casi todos beben lo mismo?

—Somos criaturas apegadas a las costumbres —dijo Mae.

—¿Por qué es tan rojo? —pregunté.

—Se supone que es una receta secreta —respondió Bennet.

—En alguna parte leí que ese color proviene de insectos machacados. —Dashay levantó la copa y los rayos del sol poniente que llegaban de fuera confirieron un resplandor granate al líquido.

—Muy apetitoso. —Mi madre no había sonreído ni una vez desde nuestra conversación, lo cual me hizo caer en la cuenta de la frecuencia con que había sonreído antes—. Ariella, tengo que hablar con estos amigos. Puedes escuchar si quieres, pero será de lo mismo de lo que hemos hablado durante horas. También puedes poner música en el *jukebox*. —Del bolsillo sacó un puñado de monedas.

No tenía ganas de volver a oír lo mismo. Tenía más bien necesidad de meditar sobre ello, así que cogí el dinero y la copa y me dirigí al *jukebox*. Era una monstruosa máquina de relucientes colores rojo, púrpura y amarillo. La única que había visto antes estaba en la cafetería de Saratoga Springs, y era tres veces más pequeña.

Como no me sonaba ninguno de los títulos de las canciones, me puse a elegir al azar: «Late Night», «Maudlin Street» de Morrissey; «Marooned on Piano Island» de Blood Brothers; «Lake of Fire», de Meat Puppets; «Spook City USA», de Misfits. Fui introduciendo monedas en la ranura. Cuando sonó la música, no era ninguno de los temas que había seleccionado, sino una canción country que hablaba de un *ring of fire*. Por lo visto, todo el mundo la conocía en el bar, pues todos tarareaban el estribillo, excepto mi madre y sus amigos, que estaban absortos conversando en su rincón.

Sentada en el taburete cerca de la máquina, observaba a los demás, que de vez en cuando me dedicaban una mirada. ¿Serían vampiros todos? ¿O era simplemente que en aquella pequeña localidad de Florida había especial afición por las bebidas rojas?

Parecían personas normales, pensé. Había una gran variedad de edades, de estatura y color de piel, y en general vestían de manera desenfadada. Dos hombres llevaban monos de mecánico y había una pareja con traje. Podría haberse tratado de un bar cualquiera de una ciudad pequeña, excepto por la preponderancia de bebidas rojas y por las canciones del *jukebox*... y también, como se me ocurrió en el último momento, porque no se veía ningún gordo en aquel local.

Mirando a la gente reunida allí —el camarero masajeaba los hombros de un cliente, el barman cantaba y bebía de su propia copa roja—, evoqué a mi padre, sentado en su sillón de cuero verde, tomando su cóctel de la tarde, solo. Me pregunté de qué color llevaría la camisa. Y pese a que estaba cansada de pensar en su pasado, volví a repasarlo mentalmente.

Cuando era muy pequeña y aún no hablaba siquiera, mi padre me regaló un libro de imágenes titulado *Encuentra las seis diferencias*. Yo no podía leer el título, claro, pero comprendí lo que había que hacer: había dos dibujos contiguos casi idénticos (que por lo general representaban animales y extraterrestres), entre los que sólo existían pequeñas diferencias, como la forma de un ojo, o la presencia o ausencia de la cola de un gato. Pese a que era incapaz de nombrar las diferencias, las iba señalando y mi padre asentía con la cabeza.

Al comparar las versiones del pasado de mi padre y de mi madre, las diferencias aparecieron destacadas con un marcado contraste.

De todas las discrepancias, la que más me incomodaba era la relativa a Dennis... el que hubiera cerrado la puerta del coche de Malcolm. Sabía la gran confianza que mi padre depositaba en Dennis y lo mucho que dependía de su lealtad.

Entonces tomé una decisión: era hora de llamar a casa.

En la cabina de teléfono que había en la parte posterior del Flo's, cerca de los lavabos, marqué el prefijo de Saratoga Springs y deposité monedas suficientes. No tenía ni idea de qué iba a decir cuando me respondiera.

Sin embargo, el teléfono no llegó a sonar. Una voz grabada me informó de que el número marcado estaba fuera de servicio y me invitó a consultar la guía y volver a intentarlo de nuevo. Aunque no tenía necesidad de consultar la guía, volví a marcar el número, introduje las monedas y oí la misma grabación.

Colgué, desconcertada.

Cuando volví con mi madre y sus amigos, Dashay estaba en el medio de una larga frase que acababa con «... de ser una influencia sanguinista».

Sabía que habían estado hablando de mi padre, porque mi madre me permitió leerle el pensamiento.

—¿Qué es un sanguinista? —pregunté.

Se me quedaron mirando.

—Bueno —se decidió a responder Dashay—, tenemos que tocar el tema de las sectas.

Bennet se echó a reír.

—¡Silencio! —le reclamó ella—. He dicho sectas, sí. —Se volvió de espaldas a él—. Supongo que no te habrán hablado de eso, ¿verdad? Algunos vampiros son colonistas... piensan que a los humanos habría que encerrarlos y reproducirlos para obtener su sangre, como animales. Otros son reformistas, y lo que pretenden es enseñar a los humanos cuán superiores son los vampiros. Hay otros ejemplares raros llamados nebulistas, extremistas que quieren exterminar a la raza humana, ya ves. Después están los que reciben el nombre de Sociedad de S. La S hace referencia a los sanguinistas. Son ecologistas, conservacionistas... bueno, nosotros también lo somos. Al fin y al cabo, la mayoría pensamos que vamos a estar aquí para siempre, de forma que tenemos interés... Para de reír, Bennet. Esto no es broma. Tenemos interés en preservar el planeta.

»Los sanguinistas van un poco más allá. Ellos practican la abstinencia y no se relacionan apenas con los mortales, aunque creen que éstos deberían tener derechos democráticos. Los sanguinistas consideran inmoral chupar la sangre a los humanos y también vampirizarlos.

—¿Vampirizarlos?

—Convertirlos en vampiros —tradujo Bennet—. Ésa es la palabra que usa Dashay.

—Los sanguinistas —prosiguió Dashay sin hacer caso— están obsesionados con obrar correctamente. Se toman la vida muy en serio.

—Nosotros no pertenecemos a ninguna secta —puntualizó Mae. Y me miró con extrañeza, al comprobar que estaba bloqueando el pensamiento.

—Nosotros somos naturistas —dijo Bennet—. Ya sabes, comemos cereales y verduras orgánicas y todo eso. No somos aficionados a las ideas transcendentales ni nos obsesiona la ética.

—Nosotros hacemos lo que surge de forma natural —continuó Dashay—. Vivir y dejar vivir.

—Algunas sectas dan por sentado que necesitan sangre humana todos los días para sobrevivir. —Mi madre levantó la copa—. Pero nosotros nos las arreglamos bastante bien tomando suplementos y teniendo cuidado en llevar una alimentación equilibrada. Tu padre era el típico científico que nunca prestaba mucha atención a la comida —agregó—. Él no reconoce el valor de los vegetales.

—¿No necesitamos sangre?

—Nosotros tomamos los suplementos. No necesitamos chupar la sangre a nadie. Claro que nos gusta, por supuesto, pero la misma sensación se puede obtener comiendo ostras crudas o soja, que contienen mucho zinc, o vino tinto, o Picardo.

—Casi la misma —precisó Bennet, con un deje de pesar.

Mientras me preguntaba cómo habrían llegado a la condición de vampiros él y Dashay, pensé que el bar Flo's estaría lleno de extrañas historias.

—¿Y qué pensáis de comer carne? —proseguí, porque haciendo preguntas ganaba tiempo para digerir la sorpresa de encontrarme con el teléfono desconectado.

—La carne no es necesaria —afirmó mi madre—. Nosotros somos pescetarianos.

—Desde luego, está riquísima. —Bennet extendió los dedos y los movió como si fueran gusanos—. Pero los sanguinistas la comen, porque consideran que es necesaria, que de alguna manera sustituye a la sangre.

—Nosotros tomamos los suplementos y el agua de manantial —intervino Dashay, en apariencia deseosa de que la conversación no derivase hacia el tema de la sangre—. El río está alimentado por fuentes, ¿lo sabías, Ariella? Y el agua tiene los mismos minerales que el agua salada. En el río viven tanto peces de agua dulce como de agua salada, que también consumimos. Los manantiales son uno de los motivos por los que se han instalado tantos vampiros aquí.

—¿Qué ocurre? —me preguntó mi madre al oído.

—Te lo contaré después —respondí.

El camarero nos trajo unas fuentes de ostras y un bote de salsa roja. Pese a que estaban suculentas, comí poco y sin apetito.

Más tarde, en casa, me senté al borde del embarcadero. *Harris* acudió a hacerme compañía, instalado unos centímetros a mi derecha. Aunque ya se había puesto el sol, el cielo conservaba una tonalidad rosada. En el horizonte, las nubes nacaradas brillaban como si estuvieran provistas de una luz interior. Poco a poco se fueron disipando, tornándose azuladas como lejanas montañas; me recordaron a Asheville. Entonces suprimí aquel recuerdo, junto con todo pensamiento relacionado con Saratoga Springs.

Harris y yo dejamos los pies colgando en la fresca agua. Un anhinga pasó nadando cerca, con su aspecto de serpiente, y un sinsonte cantó en una rama. Rememoré una frase incluida en *Walden*, de Thoreau: «La vida que albergamos es como el agua del río.»

Todo estaba tranquilo... hasta que vi una aleta de mal presagio que sobresalía en la superficie del agua a menos de doscientos metros. Agarré a *Harris* y retrocedí con precipitación. Él se levantó de un salto y desapareció entre los árboles.

Corrí descalza hasta la casa.

—¡He visto un tiburón! —anuncié, entrando en la sala de estar.

Mi madre, Dashay y Bennet jugaban a cartas. Mae me tendió un papel y un lápiz.

—Dibuja la aleta dorsal.

Yo la bosquejé rápidamente.

—A mí me parece más bien de un delfín —dictaminó Dashay. Luego cogió el lápiz y trazó el perfil de otra aleta, que no presentaba como la otra la curva en forma de media luna dirigida hacia atrás—. Las de los tiburones son así.

«Otra vez me he equivocado —pensé—. Siempre me estoy equivocando, yo que antes siempre acertaba.»

—He asustado a *Harris* —lamenté.

—Yo iré a explicárselo —dijo Dashay, y se marchó.

Entonces Mae se levantó y abandonó la sala. Enseguida volvió con dos libros: una guía de campo de Florida y un manual de jardinería.

—Aprenderás, igual que aprendí yo —aseguró.

Con los libros, me senté en un sillón tapizado de zaraza que había en el rincón. La gata *Grace* pasó contoneándose frente a mí como si no fuera digna de su atención.

A su regreso, Dashay contó que *Harris* se había ido a acostar a la casa de invitados.

—Le he explicado lo ocurrido —dijo—. No está resentido.

Volvieron a reanudar la partida de cartas, pero por las banalidades que comenzaron a comentar, comprendí que había interrumpido una conversación mucho más importante. Así pues, opté por darles las buenas noches y trasladarme con los libros a mi habitación.

Al cabo de un rato, ya acostada en la cama, *Grace* vino a instalarse a mis pies. Mientras observábamos la ocre luna que iba subiendo en el cielo, Mae llamó a la puerta y entró.

—¿Me vas a contar qué te tiene preocupada?

Mantuve los pensamientos bloqueados, sin saber qué decir.

—Mañana —prometí.

Al despertar, la luz del sol me deslumbró. Oí voces fuera y por la ventana vi a Mae y a Dashay en las caballerizas, hablando con alguien a quien no conocía. Había una furgoneta de Cruz Verde aparcada al lado.

Bajé con el mismo sigilo que si hubieran estado en el salón, cogí el teléfono inalámbrico de la cocina y regresé a mi habitación.

Michael contestó al tercer timbrazo.

—Michael, soy yo —dije.

—Gracias por llamar —contestó al cabo de un momento—. Ya le tendré al corriente. —Y colgó.

Me quedé con el teléfono en la mano. Había hablado de una manera extraña, excesivamente formal, con nerviosismo. El clic sonaba todavía en mi oído, como la manifestación de una desconexión más.

Me disponía a devolver el aparato a la cocina cuando sonó. Respondí de inmediato.

—Soy yo, Ari. —Michael todavía parecía nervioso—. No podía hablar.

—¿Qué ocurre?

—El agente Burton está aquí. Viene cada dos meses, a ver cómo siguen las cosas. Ahora estoy en el garaje, con el móvil. He registrado el número desde donde llamabas.

De modo que los McGarritt habían cambiado por fin los teléfonos.

—¿Estás bien?

—Sí, sí. ¿Y tú, dónde estás?

—Estoy con mi madre —repuse—. Aquí se está muy bien.

—Estupendo. No me digas dónde estás. Burton no para de preguntar por ti y es mejor que no lo sepa.

—¿Pregunta por mí?

—Sí. Ya sabes, desde lo que le pasó a tu padre y todo lo demás...

—¿Qué le pasó a mi padre?

El silencio que se instaló en el teléfono se cargó de tensión.

—¿Michael?

—¿Quieres decir que no lo sabes?

—No he hablado con él desde que me marché. ¿Qué ha pasado?

Otra pausa, más tensa aún. Después hubo una frase, tan precipitada e inconexa que no entendí nada.

—No te oigo —dije—. Repítemelo.

—Ha muerto. —Las palabras llegaron hasta mí como meros sonidos—. Ari, tu padre ha muerto.

En algún momento mi madre llegó y me cogió el teléfono de la mano. Yo lo retenía sin escuchar, sentada en el suelo. Oí su voz, distante, mientras hablaba con Michael, pero no capté lo que decía. En mis oídos había un sonido blanco —el sonido de todos los sonidos y de ninguno— y en mi cabeza no había nada.

Me despertó un olor a incienso cuyo aroma no alcanzaba a identificar. Era una mezcla de hierbas aromáticas, algunas de las cuales reconocí, como la lavanda y el romero.

Cuando abrí los ojos, vi el humo; no provenía de una varilla de incienso, sino de un manojo de plantas puestas en un brasero de hierro. En todas las superficies libres de la habitación ardían velas. Serían cien tal vez, semejantes a blancos pilares coronados por oscilantes llamas. No obstante, agitado por los indolentes giros del ventilador del techo, el aire se mantenía fresco. Habría jurado que oí los cánticos de voces femeninas, pero no había nadie allí.

Debí de cerrar los ojos, porque entonces Dashay entró en la habitación. Llevaba un vestido blanco y el pelo envuelto en un pañuelo del mismo color. Se sentó a mi lado y me dio de comer una sopa transparente con una cuchara de nácar. Yo la tomé sin saborearla, sin decir nada.

Luego me sonrió y se fue. *Grace* subió a la cama y, después de asearse, me lamió la mano.

Más tarde, no sé a qué hora, volví a despertar. Las velas estaban encendidas todavía. Mi madre permanecía a mi lado, leyendo. Iluminada por las velas, su cara me recordó la imagen que tenían colgada los McGarritt en el salón, *La Virgen de los Dolores*, que representaba la cara de una mujer de perfil, con expresión serena y dolorida a la vez, vestida con túnica y capucha azules. Me dormí de nuevo y la siguiente vez que desperté, había motas de sol en las paredes azules. De esta manera volví a ingresar en el territorio de los vivos. Después me dijeron que había estado «comatosa» durante casi una semana.

Entre tanto, mi madre y Dashay no habían perdido el tiempo. Poco a poco, a medida que recobraba fuerzas, me fueron contando lo que habían hecho.

La red de los vampiros funciona más o menos como una vía férrea subterránea, según pude deducir. Cuando un vampiro está en apuros, otros le prestan medio de transporte, comida y alojamiento. Los contactos de mi madre también la ayudan en su labor clandestina en favor de los animales maltratados y truecan productos y servicios con ella. En general, lo que más intercambian es información.

Los amigos que Mae tenía en Saratoga Springs la informaron de que en el periódico local habían publicado su esquela, cuya copia le enviaron por Internet. Había fallecido de un ataque cardíaco. Habían incinerado su cuerpo y enterrado las cenizas en el cementerio Green Ridge. Los amigos también le hicieron llegar una fotografía de la tumba, así como otra de nuestra casa, delante de la cual destacaba un cartel de EN VENTA. Alguien había cortado la glicinia que trepaba por un lado de la casa, con lo cual ésta aparecía ahora vulnerable y desnuda.

Mi madre evitó enseñarme las fotos al principio, para no hurgar en mis sentimientos. Aun así, sobre todo la primera vez que las vi, me resultó difícil mantener el control de mis emociones.

La imagen de la casa abandonada me causó una conmoción igual de intensa que la de la negra lápida de mármol. RAPHAEL MONTERO, se leía en ella, junto con una cita: *GAUDEAMOS IGITUR / IUVENES DUM SUMUS*. No había ninguna fecha.

—¿Qué significa la inscripción? —preguntó Dashay.

—Disfrutemos pues ahora / Mientras somos jóvenes —contestó Mae.

Yo no sabía que ella entendiera el latín.

—A veces utilizaba esa frase a modo de brindis —me explicó entonces, volviéndose hacia mí.

En la fotografía, que estaba tomada de cerca, resultaba visible una especie de botella.

—¿Qué es eso? —pregunté a Mae.

—Parece la parte superior de una botella de licor.

—Curioso, que alguien lo ponga en una tumba —comentó Dashay—. Quizás unos vándalos la dejaron allí.

Yo estaba tumbada en la cama, recostada en varios cojines. Sentado en la otra punta de la cama, *Harris* rellenaba un libro para colorear. Mi madre había retrasado su traslado al refugio para primates, con la esperanza de que ello sirviera para levantarme el ánimo. Aquella semana, si hubiera dicho que quería un elefante, creo que me habría traído uno.

—Mae —dije—, ¿podrías mandar un mensaje a tus amigos pidiéndoles que saquen más fotos? ¿Y preguntarles también quién firmó el certificado de defunción?

Mi madre consideró que aquello era terquedad, o la muestra de una tendencia al autoengaño, pero le repliqué con otro pensamiento, muy claro: «No creo que esté muerto.»

«Eso es lo que quieres creer», pensó a su vez.

«Si hubiera muerto, yo lo habría percibido.» Crucé los brazos.

«Eso es una especie de tópico», contestó. Luego bloqueó los pensamientos y pasó a comunicarse de viva voz.

—Lo siento —dijo.

—Yo estuve con él prácticamente todos los días durante trece años —señalé—, mientras tú estabas ausente.

Con una mueca de dolor, giró sobre sí y abandonó la habitación.

Mientras estaba fuera, Dashay me expuso su teoría sobre la muerte de mi padre: Malcolm lo había matado. Mi madre le había hablado de él y ella lo consideraba la encarnación del diablo.

—En la esquela pone ataque cardíaco —reiteró—. Eso podría significar cualquier cosa. No sé de ningún caso en que uno de los nuestros muriese de un ataque al corazón, a menos que fuera lo que ya puedes suponerte. —Cerró el puño izquierdo, dejando el pulgar arriba, mientras con la mano derecha simulaba asir un martillo.

—¿De veras utiliza la gente estacas para clavarlas en el corazón? —pregunté, puesto que mi padre no había sido muy preciso sobre ese punto.

—Se sabe que ha ocurrido alguna vez. —Dashay no parecía muy segura de que fuera prudente hablar de ese tema—. ¿Sabes? A veces la gente actúa así por puro desconocimiento. Los ignorantes se convencen de que alguien es un vampiro y entonces deciden librarse de él. —Frunció el entrecejo—. A mí no me gustan mucho las personas. Si no hubiera sido yo misma una anteriormente, no querría tener nada que ver con ellas.

Me dio la espalda para mirar a *Harris*.

—Vaya, qué bien lo has pintado —lo alabó.

Harris estaba coloreando de púrpura un caballo de mar, casi sin salirse de las líneas. En el libro se sucedían los dibujos de animales marinos; ya había acabado el pulpo y la estrella de mar. Al desplazarme para mirar por encima de su hombro, aspiré su aliento mentolado (se cepillaba los dientes dos veces al día). No quería que se fuera, nunca.

—¿Dónde está *Joey*? —pregunté.

—Durmiendo la siesta en el porche, como siempre. —Dashay no tenía un gran concepto de *Joey*—. Bueno, Ariella, hoy parece que seas la misma de siempre. Debes de sentirte mucho mejor.

—Supongo. —Volví a observar las fotos—. ¿Qué crees que se hizo con nuestros libros, muebles y todo lo demás?

—Una buena pregunta. —Se levantó, desperezándose—. No lo sé, pero lo preguntaré.

Tardamos unos días en obtener las respuestas. Como ya empezaba a aburrirme estando indispuesta, comencé a caminar por la casa y después por el patio. En la cara sur, mi madre había plantado unas hortensias azules y estaticias moradas, que la última vez que las vi componían un simple seto verde. Durante mi semana de postración habían florecido. El aire estaba impregnado de un hipnótico aroma a jazmín y azahar, naranjo y limonero. En Florida era difícil permanecer deprimido mucho tiempo, pensé.

Más tarde, me aventuré por un sendero que todavía no había explorado y encontré otra clase de jardín. Las

rosas trepaban por unas espalderas bordeadas de malva-
rrosa y dragón. El agua manaba por los lados de una
fuente con forma de obelisco. La hierba crecía alta junto
al camino. En aquel jardín todo era negro, las flores, la
hierba, la fuente, las enredaderas enroscadas en torno a
la fuente, e incluso la propia agua de la fuente.

—Bienvenida a mi jardín de tristeza. —Dashay había
llegado detrás de mí.

Nos sentamos en un banco de hierro negro, escuchando el rumor de la fuente. Me acordé de un relato de
Hawthorne que había leído, «La hija de Rapaccini», buena parte del cual discurría en el marco de un macabro jardín con plantas venenosas con apariencia de joyas.

Lo curioso era que la oscuridad de aquel jardín me
resultó reconfortante.

—¿Por qué lo plantaste? —pregunté.

—Había leído cosas sobre los jardines góticos. Hace
dos o trescientos años, si uno perdía a un ser querido,
plantaba un jardín funerario y se sentaba en él para guardar el duelo. Tú también tienes que vivir tu duelo, Ariella.

—¿A ti se te ha muerto algún ser querido?

—Perdí a mis padres y a mi primer amor, todos en el
mismo aciago año. —Sus ojos eran como el ámbar, trans-
lúcidos y opacos a un tiempo—. Ocurrió en Jamaica hace mucho tiempo.

Despegó la vista de la fuente para mirarme.

—Pero ahora no te conviene oír esa historia. Más adelante ahorré dinero y me compré un billete de ida a Miami. Ni se te ocurra ir allí. Por Miami merodean bandas de
vampiros malos que muerden indiscriminadamente a la
gente, compitiendo para engrosar sus bandas. Además,
usan la sangre como una especie de droga... la roban de los
hospitales y los bancos de sangre para inyectársela. ¡Un

antro de vicio! Aún no hacía una hora que me había bajado del avión cuando ya me vampirizaron.

»Como no me gustaba ese sitio, viajé hacia el norte, en busca de un lugar donde los demás me dejaran en paz. Así encontré Sarassota y conocí a tu madre. —Esbozó una sonrisa—. Sara ha sido mi mejor amiga desde el día que nos conocimos en el bar Flo's. Las dos habíamos tenido mala suerte, pero estábamos llenas de vida y confiábamos la una en la otra. Reunimos lo que teníamos y construimos la Lontananza Azul. El trabajo duro acaba dando recompensas, cariño.

Dashay había salido adelante después de una desgracia peor que la que sufría yo. Aun así, sentía un poco de celos de ella. Aspirando el fuerte olor de los negros dragones, me pregunté si alguna vez tendría una mejor amiga.

Después de haber descubierto el jardín de la tristeza, pasé menos tiempo en la cama. Me reunía con Mae y Dashay, y a veces con Bennet, para comer en la cocina. Aunque no hablaba mucho, al menos podía comer. Sentía una especie de embotamiento interior.

Una tarde, Dashay y yo estábamos tomando una merienda, consistente en trozos de panal, queso y manzanas, cuando Mae entró con unos papeles en la mano. Sus amigos le habían enviado nuevas fotos de la tumba de mi padre. Esa vez logramos distinguir bien la botella... una botella de Picardo medio llena, junto a la cual había tres rosas rojas de largos tallos.

—Como la tumba de Poe —infirió Mae—. Ya sabes, el coñac y las rosas.

Yo no comprendí la alusión.

—Sí, todos los años, el 19 de enero, aniversario del nacimiento de Poe, alguien deposita una botella de coñac y unas rosas rojas en su tumba de Baltimore —explicó.

—Había oído algo al respecto —dijo Dashay—. Muy misterioso.

—No tanto —opinó mi madre—. Los miembros de la Sociedad de Poe se encargan de ello, por turnos. Raphael, que era miembro de la organización, lo hizo un año. Me hizo prometer que no se lo contaría a nadie, pero supongo que ahora ya no vale la pena mantener el secreto.

—Es una señal —afirmé—. Significa que está vivo. Papá dijo que Poe era uno de los nuestros.

Me miraron con una compasión que yo me negué a reconocer.

—¿Qué más has averiguado? —dije—. ¿Fue Dennis el que firmó el certificado de defunción?

—No —repuso—. Lo firmó el doctor Graham Wilson.

Yo había imaginado una trama en la que Dennis firmaba el documento para ayudar a mi padre a simular su propia muerte. Ahora mis convicciones comenzaban a tambalearse.

—Siento decepcionarte, Ariella —dijo.

—Mi padre no iba a ver al doctor Wilson —señalé—. Mi padre nunca recurría a ningún médico.

Mae y Dashay intercambiaron miradas.

—Indaga sobre el doctor Wilson —resolvió al cabo de un momento Dashay—. No se pierde nada con preguntar.

Mi madre sacudió la cabeza, pero regresó junto al ordenador.

—¿Salimos con los caballos? —me propuso Dashay, al tiempo que me tendía otro pedazo de panal.

Sabía que intentaba distraerme, pero me dio igual. Seguiría rumiando mis cuitas a caballo.

Una vez de regreso, Dashay montada en *Abiaka* y yo en *Johnny Cypress*, hicimos caminar los caballos por el potrero para refrescarlos y después les dimos grano y agua.

Mae nos esperaba sentada en el porche. Por más que traté de escrutarle la expresión y leerle el pensamiento, no lo logré. En la mano tenía un papel que me entregó.

Era un e-mail impreso: «Sara, no es ninguna molestia. Consultamos con la agente de la inmobiliaria y dijeron que las cosas de la casa están en un almacén. Por lo visto, en el testamento todo queda para tu hija y el albacea es Dennis McGrath. ¿Lo conoces? Trabaja en la universidad, por si quieres que lo llame. Hubo algunas habladurías cuando Ariella no se presentó al funeral, pero ya se han apagado. Sullivan se encargó de las gestiones. Si necesitas algo más, sólo tienes que decírmelo. Besos, Marian.

»Ah, ¿conociste a Graham Wilson? Es un tipo estupendo y un buen médico. Uno de los nuestros.»

Le mandé a mi madre una sonrisa triunfal, a la que ella correspondió pensando: «Tal vez.»

No nos pusimos de acuerdo en lo que convenía hacer a continuación. Yo quería ir a Saratoga Springs y hablar con Dennis y el doctor Wilson. Mae consideró que no era prudente. Michael le había hablado del agente Burton (habían mantenido una conversación bastante larga, decía) y su opinión era que no debía exponerme a ningún riesgo.

—Entonces ve tú —repliqué.

—Ariella, piensa un momento. ¿De qué serviría? Si estás en lo cierto, si Raphael sigue vivo, no quiere que el mundo lo sepa. Al fin y al cabo, si simuló su muerte, lo hizo por algún motivo.

—¿Por qué haría tal cosa un vampiro? —Dashay sacudió la cabeza con estupor.

—¿Porque quería que la gente creyera que era mortal? —aventuré—. ¿Porque alguien estaba a punto de denunciar su condición de vampiro?

—Sus motivos no son asunto nuestro. —Advirtiendo la actitud cada vez más autoritaria que adoptaba Mae, me produjo cierto resquemor que tomara el mando—. Si está vivo, podría haberse puesto en contacto con nosotras, pero no lo ha hecho.

—¿Por qué iba a hacerlo? —Me puse a alisar el papel del e-mail que acababa de estrujar en la mano—. Fuimos nosotras las que lo abandonamos, las dos. Y ninguna lo llamó para decirle dónde estábamos.

—Podría haberlo averiguado cuando quisiera. —Mae cruzó los brazos, haciendo el mismo gesto que yo cuando me ponía a la defensiva. Como me oyó que lo pensaba, desplegó de manera enfática los brazos para situarlos a los costados—. Yo siempre he utilizado mi verdadero nombre. Tú no tardaste mucho en localizarme.

—La tía Sophie lo llamó después de verte la última vez. Le explicó que tú le habías dicho que no querías que te buscara.

—Entonces no quería. Estaba cumpliendo mi trato con Malcolm. —Volvió a cruzar los brazos—. ¿Qué te hace pensar que Raphael quiere que lo encontremos?

—La botella de Picardo —respondí—. Y las tres rosas. Y la inscripción «Disfrutemos pues ahora / Mientras somos jóvenes». Era una especie de chiste que habíamos compartido.

Aunque procuraba hablar con convicción, era consciente de que carecía de pruebas de que mi padre estuviera vivo. Lo único que tenía era un obstinado presentimiento.

15

Mi padre había expresado en más de una ocasión un profundo escepticismo en lo tocante a las tentativas de distinguir el pensamiento creativo del razonamiento analítico. ¿Acaso no era evidente, argumentaba, que la ciencia y el arte exigían ambas capacidades? A propósito de ello, le agradaba citar la frase de Einstein: «Yo no tengo talentos especiales, sólo soy apasionadamente curioso.» Su propia mente era por naturaleza tan lógica y a la vez tan curiosa que, para él, los actos creativos y analíticos eran lo mismo.

Yo, en cambio, tengo una clase de cerebro diferente, que recurre en igual medida a la intuición y la imaginación que a la lógica. Mis descubrimientos son a menudo imprevistos, logrados tanto a base de saltos como de lógica o paciente labor.

Una vez que hube decidido creer que mi padre estaba vivo, el problema pasó a ser cómo encontrarlo... porque también había decidido que, tanto si él quería como si no, estaba dispuesta a encontrarlo. No sabría decirte por qué estaba tan resuelta. Quizá fuera orgullo por mi parte. Había llegado a una fase tan avanzada en el montaje del rompecabezas que no podía aceptar perder la pieza principal.

Mi estrategia fue atosigar a mi madre con preguntas del tipo: ¿dónde había sido más feliz mi padre? ¿Había hablado alguna vez de ir a vivir a otra parte? ¿Qué necesidades tenía, aparte de las básicas?

Ella estaba trabajando con las colmenas, sacando las bandejas para constatar que las colonias gozaban de buena salud. A diferencia del señor Winters, no necesitaba dispersar humo para calmar a las abejas e impedir que la picaran. Lo único que tenía que hacer era hablarles.

—Hola, bonitas. ¿Habéis notado qué bien olía el azahar de limón esta mañana?

Entre los comentarios dirigidos a las abejas iba contestando a mis preguntas. Él había sido más feliz, en los viejos tiempos, cuando vivía en el sur. Le gustaban el calor y la languidez de la cultura meridional. Había hablado algunas veces de «retirarse» a Florida o Georgia, junto al mar. En cuanto a las necesidades, no tenía muchas. Desde la época de Cambridge, había llevado la misma clase de ropa y zapatos; cuando se le gastaban, encargaba más a los sastres y zapateros londinenses. Disponía de sus propios libros y revistas, elaboraba sus propios suplementos de sangre y tenía a Mary Ellis Root para prepararle la comida.

—¿Qué ha sido de ella? —pregunté—. ¿Aún sigue en Saratoga Springs?

—Nadie la ha mencionado. —Mae me reclamó con un gesto. Situándome detrás de ella, miré por encima de su hombro—. Buenos días, reina Maeve —saludó.

Tardé un momento en localizarla. La parte inferior del cuerpo de la reina era más larga y puntiaguda que la de las otras abejas. Se trasladaba de una celdilla a otra del panal, para poner unos diminutos huevos del mismo color del arroz.

—¿Cómo elabora los suplementos?

—Seguramente sabes lo mismo que yo. —Observó afectuosamente a la reina—. Extrae el plasma de la sangre de cadáveres...

—No lo sabía.

—¿Por qué tanta alarma? —preguntó mirándome—. No es como si los matara. Cuando yo vivía allí, la sangre provenía de la empresa funeraria Sullivan. Cuando embalsaman un cadáver, normalmente se deshacen de la sangre tirándola al desagüe. Tu padre pagaba a Sullivan por entregársela a él. El reciclaje puede adoptar muchas formas.

—De manera que usaba sangre humana.

—Y también animal. Recibía entregas dos veces por semana, igual que nosotros. Seguro que viste las furgonetas de Cruz Verde. Son el servicio de reparto más fiable cuando se trata de transportar sangre. —Con cuidado, volvió a colocar el cajón en la colmena—. Él utilizaba el plasma para preparar los suplementos, que podían ser en forma de tónico o de partículas deshidratadas mediante congelación. Se quedaba lo que necesitaba y lo demás lo vendía a una empresa de Albany. En la cocina tengo un poco de producto deshidratado; lo comercializan con el nombre de Sangfroid.

Yo ya había reparado en la lata roja y negra de la cocina.

—¿Dónde se compra el Sangfroid?

—Cruz Verde lo entrega. —Mi madre observaba fijamente la siguiente colmena—. Ven a mirar, Ariella. ¿Has visto alguna vez unas abejas más hermosas?

En el dorado y reluciente panal se concentraban cientos de abejas, que efectuaban medidos movimientos.

—Qué listas —las halagó con un arrullo.

—Son preciosas —confirmé, asaltada por un inoportuno arranque de celos—. ¿Cuándo pasa la próxima furgoneta de entrega?

Mi madre me hizo un regalo: un teléfono móvil. Explicó que aunque no acababa de tener claro que el uso de la tecnología fuera bueno, dado que el teléfono de la casa lo utilizaban para el trabajo, era preferible que yo dispusiera de un número aparte.

Siguiendo su sugerencia, dediqué la primera llamada a Michael, para hacerle saber que me encontraba bien. Obsesionada como estaba por localizar a mi padre, sentí deseos de preguntarle por Dennis y Mary Ellis Root, pero él no los conocía y no tenía por qué saber si aún seguían en la ciudad. Aparte de eso, no tenía mucho más que decirle.

—Te echo de menos —dijo él sin mucho ímpetu.

—Yo también. —En cierto modo decía la verdad: echaba de menos al muchacho que había sido antes de la muerte de Kathleen—. Quizá puedas venir a vernos un día.

—Quizá. —Por su tono, la perspectiva parecía muy remota—. Ari, tengo que preguntarte algo. Kathleen dijo algunas cosas de ti. Me dijo que debía tener cuidado contigo, que no eras... —Se interrumpió.

—¿Te dijo que no soy normal? —terminé por él—. Pues es verdad.

—Dijo... cosas idiotas. Como estaba en esa onda estrafalaria de los juegos de rol y la brujería, y no sé qué más... Aunque a veces actuaba como si fuera algo auténtico. Decía que tú eras un vampiro.

Al oírla, la palabra apareció brillante como una brasa en mi cabeza.

—Ya sé que es ridículo, pero todavía tengo que preguntarte si sabes algo sobre cómo murió. ¿Sabes algo?

—Lo único que sé es lo que leí y lo que tú me contaste —respondí—. Yo no tuve nada que ver con su muerte, Michael. Ojalá hubiera estado allí esa noche... A veces pienso que quizás habría podido salvarla. Pero como me sentía mal, tú me acompañaste a casa y la primera noticia que tuve de que había ocurrido algo fue cuando tu padre llamó al mío para preguntar si ella estaba conmigo.

—Eso es lo que pensaba —dijo—. Perdona que lo haya sacado a colación.

—No te preocupes.

Le pregunté si había alguna novedad en el caso y me contestó que la policía estaba interrogando a los mozos de cuadra del hipódromo.

Una vez que hube organizado lo que sabía de mi padre y lo que me había contado mi madre, puse sobre el papel algunos hechos que aparecieron destacados como posibles vías para tratar de localizarlo.

En primer lugar, todos los meses de enero mi padre iba a Baltimore.

Podría ser útil ir allí el próximo enero. Lo malo era que faltaba bastante para enero y no tendría paciencia para esperar.

En segundo lugar, mi padre estaba consagrado a sus investigaciones. Para seguir adelante con la producción de Seradrone, y también con vida, necesitaba un aprovisionamiento regular de sangre. Por esa vía, habría que efectuar indagaciones con el servicio de Cruz Verde y tal vez con empresas funerarias, aunque el problema era de qué localidad.

En tercer lugar, él tenía una gran confianza en sus ayudantes: Dennis McGrath y Mary Ellis Root. Localizándolos a ellos, se abriría un camino que podía conducir hasta mi padre.

En cuarto lugar, contactar a su sastre.

Aquéllos eran los derroteros más evidentes para buscarlo. Por otra parte, cabía la posibilidad de que hubiera hecho algo imprevisto, como huir a la India, o iniciar una nueva vida como profesor o escritor. Yo no creía que fuera así. Tal como había comentado mi madre, la mayoría de los vampiros son criaturas de costumbres.

Esa noche después de la cena, me senté con Mae, Dashay y *Harris* en el jardín nocturno situado en la cara norte de la casa. (Dashay había mandado acostarse a *Joey* porque con la luna se excitaba y hacía demasiado ruido.) Mae había plantado en círculo una serie de flores blancas —floripondios blancos, damas de noche, flor de tabaco y gardenias— cuyo esplendor contemplamos en la oscuridad. Bajo la media luna que ascendía por el cielo de junio, el intenso perfume de las flores de tabaco me produjo somnolencia. A nuestro alrededor pululaban los mosquitos, pero ninguno llegó a rozarnos siquiera. Su zumbido me recordó el registro agudo de algunos instrumentos de cuerda, aunque reconozco que para los humanos, sujetos al temor de la picadura, no se trata de un sonido precisamente agradable.

Expuse a los demás mi plan para buscar a mi padre, el Plan de Recuperación, como lo había bautizado un rato antes. Ellas me escucharon sin emitir comentarios.

—Mañana pienso empezar a hacer llamadas —anuncié—. Ya me siento bien del todo.

—Estupendo —dijo Dashay.

A mi lado, *Harris* emitió un sonido de aprobación.

—Y si lo encontraras, ¿qué, Ariella? Entonces, ¿qué?

No tenía respuesta para aquella pregunta. Ella tenía la cara medio a oscuras y a su lado Dashay resultaba casi invisible. Intenté figurarme a mi padre sentado en el banco junto a mi madre, tomando el fresco de la noche, admirando el resplandor de las flores, pero no lo conseguí. No podía imaginarlo con nosotras.

«¿Y si no le gustan los monos?», se preguntó mi lado más infantil.

Nadie dijo nada. Luego un ruido quebró el silencio.

—¡Ah... ah... ah...!

Yo fui la única que se sobresaltó. *Harris* me cogió la mano y me dio una palmadita.

El ruido se repitió, seguido de otro parecido.

—¡Juh... juh... juh!

El diálogo se prolongó por espacio de un minuto casi. No lograba precisar de dónde provenía. Después los ruidos sonaron cada vez más lejanos, hasta que lo único que volvió a escucharse fue el zumbido de los mosquitos.

—¿Lechuzas? —susurré, y los demás asintieron.

—Lechuzas rayadas —precisó mi madre.

De improviso me acordé de la nana de mi padre. Frente a mí, mi madre pestañeó con la luz de la luna y a continuación se puso a cantar, con la misma melodía que él me había tarareado a mí: «*Jacaré tutu / Jacaré mandu / tutu vai embora / Não leva mia filhinha / Murucututu.*» Su voz sonaba como oscura plata —igual de hechizadora que la suya, pero más aguda y triste—, reluciente bajo la luna. Cuando paró, hubo un momento de silencio. Hasta los mosquitos permanecieron callados entonces.

Después oí mi propia voz.

—¿Qué significa la letra?

—Una madre solicita protección para su hija. Pide al cocodrilo y otras bestias nocturnas que se marchen, que la dejen tranquila. *Murucututu* es la lechuza, la madre del sueño.

—¿Cómo lo sabes?

—Por tu padre —repuso—. Te la cantaba a ti, antes de que nacieras.

A la mañana siguiente decidí seguir adelante, fueran cuales fuesen las consecuencias.

Comencé tanteando la pista de Seradrone y Cruz Verde. Ambas empresas tenían su página web, que aunque aburridas y plagadas de jerga científica, aportaban números de contacto.

En el de Seradrone constaba un prefijo de la zona de Saratoga Springs. Cuando llamé, me respondió la misma grabación de otras veces: el número estaba fuera de servicio. A continuación marqué el de Cruz Verde. No sé si un terrorista que llamase al Pentágono obtendría más respuestas de las que me dieron a mí.

—He oído que Seradrone ha cesado su actividad y querría saber si todavía podremos seguir recibiendo Sangfroid.

—¿Dónde ha oído eso? —La voz sonó cortante, precisa como la de un programa informático de simulación de habla. Ni siquiera distinguí el sexo de mi interlocutor.

—Me lo dijo mi madre —respondí con juvenil tono de inocencia.

—¿Cómo se llama?

—Sara Stephenson —contesté, dudando si era prudente dar esa información.

—Puede informarle a su madre de que los repartos proseguirán según lo previsto —aseguró la voz, y colgó.

«Muchas gracias», pensé. Luego fui a la cocina. Mae trabajaba en la mesa la masa para el pan, que tenía un vivo color rojo.

—¿Por qué es tan desabrido el personal de Cruz Verde? —le pregunté.

—Bueno, para empezar, no son personas. —Me miró sin dejar de trabajar la masa—. ¿Quieres probar?

—Hoy no. —De todas formas, no me interesaba mucho la cocina. Supongo que, en eso, había salido a mi padre—. Mae, ¿quién produce Sangfroid? ¿No decías que lo distribuyen desde Albany?

—Mira en el envase.

Saqué la lata negra y roja del estante. En la parte negra ponía: «Fabricado en EE.UU.; LER Co., Albany, Nueva York.»

De nuevo en el despacho de Mae, utilicé el ordenador para buscar un número de teléfono correspondiente a LER Co. Una operadora me pasó con una extensión correspondiente a «servicio al cliente», cuyo contestador automático interpretó mi petición como una llamada en espera.

Regresé pues a la cocina.

—Mae, ¿qué hay que hacer para llamar a Londres? Quiero llamar al sastre de mi padre.

Se estaba lavando las manos en el fregadero. El pan ya debía de estar en el horno.

—Gieves y Hawkes —dijo—. Savile Row, número uno. Vi esas etiquetas muchas veces. —Cogió una toalla y se volvió—. No irás a llamarlos, ¿verdad?

—¿Por qué no?

—No te van a decir nada —aseveró mientras se secaba las manos—. Los sastres ingleses son tan reservados como la CIA, o probablemente más aún.

—No pueden ser peor que Cruz Verde.

Pensé en confesarle que había usado su nombre, pero resolví que más valía callar. De todos modos, ella sacudió la cabeza como si ya lo supiera.

—Cruz Verde no proporciona información ni siquiera a otros vampiros —recalcó—. El envío de productos médicos está sometido a confidencialidad.

—Quizá llame a Dennis —aventuré, sin entrever más posibilidades.

La verdad era que no tenía ganas de hablar con él, el hombre que había ayudado a Malcolm a llevarse a mi madre.

Mi madre abrió el horno para inspeccionar sus barras rojas.

—¿Hueles la miel?

—Huele a rosa —respondí.

—Para mí tienen el color de las amapolas que hay en el jardín de atrás. —Y volvió a cerrar el horno.

Realicé otra llamada, a la que respondió de nuevo un contestador automático. Dennis estaría ausente de su despacho hasta el 15 de agosto. No dejé ningún mensaje y al colgar sentí más alivio que decepción.

Lo malo era que se me estaban acabando las opciones del Plan de Recuperación.

Unos días más tarde apareció el vehículo de reparto de Cruz Verde. Recibí al conductor con una sonrisa y varias preguntas. El hombre contestó que no sabía nada sobre la elaboración del Sangfroid, y también dio a entender que si lo supiera no se lo revelaría a una desconocida.

Me disponía a marcharme cuando mi madre llegó de las caballerizas con dos grandes cestos de hojas y raíces de mayapple que había recogido en el bosque el día anterior. La mayapple se conoce también con el nombre de «mandrágora americana». Los indios la utilizaban como medicina y en la actualidad se está investigando su potencia para el tratamiento del cáncer. Mi madre la trocaba con los de Cruz Verde a cambio de suplementos de sangre.

—Necesitaremos dos cajas de Sangfroid —dijo—. Espero que la calidad sea igual de alta que la del último lote.

El mensajero cargó los cestos en la parte posterior de la furgoneta y después le entregó dos cajas con el distintivo LER Co.

—Descuide —le respondió—. No ha habido ningún cambio.

—No sé dónde me gustaría vivir cuando crezca —comenté—. Quiero decir, cuando sea mayor.

Me encontraba con mi madre en la sala de estar, hasta donde llegaba una tenue música del exterior. Dashay y Bennet estaban bailando en la hierba, con un transistor.

—No te vas a hacer mayor —replicó con severidad Mae—. Supongo que eres consciente de ello, ¿no? —añadió con un asomo de contrariedad—. ¿Es que no te enseñó nada tu padre?

Claro que sí, pero yo no me había parado a pensar en las implicaciones biológicas: una vez que uno cambia de estado, su reloj biológico se detiene. No envejece ni crece. Sólo puede experimentar un desarrollo mental.

—¿Qué edad aparento? —pregunté.

—Algunos días aparentas veinte —contestó con sequedad—, aunque hoy no te echaría más de doce.

Me levanté, un poco molesta, y me acerqué a la ventana. Bennet y Dashay estaban entrelazados y ejecutaban un vals con tanta gracia que sentí un escalofrío, dudando de si alguna vez sería capaz de bailar de ese modo.

No sé por qué la solución más evidente a un problema suele ser la última que se nos ocurre.

En el interior de un campo de consciencia, ciertos elementos son el foco de atención, mientras que otros permanecen en la periferia. Yo tiendo a centrar la atención en lo que considero más inhabitual o problemático. ¿A ti te pasa lo mismo? En este momento, estoy centrada en la manera de describir la consciencia y apenas presto atención a la gata que está sentada a mis pies o al aroma del húmedo aire que me rodea.

Se podría afirmar que no soy consciente de estos detalles familiares, pero en realidad forman parte de mi consciencia periférica. La prueba está en que soy capaz de desplazar la atención para acariciar al gato o enjugarme la frente. Estas circunstancias quedan dentro de mi límite de consciencia, aunque opte por no prestarles atención.

¿Por qué no me había fijado en los ejemplares del *Poe Journal* que mi madre tenía en la mesita del sofá? Seguramente porque estaba acostumbrada a verlos. Mi padre tenía una pila de revistas similares en la mesa contigua a su sillón. Supongo que si de pequeña alguien me hubiera preguntado a qué publicación estaban suscritas la mayoría de las familias americanas, al *Poe Journal* o a la *Guía de TV*, habría contestado que preferían a Poe.

Ahora que ya he visto un poco de mundo, sé que no es así.

Marqué el número del responsable del *Poe Journal*.

—Mi padre está enfermo —expliqué al señor que me contestó, con una voz que sin duda pertenecía a un humano—. Dice que no ha recibido el último número de la revista y me ha encargado llamarlos.

—Veamos si puedo solucionártelo —dijo el hombre con sincera preocupación.

Le di el nombre y dirección de mi padre en Saratoga Springs y al cabo de un momento volvió a ponerse al teléfono.

—¿Señorita Montero?

—Ariella Montero —especifiqué.

—Sí. Pues verá, parece que la suscripción de su padre la han transferido a otra dirección. Es muy extraño. Alguien llamó en febrero pidiendo el cambio.

—Vaya —repuse, tratando de idear una estratagema—. ¿A casa de mi tío?

—¿Se trata del señor Pym?

—¿Cuál es la dirección?

—6705 Midnight Pass Road —contestó—. ¿Es correcto?

—Desde luego —confirmé—. Debió de haber olvidado que había solicitado el cambio. Disculpe que le haya molestado.

—Espero que su padre se mejore pronto —me deseó—. Si decide volver a recibir la revista, no tienen más que comunicárnoslo.

Me despedí tras darle las gracias. Nunca llegué a averiguar el nombre del encargado del *Poe Journal*, pero él me reafirmó en la idea de que la buena educación no era algo pasado de moda. Lo único que siento es haber tenido que mentirle.

16

Una de las paradojas de mi educación se produjo el día en que mi padre me dio una clase sobre John Dewey y los pragmáticos. Dewey creía, según expuso mi padre, que el aprendizaje se producía mediante la acción y la investigación. El conocimiento se incrementaba a través de la experiencia y las vivencias. Tardé unos años en darme cuenta de que todo mi aprendizaje anterior había sido pasivo, gracias a una vida programada para ser ordenada, previsible y monótona. Desde que me había ido de Saratoga Springs, mi aprendizaje había adquirido un cariz mucho más activo.

El ordenador de Mae necesitó aproximadamente un minuto para localizar Midnight Pass Road en Siesta Key, un barrio de Sarasota, Florida, y otro minuto para que la guía incluida en Internet me informara de que en esa calle no constaba ningún número de teléfono a nombre de Pym. De todas maneras, pensé, era posible que el número no estuviera en el listín, o bien que saliera con el nombre de otra persona.

¡Sarasota! Mi padre era, en efecto, una criatura apegada a sus costumbres... en el supuesto, claro, de que

Pym fuera mi padre. De una manera u otra, estaba resuelta a ir a su encuentro y averiguarlo.

Lo único que me faltaba perfilar era la mejor manera de desplazarme hasta allí y decidir si se lo decía o no a Mae.

Al final me estaba aficionando a utilizar los mapas. Sarasota no quedaba lejos, a unos 150 kilómetros al sur de Homosassa. Podía ir y volver en cuestión de horas.

¿Por qué, entonces, permanecía tendida en el suelo de la sala de estar comiendo cacahuetes con mi mono preferido? Achaqué mi inercia al calor. Salir a caminar fuera era como atravesar un inmenso plato de sopa. El aire olía a fruta madura tirando a podrida. Hacía demasiado bochorno para moverse, me decía.

En el fondo, conocía el verdadero motivo de mi vacilación: la pregunta que había formulado mi madre. «Y si lo encontraras, ¿qué, Ariella?»

También me acordé de algo que él había dicho unos meses antes: «La vida es una continua sucesión de abandonos.»

Esa noche, mientras fregaba los platos con Mae, me decidí.

—Creo que ya sé dónde está mi padre.

Mi madre dejó resbalar el plato que sostenía. Luego lo recogió del agua jabonosa y se puso a fregarlo.

—Creo que está en Sarasota. —Enjuagué el último vaso y lo puse a escurrir.

—Siempre le gustó ese sitio —comentó ella con voz inexpresiva.

No logré percibir sus pensamientos, sólo un zumbido de confusión.

—Claro que aún no estoy segura de que el nombre que he averiguado corresponda a él —advertí, cogiendo el plato que me entregó para enjuagarlo.

—¿Por qué no lo llamas? —preguntó.

Le expliqué mi infructuosa pesquisa en busca del número del señor Pym.

—Pym —repitió. Destapó el fregadero y se quedó mirando el torbellino de agua que partía hacia el desagüe—. ¿Y qué te propones hacer, Ariella?

Yo había esperado que fuera ella la que me lo dijera.

—Creo que igual voy a Sarasota —repuse al tiempo que colgaba el paño de lino—. Necesito saber si sigue vivo, Mae.

—En ese caso, lo mejor será que te acompañe.

Sarasota es una extraña mezcla de riqueza y pobreza, de belleza natural y ostentación, un lugar difícil de conocer, porque a cada kilómetro suscita una impresión distinta en el observador.

En las afueras pasamos por las mismas zonas comerciales y letreros indicadores de las urbanizaciones privadas que caracterizan casi todas las ciudades de Florida. Sin embargo, el centro de la ciudad albergaba edificios más antiguos y más bajos, como salidos de otra época.

Cuando nos paramos en un semáforo de esa zona, vi a dos mujeres, probablemente madre e hija, vestidas con ropa veraniega que, protegidas con gafas de sol, leían un menú expuesto en la ventana de un restaurante. Las envidié porque no tenían nada más acuciante que decidir el lugar donde comerían y adónde irían de compras.

—No nos vendría mal comprar ropa nueva —indicó Mae.

Sin más preámbulos, se desvió del tráfico para aparcar en una explanada.

—Vamos, Ariella. No querrás presentarte ante tu padre con aspecto desaliñado.

—Entonces crees que está aquí, ¿verdad? —repuse.

—Quién sabe —contestó—. De todas formas, es agradable volver a estar en Sarasota.

Mi madre resultó de una terrible eficacia a la hora de comprar. En cuestión de segundos detectaba lo que había de interesante y se decidía sin dilación, sin siquiera probarse las prendas. En cambio, yo era lenta. A excepción de las expediciones con Jane, no había ido de compras desde la época en que vagabundeaba con Kathleen por el centro comercial de Saratoga Springs.

Aquí las tiendas eran más pequeñas, más especializadas y más caras. Era divertido volver a sentirme como una chiquilla.

Me probé varios vestidos, y mi madre aprobaba o descartaba con un gesto. Me gustó una camisa con estampados de flores de hibisco.

—Ah, no —objetó mi madre—. Ya sabes el problema que tiene tu padre con los estampados. Lo dejarías alelado.

Aquello podría haber durado horas, pero nos dio hambre. Decidimos llevarnos puestos dos de los artículos adquiridos —un vestido tubo azul con escote cuadrado para ella y un vestido gris claro sin espalda para mí—, y lo demás lo guardamos en el camión. Después de introducir las monedas en el parquímetro, nos dirigimos a un bar donde anunciaban marisco y pescado.

Mi madre pidió un Picardo con hielo y vertió la mitad en mi vaso de coca-cola.

(A quien le cause inquietud la tasa relativamente elevada de consumo de alcohol entre los vampiros, podría leer la monografía del doctor Graham Wilson «Aspectos metabólicos del alcohol en pruebas de nutrición clínicas». Nosotros estamos dotados, por lo visto, de unos hígados a prueba de bombas.)

Encargamos pescado, mero al estilo cajun para ella y dorado para mí. Cuando nos lo sirvieron, sacó del bolso una botellita cuyo contenido roció encima de la comida. Parecían copos de pimiento seco, pero sabía a Sangfroid.

—Deshidratado —explicó—. Siempre llevo conmigo condimentos a todas partes.

En el recorrido hacia Midnight Pass Road, mi madre me iba señalando lugares conocidos.

—Por allá, en dirección oeste quedan los Jardines Botánicos Selby. Nos casamos allí.

—Lo sé —dije—. Tengo las fotos.

—Hace años que no veo esas fotos.

Me planteé cómo debía de sentirse uno al perder cuanto poseía, incluido el álbum de fotos de su propia boda. «¿Debería darle el álbum? Aunque igual le causa tristeza.»

Comenzamos a circular junto al agua. Viendo las barcas en la bahía, me imaginé a mi padre viviendo frente a una playa de arenas blancas. Mis esperanzas empezaron a esfumarse cuando, al introducirnos en Midnight Pass Road, no atisbé más que hileras e hileras de edificios altos.

—Esto no parece el marco adecuado para él —señalé.

—¿El marco adecuado para él? —inquirió con una sonrisa—. ¿Y cuál sería para ti el marco que le conviene a tu padre?

—Algo más parecido a la casa de Saratoga Springs —respondí—. Viejo, gris y melancólico.

—Aquí no vas a encontrar nada melancólico. —Mi madre desvió el camión hacia una entrada—. Y a duras penas algo que sea viejo. Dijiste que el número era el 6705, ¿no?

El edificio se erguía ante nosotras con sus trece pisos de altura y sus paredes rosa claro. Su nombre, grabado en una losa de piedra rodeada de un círculo de césped, era Xanadú.

Mae y yo intercambiamos una mirada. Las dos conocíamos el poema de Coleridge, cuyos versos fuimos recitando mentalmente de forma alternativa: *«En Xanadú, Kubla Kan / mandó levantar su señera cúpula: / Allí donde discurre Alpha, el río sagrado / por cavernas que nunca el hombre ha sondeado / hacia un mar que el sol nunca alumbra.»*

Mi optimismo sufrió un duro golpe. El último lugar del mundo donde habría esperado encontrar a mi padre era una torre de apartamentos llamada Xanadú. Aquellos floridos versos que, según se supone, Coleridge escribió bajo la influencia del opio, no correspondían al gusto de mi padre.

Sin embargo, mi madre sonreía.

—¿Te acuerdas del verso que habla de la *«mujer gimiendo por un demoníaco amante»*? Ariella, si vive aquí, imagina lo incómodo que debe de sentirse.

Después de aparcar, nos dimos cuenta de que no teníamos ni idea de en qué piso podía estar mi padre. Sólo disponíamos del número de la calle. Nos pusimos a observar las anónimas puertas y los balcones que se sucedían allá arriba. Yo me había figurado que estaría viviendo en una casa individual.

Pasamos un rato turnándonos cerca de la puerta, para pedir a los escasos transeúntes si podían ayudarnos a localizar a nuestro amigo, el señor Pym. En realidad apenas había movimiento de gente allí. La tercera persona a la que pregunté me miró con tanto recelo que regresé al camión.

—¿Dónde está la gente? —pregunté a Mae.

—Las aves migratorias han volado hacia el norte —explicó—. Es un fenómeno propio de Florida. En cuanto llega mayo, muchos edificios se quedan vacíos.

Estaba recostada en el asiento de atrás escuchando la radio. Johnny Cash cantaba una canción titulada *Hurt*, un tema que antes había popularizado el grupo Nine Inch Nails. A aquellas alturas ya conocía casi toda su música, porque, pulsaras los botones que pulsaras, en el *jukebox* del Flo's siempre acababa sonando Cash o Nine Inch Nails.

—El Plan de Recuperación necesita una nueva estrategia —anuncié.

—¿Sí?

Después de incorporarse, me indicó que le pasara su móvil. Marcó unos números y preguntó por la sede principal de Cruz Verde. A continuación pulsó otras teclas y al final respondió alguien.

—¿Dónde está nuestro pedido? —preguntó, adoptando una voz que guardaba un alarmante parecido con la de Mary Ellis Root—. Llamo de parte del señor Pym, desde Midnight Pass Road, Siesta Key, Florida. —Me dirigió un guiño—. ¿Ya lo han enviado? —dijo—. ¿A qué dirección?... Pues no ha llegado —aseguró al cabo de unos segundos—. Sí, más vale que no se demoren. Lo estamos esperando.

Cortó la conexión y me entregó el teléfono.

—Es el número 1235 —anunció—. Y mañana, el señor Pym o quien sea que viva allí, recibirá otra entrega de vete a saber qué.

Mientras esperábamos el ascensor, mi madre se puso a bascular el peso de una pierna a otra. Se apartaba el pelo de la frente y emitía un curioso ruidito con la garganta (medio tos, medio imitación del sonido de sorpresa que emiten los gatos). Nunca la había visto nerviosa antes. Me contagió el nerviosismo, de modo que comencé a moverme de un lado a otro.

El ascensor llegó vacío. Como la caja era de vidrio, a medida que fue subiendo ofrecía una panorámica de la ciudad de Sarasota junto a la bahía.

—Podemos volver a bajar —dije—. Ni siquiera tenemos que apearnos del ascensor.

—Sí que tenemos que apearnos —replicó, igual de tajante que cuando había imitado a Mary Ellis Root.

Cuando las puertas se abrieron, salimos a un pasillo exterior, flanqueado por puertas a la izquierda y una barandilla de hierro a la derecha. No había ventanas en la pared. Abajo, muy pequeño, distinguí el techo de nuestro camión.

La puerta del apartamento 1235 estaba pintada de blanco y tenía una mirilla, como todas.

Mi madre llamó al timbre. Esperamos. Volvimos a llamar.

O bien no había nadie, o bien los ocupantes del 1235 no deseaban recibir visitas.

—Y ahora, ¿qué? —preguntó Mae.

Por mi parte, no me quedaba vigor para ponerme a aporrear la puerta.

De regreso hacia el ascensor me sentí abatida pero no sorprendida. ¿Qué posibilidades había de que lo encontráramos, basándonos en presentimientos y mentiras?

Mientras bajábamos, evitamos mirarnos. Yo observaba el suelo que acudía a nuestro encuentro... y entonces fue cuando la vi: una mujer baja y obesa, vestida de negro. Caminaba despacio por el parking, sosteniendo una bolsa de papel con ambas manos. Ninguna otra persona en el mundo tenía esos andares de pato. El sol le hacía brillar el grasiento pelo.

Mi madre también había reparado en ella.

—¡Quién iba a pensar que me alegraría un día de volver a ver a Mary Ellis! —exclamó, menos extrañada de lo que habría podido prever—. Debo de haber conjurado su presencia cuando imité su voz.

—¿Qué vamos a hacer? —pregunté.

Mae pulsó el botón del cuarto piso, en el momento en que el ascensor acababa de pasar el sexto. Cuando nos paramos en el cuarto, la seguí hasta el pasillo. Allí nos quedamos un instante, delante de un desgastado papel pegado a la puerta del ascensor, en el que se anunciaban clases de bailes de salón. En los números digitales de arriba se plasmó el descenso del ascensor. Al llegar abajo, se detuvo y al punto inició un nuevo ascenso.

—Esto se presenta interesante —auguró mi madre.

«¿Qué hará Root cuando nos vea?», me pregunté. A lo largo de mi infancia me habían inculcado la importancia de la compasión, pero ella sólo me inspiraba desdén, y además sabía que era mutuo.

Tenía la mandíbula apretada y la espalda tensa.

—¿Es uno de los nuestros? —pregunté a mi madre.

—¿Quién puede saber lo que es? —Y apretó los labios.

Entonces el ascensor se paró en nuestro piso. No bien se abrieron las puertas, nos introdujimos en él. Mae se colocó detrás de mí a fin de interceptar cualquier tentativa de salida.

—Vaya, ¿quién iba a imaginar que nos encontraríamos aquí? —dijo.

Root aferró su bolsa de papel. No se la veía más vieja, sólo más grasienta. ¿Se lavaría alguna vez el vestido? De todos modos, enseguida advertí un cambio en ella: se había cortado los tres pelos que le crecían en la barbilla. Ahora tenían menos de un centímetro, casi nada en comparación a como los llevaba antes.

Sin saber qué más decir, a mi madre y a mí nos dio por soltar obviedades, chiquilladas.

—¡Sorpresa! —exclamé yo.

—Mira quién anda por aquí. —Mae se cruzó de brazos.

—El mundo es un pañuelo, ¿eh? —remaché.

Root nos miraba alternativamente, con unas pupilas que parecían más oscuras y profundas que un pozo.

—Sí —contestó, dirigiéndose a mí—. Es un pañuelo. Te esperábamos ayer.

Cuando Root abrió la puerta del apartamento 1235, nos recibió un familiar olor metálico: «El mismo de la cocina de noche de Saratoga Springs», pensé. Fuera lo que fuese lo que cocinaba en el sótano también lo preparaba allí.

El apartamento era moderno y minimalista, con alfombras y paredes blancas y muebles de cromo y cuero negro. Pasamos junto a la cocina, donde efectivamente había un cazo con algo hirviendo, y seguimos por un pasillo flanqueado por puertas cerradas. Salimos a una amplia habitación con una gran vidriera en una pared que daba a un balcón con vistas al mar. Delante, había tres hombres en un sofá de módulos.

El primero en percibir nuestra llegada fue Dennis; cuando se volvió, los otros dos le imitaron también. Mi padre me miró lanzando chispas por los ojos, pero su expresión adoptó un aire de sorpresa y dulzura cuando reparó en Mae. Estaba claro que a ella no la esperaban. Respiré hondo, observando cómo la miraba.

Al tercer individuo no lo conocía. Era alto y rubio, vestía un traje de lino de tono cobrizo y sonreía como si estuviera muy satisfecho consigo mismo. A mi lado, mi madre pareció de repente más alta y envarada.

El desconocido se puso de pie.

—Nos hemos visto ya, pero nunca nos han presentado —me dijo, antes de acercarse para tenderme la mano—. Soy Malcolm.

Su sonrisa y su voz parecían artificiales, destinadas a crear un efecto carismático. Sabía que lo había visto antes. Me llevó un segundo recordarlo: era el hombre que estaba sentado en el bar Marshall House de Savannah, con una copa de Picardo.

No le estreché la mano.

Con un encogimiento de hombros, la retiró. A continuación saludó a mi madre inclinando la cabeza y, volviéndose hacia Root, cogió la bolsa de papel que llevaba. Entonces alcancé a ver la punta de las dos botellas de Picardo que contenía.

—Si va a buscar el hielo, yo prepararé las bebidas —dijo.

A veces la capacidad de leer los pensamientos crea más confusión que claridad. En aquella habitación había una enorme emisión de pensamientos, provistos todos de una gran carga emocional. Por mi parte, miré a mi padre pensando: «Sabía que no estabas muerto.»

Ninguno se molestó en bloquear el pensamiento, salvo Malcolm y Dennis, que no sabían hacerlo. Malcolm se volvió a sentar, con una copa en la mano y un aire de satisfacción que me resultaba insoportable. Sospeché que él había tramado aquel encuentro, que nos había reunido por algún motivo que sólo conocía él.

Los sentimientos de mi padre eran los menos perceptibles y a un tiempo los más intensos. Tenía exactamente el mismo aspecto: pelo negro peinado hacia atrás y un perfil tan severo y elegante como el de un emperador romano inmortalizado en una moneda antigua. El alivio que pudiera sentir por verme —parte del cual capté— quedaba enterrado bajo una capa de decepción. Era como si el hecho de verme le causara dolor.

Sus sentimientos en relación a mi madre eran descarnados y confusos, y lo mismo le sucedía a ella con respecto a él. Los únicos pensamientos que logré interceptar eran ruidos parásitos, que volaban entre ellos cual chispas.

¿Y Dennis? Era el que menos costaba interpretar. Se sentía culpable. Aunque no nos había saludado, nos miraba con semblante avergonzado. Permanecía sentado en una punta del sofá, incómodo, con una cerveza en la mano.

Root me ofreció una copa de Picardo con hielo. Al cogerla, en sus ojos advertí algo que no concordaba: respeto. ¿Root me respetaba a mí?

Pese al aire acondicionado, que mantenía la temperatura muy baja, de improviso noté que el ambiente era sofocante. Retrocediendo delante de Root, salí al balcón. En aquella localidad se notaba el sol más fuerte y el aire más tropical que en Homosassa. A lo lejos, el agua resplandecía y las barcas se deslizaban como juguetes. Me llené de aire los pulmones.

—¿Sabías que una vez te salvé la vida?

Reconocí el leve carácter nasal de la voz de Malcolm a mi espalda. No me volví.

—Tú entonces eras muy pequeña, demasiado para salir sola de noche. Pero los demás estaban absortos en un experimento, una de las iniciativas de Dennis, seguramente, porque acabó con una explosión. La madera y el vidrio salieron proyectados mientras tú permanecías cerca, mirando. Casi no sabías andar. Yo te cogí, te llevé a un sitio seguro y luego te devolví a casa cuando apagaron el fuego. ¿Te acuerdas?

Me acordaba de la explosión y de la chaqueta de lana del hombre que me había alejado de allí. Y por primera vez, recordé por qué me había aventurado fuera esa noche. Por la ventana de mi habitación había visto luciérnagas en el jardín y quise tocar una.

—De modo que eras tú —dije.

Se aproximó y yo me volví para mirarlo. Se podría decir que era apuesto, con su piel fina, ojos grandes y frente despejada, pero su sonrisa tenía algo burlón y en sus ojos se translucía una fría actitud de cálculo. Me aparté para situarme junto a la barandilla.

—No esperaba que me dieras las gracias —replicó—, aunque, claro, habría sido un bonito gesto. De todas maneras, da igual. Además, tienes demasiadas cosas que agradecerme. Yo he hecho de tu familia lo que es.

—Déjala en paz.

Mi madre había aparecido en la puerta. Él se volvió y la miró de arriba abajo.

—Un vestido precioso, Sara —alabó—. ¿Me has echado de menos?

—Déjanos en paz. —Dio un paso hacia nosotros.

Entonces salió mi padre. Había creído que su traje era negro, pero entonces advertí que tenía rayas plateadas.

—Estáis haciendo mucho ruido —declaró, pese a que en realidad habían hablado en voz baja—. Malcolm, es hora de que te vayas.

—Pero todavía tenemos que hablar de negocios...

—Los negocios tendrán que esperar. —Aunque tenía un timbre grave, su voz resonaba.

—Ya hablaremos en otro momento —me dijo Malcolm.

Mi padre dio un paso hacia nosotros y Malcolm se marchó sin añadir nada más.

Mi padre estaba sentado en el sofá de gamuza, encorvado, con los codos apoyados en las rodillas y la cabeza entre las manos. Mi madre y yo permanecíamos en el otro extremo, observándolo.

Dennis y Root nos habían dejado solos. El sol debía de estar poniéndose en algún punto, pues aunque las ventanas estaban encaradas al este, fuera la luz comenzó a menguar y por el cielo pasaron unas nubes carmesí.

En el salón no había ningún detalle familiar. Debían de haber alquilado el apartamento amueblado ya. Las paredes estaban desnudas, pero aquí y allá se veía algún clavo.

Cuando por fin se incorporó, mi padre tenía una mirada sombría y yo no logré interpretar su talante.

—Todo está bastante complicado, sí señor —dijo—. ¿Por dónde empezamos?

Yo abrí la boca para decir «¿Por tu muerte?», pero Mae se adelantó.

—¿Te habló Malcolm de cuando se me llevó?

Papá torció la boca y se quedó mirándola, leyéndole los pensamientos.

Yo también los capté. Ella le habló de la noche en que nací yo, de cuando Dennis la ayudó a subir al coche de Malcolm, de la casa de Catskills y de lo que sucedió después.

Él escuchaba. Cuando ella paró, pareció como si tuviera ganas de volver a ocultar la cabeza entre las manos.

—Es peor de lo que pensaba. —Las palabras sonaron más descarnadas aún porque su voz no transmitía sentimiento alguno.

—Pero es mejor saber la verdad, ¿no?

Mae se inclinó hacia delante y las luces del techo arrancaron destellos en su largo cabello.

No he mencionado lo emocionante que era verlos a los dos en la misma habitación, aun cuando no estuvieran..., ¿cómo expresarlo? No estuvieran juntos. Yo había abrigado, por supuesto, la boba fantasía de que se abrazaran, de que todos los años de ausencia se disiparan de golpe. Aunque no había creído realmente que fuera a ocurrir, me había refocilado más de una vez en dicha fantasía.

Pese a que no lograba captar la expresión de sus ojos, percibía que los sentimientos de mi padre estaban replegados muy adentro.

—Supongo —dijo mirándonos alternativamente— que lo mejor será que vayamos a cenar.

17

Nos instalamos en la terraza de un restaurante llamado Ophelia's, en la carretera que conducía a Xanadú. Comimos ostras y pargo y bebimos vino tinto a la luz de las velas. La bahía de Sarasota se desplegaba a unos metros de distancia. Debíamos de formar un agradable cuadro, pensé: una familia americana, todos guapos y bien vestidos.

El camarero así lo dio a entender.

—¿Una ocasión especial? —preguntó cuando mi padre pidió el vino—. Qué familia más encantadora.

Si hubiera sabido qué pensábamos —o lo que éramos—, se le habría caído la bandeja al suelo. Por mi parte, estaba muy contenta de que lo ignorase, de que alguien creyera que éramos normales.

Mi padre nos hizo saber que no estaba consternado por lo que en su pensamiento formulaba como «la traición de mis mejores amigos», añadiendo una sombría carga de ironía a la palabra «amigos». (Cuando leo pensamientos, el sarcasmo y la ironía me los represento con una tonalidad rojo oscuro o púrpura, según la intensidad. ¿También te pasa a ti?)

—Debería haberlo deducido por la manera en que se comportaba Dennis —dijo—. Supongo que opté por no dilucidarlo, porque me resultaba más cómodo no saberlo.

Mi madre retorcía una servilleta entre las manos. Quería que él la perdonase por haberse marchado, por haberse vuelto vampiro. Aun cuando no hubiera emitido sin trabas sus pensamientos, sus sentimientos quedaban del todo manifiestos en su cara. De hecho, la pareja de la mesa de al lado le dirigió una mirada de curiosidad al irse.

En cambio, mi padre se centró en mí. «¿Y qué hay de esos asesinatos?», pensó.

Sin pronunciar palabra, tratamos la cuestión de la muerte de Robert Reedy. «Yo lo maté —reconocí—, pero no le hice ningún corte. Y en cuanto a los otros asesinatos, no tuve nada que ver con ellos.»

El camarero preguntó si queríamos algo más. Mi padre nos consultó con la mirada.

—Traiga más ostras —encargó—. Y otra botella de agua mineral.

Para entonces éramos los únicos clientes en la terraza.

—Podemos hablar sin peligro —dijo Mae—. Me gusta oír vuestras voces.

—Nunca te había visto comer antes —comenté con timidez a mi padre—. No eres vegetariano.

—Pues no.

—Entonces, ¿por qué me criaste a mí con dieta vegetariana?

—Quería proporcionarte las máximas condiciones posibles para que crecieras como un humano normal. —Pronunció las últimas palabras no muy convencido de que fueran la expresión correcta—. Temía que la carne pudiera estimular tu apetito.

Las llamas de las velas vacilaron con la brisa llegada de la bahía. La luna creciente ya había asomado en el cielo.

—Un escenario muy propio para una conversación en torno a la sangre y el asesinato —señaló mi padre.

—¿Cómo supiste lo del asesinato? —pregunté, pues no era probable que lo hubiera leído en los periódicos.

—Mi, digamos, amigo Malcolm me contó lo de las muertes —dijo, y engulló una ostra con asombrosa elegancia. Mae y yo, en cambio, sorbíamos para introducirlas en la boca.

—¿Y él cómo lo sabía? —Tampoco me parecía que Malcolm fuera un lector asiduo de periódicos.

—Lo sabía porque estaba allí. —Levantó otra concha hasta sus labios e ingirió con destreza su contenido sin fruncir los labios—. Te ha estado siguiendo durante años, Ari. Tú captaste su presencia, ¿recuerdas?

—Espera un momento —intervino Mae—. ¿Sabías que la estaba espiando y lo permitiste?

—No —negó mientras nos llenaba las copas—. Malcolm me habló de ello cuando apareció la semana pasada para hablar de negocios.

—¿Estás haciendo negocios con él? —intervino Mae con estupor.

—Espera, no nos desviemos del tema —pedí.

—Gracias, Ari. Sí, intentemos esclarecer este embrollo con un mínimo de coherencia.

No me gustaba nada notar la tensión que había entre ellos.

—Cuando percibía otra presencia en la casa de Saratoga, ¿era Malcolm?

—Es probable, aunque no seguro. Los vampiros suelen espiarse entre sí. Yo, personalmente, no pertenezco a esa clase de especímenes...

Mi madre emitió una especie de bufido, como conteniendo la risa.

Y entonces mi padre hizo algo tan impropio de él, tan insólito, que por poco no me caí de la silla. Guiñó un ojo.

De modo que así eran las cosas entre ellos, deduje. Él exageraba su amaneramiento para divertir a mi madre, que a su vez fingía irritación. Eran casi enternecedores, pensé con incomodidad.

—Malcolm me contó lo de los asesinatos —prosiguió mi padre, con voz profunda y reposada—. Dijo que te vio comértelos, mientras permanecía invisible. Comentó incluso la delicadeza con que rebanaste los cadáveres; dijo que le recordaba al *ikezukuri*, una técnica utilizada por los cocineros de sushi que había observado en Japón. Despedazan un pescado entero, vivo, y lo sirven en un plato, para ser consumido mientras todavía le late el corazón.

—Pero yo no...

—Ella no podría...

—¿Piensas que me lo creí? —Tomó un sorbo de vino—. ¿Que mi hija fuera capaz de tales barbaridades?

—Estoy confundida —admitió mi madre, sacudiendo la cabeza.

—Reflexiona un momento, Sara. —Se miraron a los ojos y se mantuvieron así—. Malcolm ha creado un relato en el cual él es el héroe. Durante años ha actuado de forma voluntaria como el ángel guardián de Ari, por así decirlo, en aras tan sólo de su bienestar. Ahora acude a mí con una propuesta: quiere que colaboremos en el desarrollo de un nuevo sistema de transporte de oxígeno. Y de paso, menciona como por casualidad que mi hija es una asesina múltiple, pero que él de ninguna manera piensa decírselo a nadie. Es una especie de chantaje, un terreno en el que se desenvuelve muy bien.

—¿O sea que piensas ceder a sus demandas?

—No estoy seguro de que ésa sea la manera de definirlo, aunque sí, por ahora pienso seguirle la corriente. Necesito ver adónde quiere ir a parar.

—Papá, ¿quién mató a esas personas? —pregunté, corriendo la silla hacia atrás—. ¿Crees que fue Malcolm?

—Podría haber sido él. —Posó la mirada en el mantel y alisó una arruga cerca de su plato—. Es capaz de matar sin escrúpulos. Los humanos no le inspiran más que desprecio.

—Entonces él mató a Kathleen.

Lo dije quedamente, pero en mi interior sentí como si me clavaran cuchillos. Mae me abrazó y yo me apoyé en su pecho.

Mi padre se arrellanó en la silla, observándonos. No había necesidad de seguir hablando.

De vuelta en Xanadú (me encanta utilizar este nombre siempre que tengo oportunidad), mi padre me enseñó el dormitorio donde iba a pasar la noche y me informó de que mi madre estaría en la habitación de enfrente.

—Vamos a seguir charlando un poco —dijo.

Mientras mis padres se iban a la habitación que mi padre utilizaba como despacho, yo salí al balcón. Las estrellas relucían en el cielo; logré distinguir la Polar y la Osa Menor. Sabía que en algún lugar estaban las oscuras nebulosas, nubes de polvo que absorben la luz e impiden que veamos los objetos que se encuentran más allá. Se me ocurrió pedir un telescopio como regalo de cumpleaños.

Me volví rápidamente, alertada por un ruido a mi espalda. No era Malcolm, como había previsto, sino Dennis. Tenía los ojos vidriosos y una botella de cerveza en la mano. Llevaba el faldón de la camisa medio fuera de los vaqueros, no se había afeitado y saltaba a la vista que le convenía un corte de pelo.

—De modo que la encontraste —dijo.

Tardé un segundo en comprender a qué se refería.

—Sí, la encontré —repuse—. No fue difícil.

—¿No?

—Una cosa me llevó a la otra —expliqué—. Y al final estaba ella. No fue muy complicado. Tú y mi padre habríais podido encontrarla cuando hubierais querido.

Vino a situarse a mi lado y se puso a contemplar las oscuras aguas y las luces de los edificios del otro lado de la bahía.

—Ari, necesito pedirte algo —dijo—. Necesito tu ayuda.

Esperé. Me costaba recordar el gran aprecio que le había tenido, pese a que no hacía tanto tiempo de eso.

—Quiero que me conviertas... —vaciló— en alguien como tú.

—¿Qué te hace pensar que yo haría algo así? —repliqué, esforzándome por dominar la voz.

—No finjas —contestó después de toser—. Sé lo que hiciste. Malcolm nos contó lo que has hecho, no sólo lo de las personas que mataste, sino lo del muchacho de Asheville.

De manera que Malcolm me había espiado también cuando estaba con Joshua.

—No lo transformé en vampiro —afirmé—. Él era un donante, y estaba más que satisfecho con ello.

—Entonces deja que yo sea tu donante. —Se acercó más y levantó la mano como para tocarme el pelo, pero se contuvo—. Aunque no lo hubieras hecho antes, yo puedo indicarte cómo proceder.

De todas las experiencias extrañas que había tenido en mi vida, aquélla se llevaba la palma (una expresión que la señora McG solía utilizar). Observé su afable rostro de varón de mediana edad y los músculos de su cuello. Por un segundo me planteé morderlo, pero me asaltó una oleada de repulsión tan intensa que tuve que agarrarme a la barandilla con ambas manos.

—¿Estás bien? —Percibí su voz como muy lejana.

Me aparté el pelo de la cara y fijé la vista en el hombre que antaño me había llevado a hombros, que me había enseñado física y las cosas de la vida.

—Conque sabes todo lo que hay que hacer, ¿eh? —espeté con voz ronca—. Estuviste observando a mi padre y a Malcolm. Entonces, ¿por qué no se lo pides a Malcolm?

Dennis no dijo nada, pero me bastó con leerle el pensamiento. Se lo había pedido a Malcolm más de una vez, y éste se había negado.

—¿Cómo pudiste ayudarlo a llevarse a mi madre?

—Él formuló sólidos argumentos para convencerme de que era lo mejor. Ella no era feliz, Ari.

Sus pensamientos fueron más específicos: Malcolm había hecho un trato con él.

—O sea que te tendió un anzuelo —inferí—. Te hizo una promesa y luego la incumplió.

Malcolm había utilizado a Dennis para llevarse a mi madre y después había rehusado cumplir su parte del trato. No obstante, había seguido diciéndole a Dennis que tal vez cambiaría de idea si éste demostraba ser digno. Dennis había mantenido las expectativas, pero ahora se estaba haciendo viejo y su impaciencia crecía.

En ese momento no sentí la menor compasión por él.

(Desde entonces, he modificado mi opinión. ¿Quién no mendigaría por lograr la vida eterna? Estaba cansado de quedar al margen, tal como le había ocurrido a mi madre.)

—¿Por qué no se lo pides a Root?

—No soportaría que me tocase —respondió con un escalofrío. Tenía la mirada turbia e implorante a la vez.

—Has bebido mucho —señalé, tratando de hallar una excusa a su comportamiento.

—Ari, por favor... —rogó.

Quise contestarle con un duro apelativo que no encontré. Lo más próximo que se me ocurrió fue «traidor».

—Creía que eras mi amigo —repliqué.

Y lo dejé solo en el balcón.

Cuando desperté a la mañana siguiente, capté la tensión antes de salir del dormitorio. Root se cruzó conmigo en el pasillo y me saludó con la cabeza. Me costaba acostumbrarme a que reconociera mi presencia. Mi fama de vampiro asesino debía de haberle causado una impresión bastante positiva.

Los demás estaban en el salón, pendientes de la gran pantalla de televisión empotrada en la pared. Mis padres ocupaban sitios distanciados en el sofá. Dennis, que estaba a su izquierda, no levantó la vista cuando entré.

En el televisor, un mapa presentaba una masa giratoria roja y anaranjada que se desplazaba en el golfo de México.

—¿Una tormenta tropical? —pregunté.

—No —contestó Mae—, un huracán. Se prevé que llegue a tierra muy cerca de casa.

La incesante rotación de la masa de nubes resultaba casi hipnótica.

—Los huracanes son algo hermoso, hasta que uno se encuentra en medio de ellos —añadió.

Había hablado por teléfono con Dashay. Ésta y Bennet estaban parapetando la casa y realizando los preparativos para trasladar los caballos a la granja de un amigo, situada al sur de Orlando, fuera del recorrido previsto para la tormenta.

—Tengo que volver para ayudar —dijo.

Aquello no encajaba en mi fantasía de reunión familiar. «No vayas», pensé, y ella me respondió: «Tengo que ir.»

—Te acompañaré —me ofrecí, pero ella negó con la cabeza.

—Estás más segura aquí. En Sarasota lloverá un poco, pero no será nada en comparación con los vientos que se dirigen hacia Homosassa y Cedar Key. No sabes lo peligroso que puede ser, Ariella. La tormenta ya ha alcanzado la categoría cuatro.

En la imagen de la televisión aparecían unas líneas discontinuas que desde el centro de la borrasca se proyectaban hacia tierra. El presentador definió la zona resaltada como «cono de incertidumbre del huracán *Barry*». Homosassa quedaba cerca de su centro y se iba a proceder a la evacuación obligatoria de la población.

—Habrá tornados. —La voz de mi padre hizo sonar el pronóstico como una poética profecía—. La oscilación del Atlántico Norte está en una fase positiva muy marcada. Sara tiene razón, Ari. Aquí estarás más segura.

Lancé una mirada de desdén a Dennis, pero éste tenía la vista clavada en la pantalla. Mi madre, que se percató, me hizo llegar una pregunta: «¿Qué pasa?» Pero ya tenía bastantes quebraderos de cabeza ella misma.

—¿Volverás? —le pregunté.

—Claro que volveré —me aseguró, abrazándome—.

Voy a alquilar otro remolque para caballos, lo llevaré con los animales hasta Kissimmee y después regresaré aquí. La tormenta no llegará a tierra hasta dentro de tres días, más o menos. Yo estaré de vuelta pasado mañana. Mientras tanto, empieza a pensar qué quieres para tu cumpleaños. ¿Recuerdas que sólo falta una semana?

—¿Y qué tal un tatuaje? —tanteé.

La expresión estupefacta de mis padres me dejó muy complacida.

—Era una broma —dije—. Lo que de verdad me gustaría es ver un espectáculo de fuegos artificiales —añadí, recordando la noche en que recibí mi primer beso.

Mae me dio un beso, con manifiesto alivio.

—Creo que podremos concederte ese deseo. —Después intercambió una discreta mirada con mi padre y se fue.

Un momento antes, mi familia estaba reunida en la habitación. Y a continuación el espejismo se había disipado.

Dennis se fue con Root al laboratorio situado al fondo del pasillo.

Una vez a solas, le conté a mi padre lo que Dennis me había pedido la noche anterior.

Mi padre experimentó una visible alteración: entornó los ojos, tensó la mandíbula y se puso rígido, igual que la noche en que Michael me había recogido para ir al baile.

—Debiste decírmelo de inmediato.

—No quería interrumpiros a ti y a Mae.

—Con la confianza que había depositado en él... —dijo sacudiendo la cabeza—. Tendrá que irse. —Sonó tan frío que me asustó.

—¿Y tu investigación?

La noche anterior, en la cena, había hablado del trabajo al que se consagraban en ese momento: perfeccionar unas microcápsulas de polímero para transportar hemoglobina, un proyecto que había calificado de «muy prometedor».

—No puedo trabajar con alguien en quien no confío —respondió—. Primero fue lo de tu madre, y ahora tú. Puede volver a Saratoga, a su empleo en la universidad. Debería encontrarse a gusto en ese ambiente. Los académicos son más malévolos de lo que puedan llegar a ser nunca los vampiros.

Eso me llevó a pensar si alguna vez yo iría a la universidad.

—Tendré que cambiar el testamento —agregó—. Dennis es el albacea, ¿sabes?

—¿Cómo puedes alterar un testamento si ya estás muerto?

—Raphael Montero falleció —dijo—. Arthur Gordon Pym está vivo.

Mientras mi padre permaneció con Dennis en el laboratorio, traté de no escuchar, pero las paredes del apartamento eran muy finas, de modo que de vez en cuando oía la voz de Dennis, beligerante al principio y después con claro tono de disculpa. Luego sobrevino el silencio. A mi padre no logré oírlo. A veces los silencios son más potentes que las voces.

Para entretenerme, abrí las puertas de los armarios de mi habitación. Uno estaba vacío. El otro lo encontré abarrotado de cuadros y grandes jarrones con plantas artificiales y me apresuré a cerrarlo.

Mi padre acudió a mi encuentro con su apariencia habitual: semblante sosegado, mirada distante, traje planchado y camisa impecable. Sólo la velocidad con que se movía indicaba algo fuera de lo normal. Root llegaba detrás de él, con expresión de asombro.

—Tendremos que efectuar los preparativos para la tormenta —indicó—. Mary Ellis, ¿se encargará de que dispongamos de reservas suficientes de bebida y comida? Y de suplementos, por supuesto.

—He repuesto las provisiones esta mañana —le informó ella—. Y puedo prever más. Los de Cruz Verde han vuelto a entregar suero esta mañana; supongo que se trata de un error.

Aunque yo podría haber explicado lo ocurrido, preferí callar.

—Lo dejaré todo listo antes de irme —dijo Root—. Voy a pasar la noche en casa de una amiga en Bradenton.

«¿Root tiene una amiga?», pensé.

—Ari, ¿tienes todo lo que necesitas?

«¿Qué más voy a necesitar?», me pregunté, extrañada. Yo comía y bebía lo mismo que él, excepto la carne. Entonces caí en la cuenta de que debía de referirse a los tampones. Ésa era mi única necesidad especial.

—No me vendría mal comprar más —concedí.

—Encontrarás una farmacia en la plaza que hay al doblar la esquina. Más vale que vayas hoy. —Me entregó dinero y una llave—. Cuando vuelvas, Dennis ya se habrá ido.

«Tanto mejor», pensé, aunque en mi interior albergaba la duda de si algún día llegaría a echarlo de menos.

Antes de entrar en la farmacia, me demoré un poco mirando revistas y productos de maquillaje. No quería toparme con Dennis al regresar.

En el mostrador había una cola bastante larga, porque la gente estaba haciendo acopio de medicamentos. El farmacéutico tenía la radio encendida, y el locutor dijo que el huracán *Barry* había pasado a categoría cinco. Eso significaba «vientos superiores a 250 km por hora, o desbordamientos del agua cinco metros por encima de lo normal». Yo no tenía suficiente experiencia en temporales para saber qué era normal, pero la cara de preocupación de los clientes era bastante significativa.

Mientras pagaba, se me ocurrió que era gracioso, aunque no sorprendente, que mi padre, que tanto sabía de sangre, tuviera reparos en utilizar la palabra «tampones».

Me encaminé a casa por una calle secundaria. Xanadú se veía distinto. La mayoría de las ventanas estaban tapiadas con postigos metálicos especiales para huracanes. Nuestro apartamento era de los pocos cuyos ojos todavía permanecían abiertos.

Aguardé en el cruce a que el semáforo se pusiera verde. Cuando atravesé Midnight Pass Road, un hombre con un bastón de ciego salió de la acera contraria. Era obeso y llevaba ropa oscura, gafas de sol y sombrero. Se fue acercando, golpeando ante sí con el bastón, delimitando su zona de incertidumbre. Entonces me sonrió, y supe que no era ciego.

La aprensión del mal se inicia en la nuca y se transmite deprisa por toda la columna vertebral. Pese a que me tambaleé de repulsión, seguí andando. Cuando llegué al otro lado, eché a correr.

No paré hasta el ascensor de Xanadú. Después entré en el apartamento y dejé la bolsa de la farmacia en la habitación. Oí voces en el salón y agucé el oído para saber si Dennis seguía allí. Distinguí la de Malcolm.

Me agrada pensar que los vampiros se comportan de

una manera más racional y ética que los humanos, pero como todas las generalizaciones, ésta tampoco es aplicable siempre. Sí, escuché a escondidas. Como ya he mencionado, las paredes del piso eran muy delgadas.

—Podría haberla matado —decía Malcolm—. Podría haberlas matado a las dos.

Después sonó la voz de mi padre, baja y sin embargo más áspera de lo que la había oído nunca.

—¿Me estás diciendo que les respetaste la vida por motivos altruistas? No me lo creo.

—Nunca he pretendido hacerme pasar por un altruista.

En mi escondite, imaginé su sonrisa.

—Les respeté la vida para que las vieras como lo que son, y recuperases la cordura.

—¿Y qué son?

—Un estorbo. Un recordatorio constante de tu propia debilidad.

Me ardía la cara. Tuve que esforzarme para no irrumpir en el salón y... ¿Y qué? ¿Qué podía hacerle a alguien como él?

—Todas esas mentiras que contaste. —Mi padre había bajado aún más la voz y me costó oírlo—. ¿Cuántas veces dijiste que intentabas ayudar a mi familia, cuando en realidad trataste de destrozarla?

Malcolm emitió una horrenda carcajada carente de regocijo.

—Fíjate cómo hablas. ¿Qué sabes tú de tu «familia»? Tú eres como yo, y te consta. Las mujeres nunca han supuesto más que una molestia para ti. Te han impedido consagrarte a las cosas importantes... a tu trabajo.

—Al contrario —replicó cortante mi padre—. Ariella y su madre me han aportado una visión más honda de las cosas de lo que tú puedas llegar siquiera a vislumbrar.

—Pero ocuparte de ella, darle clases... Todas esas horas desperdiciadas. ¿Sabes?, en Cambridge se considera que no cumpliste las expectativas depositadas en ti. De todas maneras, yo he encontrado el sistema de distribución que necesitas. Podemos elaborar un sustituto mejor que la sangre humana. Piensa en lo que representará para nosotros. Piensa en las vidas que salvará.

—¿Qué te importa a ti salvar vidas? Has matado a gente sin motivo alguno. Incluso mataste al gato del vecino.

«Fue él quien mató a *Marmalade*.» Me sentí culpable por haber sospechado de mi padre.

—El gato se interpuso en mi camino. En cuanto a las personas, cada una murió por una razón concreta. ¿Sabes a cuántas mujeres violó Reedy? Y ese individuo de Savannah... había asesinado a tres adolescentes y las había enterrado en el sótano de su casa.

—¿Y la muchacha? —La voz de mi padre resultó casi inaudible—. ¿Qué me dices de Kathleen?

—Era un fastidio.

Entonces abandoné toda prudencia y, sin pensarlo, entré en el salón.

—Tú mataste a Kathleen —le espeté.

Malcolm estaba delante de la vidriera, con las manos en los bolsillos del traje de lino, recortado contra el gris del cielo.

—Se lo había buscado. —No manifestó sorpresa al verme. Seguramente sabía que estaba escuchando—. Me pidió que le chupara la sangre.

—¡No tenías por qué hacerlo! Y tampoco tenías por qué matarla.

Sacó la mano izquierda del bolsillo para examinarse las uñas.

—Me rogó que la convirtiera en vampiro. Tú y tus padres sois los responsables de eso. Quería ser como vosotros. —Se volvió hacia mi padre—. Y quería casarse contigo. ¡Imagínate a esa chica como vampiro! Sólo de pensarlo me dan náuseas. Era una tonta.

¿Que Kathleen quería casarse con mi...? Sacudí la cabeza, dispuesta a defenderla, pero mi padre levantó la mano, indicándome que no respondiera.

—Estamos perdiendo el tiempo —me dijo—. Deliras como un psicópata —espetó a Malcolm—. Vete de aquí.

Entonces advertí que Malcolm tenía los ojos inyectados en sangre.

—¿Estás dispuesto a sacrificar las vidas de millones de seres por una chica y un gato? ¿Qué clase de ética es ésa? —replicó con voz calmada, sin perder el aplomo.

—Es mi ética —contestó mi padre—. Se basa en las virtudes que considero fundamentales.

—Los dos las consideramos fundamentales —apoyé, situándome a su lado.

Malcolm apartó la mirada con la boca entreabierta. Mientras abandonaba la habitación volvió a mirar a mi padre, y no me pude creer lo que vi entonces en los ojos de Malcolm. Era amor.

18

Una noche en Saratoga Springs, cuando me disponía a regresar a casa en bicicleta desde la vivienda de los McGarritt, oí discutir a los vecinos de al lado. El padre vociferaba, su mujer intentaba calmar las cosas y el hijo adolescente contestaba a gritos.

—¡Nunca me quisiste! —dijo—. Ojalá no hubiera nacido.

A veces he tenido ese mismo sentimiento. ¿Tú también? Bien mirado, mi nacimiento desencadenó sucesos que habría sido mejor que no ocurrieran. Por cada elección que he realizado, hay un número infinito de alternativas que quizá, habrían sido mejores. En ocasiones he considerado esas otras alternativas como sombras de mis actos, sombras que me definen tanto como lo que hice.

«Toda forma de infelicidad deriva de algún tipo de desintegración o de falta de integración», escribió Bertrand Russell. Para él, la ausencia de unidad es lo que impide ser feliz a una persona. En cambio, cuando esa persona siente que forma parte de «la corriente de la vida», se siente integrada en una cultura y sus valores, se convierte en «un ciudadano del mundo».

El día que mi padre tuvo aquel enfrentamiento con Malcolm fue el primero en que sentí que podía aspirar a tal ciudadanía. Mi padre y yo estábamos unidos, y ello se había producido gracias a Malcolm.

Esa noche con mi padre cenamos gazpacho, salmón ahumado y ensalada en el salón, viendo en la televisión cómo se aproximaba el huracán *Barry*. La gigantesca espiral roja y naranja volvía a trazar un cono de incertidumbre una y otra vez en las sucesivas explicaciones ilustradas con mapas del huracán. Se preveía que la tormenta alcanzara la latitud de Sarasota entrada la noche y que tocara tierra al norte de Homosassa a primera hora de la mañana.

No hablamos de Malcolm, pese a que yo traté de sacar el tema.

—¿Cómo pudo hacer esas cosas? —dije hacia el final de la cena.

—Malcolm nunca adquirió el hábito de la virtud —contestó mi padre, indicándome con una mirada que daba por concluida la conversación.

Mae llamó mientras papá recogía la mesa. Había llegado sin percance a Kissimmee, al igual que Dashay, Bennet, los caballos, *Harris*, *Joey* y la gata *Grace*. Ella también estaba viendo la televisión.

—Dile que es mejor que no viaje hasta mañana —indicó papá desde la cocina.

—Ya veré —repuso ella cuando le transmití el mensaje—. Pregúntale qué le parecería convivir con monos.

Después de colgar, miré otra vez el pronóstico del tiempo. La categoría cinco era la más alta en la escala de huracanes de Saffir-Simpson y el rosario de daños asociados a ella era muy superior al de los temporales de lluvia y viento. El presentador comenzó a recitar con inadecuada fruición la lista: «Destrucción completa de los tejados de muchas residencias y naves industriales. Destrucción de la estructura de algunos edificios, los más pequeños de los cuales quedarán arrasados. Todos los arbustos, árboles y letreros indicadores serán arrancados de cuajo.»

Mi padre regresó y apagó el televisor.

—Ya hemos tenido bastante melodrama por hoy —dictaminó.

Había estado a punto de hablarle del «ciego» con que me había cruzado en la calle, decirle: «Me parece que hoy me he encontrado con el diablo.» Él estaba en lo cierto, sin embargo: esa noche no nos convenía más melodrama.

Salimos unos minutos al balcón, pero había demasiada humedad y viento para quedarse fuera. El agua del mar se precipitaba encabritada hacia la costa y la lluvia empezó a caer en diminutas lanzas.

Una vez dentro, mi padre echó el cerrojo de la puerta. Después pulsó un botón de la pared y el postigo metálico de protección contra huracanes fue bajando lentamente, privándonos de la visión del mundo. Las otras ventanas ya las había cubierto.

—Me acostaré enseguida —prometí—, pero antes necesito saber por qué Raphael Montero debía morir.

—Es muy simple —repuso—. No tenía ninguna razón de peso para continuar tal como estábamos. Tú y tu madre os habíais ido. ¿Para qué quería yo una casa en Saratoga Springs? Y ese tal Burton que no paraba de venir, haciendo preguntas. Me tenía fastidiado con su insistencia.

—¿Cómo hiciste, pues?

—Fue fácil organizarlo todo —aseguró, instalándose en el sofá—. ¿Te acuerdas del doctor Wilson, el que te trató cuando te dio la insolación? Es uno de los nuestros. Fue él quien firmó el certificado de defunción. Y el viejo Sullivan, uno de los nuestros también, incineró un ataúd vacío y enterró las cenizas. Dennis —pronunció el nombre con expresión de disgusto— realizó las gestiones para la venta de la casa y el traslado del laboratorio. Todas nuestras cosas, por cierto, están guardadas en un almacén.

Respiré hondo.

—Fue una broma bastante cruel. Vimos las fotografías de tu tumba.

—¿Cruel? —Pareció sorprendido—. Precisamente pensaba que las verías. Creí que además de resultarte divertido, el epitafio te indicaría que mi muerte era simulada.

—Supongo que así fue. —Bostecé de cansancio—. También me sirvieron el Picardo y las rosas.

Al ver su estupefacción, le expliqué lo de la botella medio vacía y las flores depositadas en su tumba.

—¿No las dejaste tú, como una señal?

—No. No sé quién lo haría.

Todavía tenía una pregunta pendiente.

—¿Puedo contarle a Michael lo de Malcolm?

—No creo que sea prudente, Ari. En todo caso, ahora es mejor que no. Los McGarritt merecen saber quién la mató, por supuesto, pero piensa en las repercusiones que ello tendría para nosotros. Ese Burton volvería a seguirnos la pista otra vez. Arthur Pym tendría que desaparecer o morir, y ya he muerto una vez este año.

—¿Cuándo podremos revelárselo?

—Cuando nos hayamos instalado de una manera más estable. Dudo que nos quedemos aquí en Xanadú —apuntó, frunciendo el entrecejo—. Este sitio no me gusta nada. Cuando hayamos encontrado una nueva casa, podrás contarle la verdad a Michael. Así el agente Burton podrá atosigar a Malcolm una temporada.

Pese a que en general no me cuesta guardar secretos, esa noche lamenté no poder llamar a Michael y explicarle lo que había averiguado.

En lugar de ello me acosté, pero no tenía sueño. Fuera, el viento se desplazaba como una locomotora enfurecida, arrancando crujidos y suspiros del edificio. En mi cabeza se sucedían los interrogantes. Me preguntaba cuándo llegaría mi madre. ¿Acabaría viviendo con ella o con mi padre? ¿Cabía la posibilidad de que llegara a vivir con los dos? ¿Cómo sería la vida con ambos?

Cuando me dormí, no hallé un sueño plácido. Soñé con sombras tan altas como Xanadú, con eclipses de sol, con incienso, hielo y música. Después reviví hechos reales, recuerdos de Saratoga Springs: la lámpara de litofanías de mi dormitorio, el reloj de la biblioteca, la urna de la pared... No obstante, en mi sueño los pájaros de la urna eran auténticos y oía el roce de su aleteo contra el obstáculo del cristal.

Desperté en una habitación llena de humo. Como no había ventanas, abrí la puerta y desde el pasillo penetró un humo aún más denso, cargado de un extraño olor dulzón. Una oleada de calor me golpeó la cara. El aire acondicionado no funcionaba y no había luz.

Llamé a mi padre. Oía crepitar las llamas, provenientes del lado de la cocina. Volví a llamarlo y luego me dio tos.

Empapé una toalla en el cuarto de baño y me la enrollé en la cabeza. También bebí un poco de agua. Del grifo salió un chorro, pero al punto se redujo a un hilillo que enseguida cesó.

El cuarto de baño no disponía de ventana. La parte central del edificio no tenía ventanas. Aquélla era una distribución habitual en las torres de apartamentos de primera línea de mar, tal como me enteré después. Se trata de una argucia para vender una «vista directa al mar». Aparte de eso, los apartamentos son como ratoneras.

Respiré hondo antes de correr hacia la habitación de mi padre. Tenía la puerta abierta y, por lo que alcanzaba a divisar entre el humo, no parecía que hubiera nadie.

Conteniendo el aliento, me precipité al salón para tratar de abrir el balcón. Por más que tiré de la manecilla, no se abrió. Apreté el botón para levantar los postigos, en vano.

«Piensa, piensa despacio», me dije, pero mi cabeza discurría a la carrera, como mi pulso. Jadeaba y los pulmones me ardían. Salí a gachas de la habitación y entré en el estudio con intención de abrir los postigos. Tampoco funcionaron.

«No hay electricidad —deduje—. Es normal en una tormenta que se vaya la luz. No tiene nada de raro.»

Me arrastré hasta el extremo de la habitación más alejado de la puerta, conteniendo la respiración, repitiéndome mentalmente la misma salmodia: «No tiene nada de raro. Nada de raro. Nada.»

«Sólo nacemos una vez.»

Mae dice que ésas fueron las primeras palabras que pronuncié en el hospital. Y según ella, esto fue lo que respondió: «¿Tu padre tampoco te enseñó nada sobre la reencarnación?»

Yo tengo mis dudas de que dijera eso, porque la situación no era propicia para bromas. Había pasado casi una semana recibiendo terapia de oxigenación hiperbárica (HBOT). El tratamiento era intermitente y durante las dos primeras sesiones permanecí inconsciente. Recobré el conocimiento durante la tercera.

Me desperté en una especie de ataúd cilíndrico transparente, lleno de oxígeno puro que se disolvía en mi sangre y tejidos a una concentración muy superior a la normal, lo bastante elevada como para mantener la vida sin presencia de sangre. Todo esto me lo explicó durante la tercera sesión una enfermera, que hablaba claro y despacio por un micrófono conectado a la cámara de HBOT.

Cuando recuperase la capacidad de pensar y hablar, me dije, haría un sinfín de preguntas sobre el tratamiento. Aparte, me pregunté si mi padre estaría al corriente de aquello. ¿Sería posible que no necesitáramos sangre si dispusiéramos de nuestros propios ataúdes de vidrio en casa? Luego surgió otro interrogante: ¿dónde estaba mi casa?

—Ha abierto los ojos —oí decir a la enfermera—. Intenta decir algo.

Entonces apareció la cara de mi madre en el otro lado de la cámara.

Sus ojos azules reflejaban alborozo, y también agotamiento.

—No trates de hablar ahora, cariño —aconsejó—. Sólo respira.

«¿Qué ha ocurrido? —le pregunté mentalmente—. ¿Dónde está papá?»

«Hubo un incendio», respondió.

«¡Eso ya lo sé!» Si ella hubiera visto las palabras, las habría percibido de color púrpura.

«Tampoco hay que ponerse así —replicó—. Seguro que estás mucho mejor.»

—Chsss —me mandó callar cuando abría de nuevo la boca—. Tu padre está vivo.

En el filme *Drácula*, de 1931, al que nosotros llamamos «la Película», el doctor Van Helsing efectúa una afirmación que no se encuentra en ningún pasaje de la novela de Bram Stoker: «La fortaleza del vampiro radica en que la gente no cree en él.»

Para muchos vampiros, la frase no es sólo un aforismo predilecto, sino el eje central que rige sus vidas. Pese a las evidencias que demuestran lo contrario, los humanos se sienten más a gusto con las más retorcidas teorías que niegan nuestra existencia, porque no quieren aceptar la simple realidad de que compartimos con ellos el planeta. Estamos aquí, y no vamos a irnos.

Mi padre, que se estaba recuperando de sus quemaduras de tercer grado, había sido sometido a una traqueotomía e injertos de piel que no necesitaba. Los médicos no daban crédito a sus propios ojos: pese a que lo habían encontrado inconsciente y afectado de graves quemaduras en medio de un violento fuego alimentado por productos químicos, se estaba curando muy deprisa. Aun así lo mantenían en observación en la unidad de cuidados intensivos, y no le permitían visitas.

Yo celebré mi cumpleaños en el hospital. Me trajeron un pastelillo con una vela encendida en una bandeja.

Mi regalo fue ver a mi padre por primera vez desde el incendio. Mi madre me llevó en silla de ruedas hasta su habitación, abarrotada de aparatos conectados a su cuerpo. El bulto que formaba éste bajo las sábanas parecía menudo para un hombre tan alto. Estaba dormido. Nunca lo había visto dormido antes. Sus largas pestañas oscuras permanecían posadas por encima de las mejillas... «como alas de mariposa», pensé.

Abrió los ojos.

—¿Alas de mariposa? —preguntó con incredulidad.

Mae y yo nos echamos a reír y él esbozó su sonrisa genuina, no la de etiqueta.

—Feliz cumpleaños —me dijo con ternura—. Los fuegos artificiales llegaron con unos días de antelación.

Procuré no hacer preguntas, pero mi cerebro las generaba por iniciativa propia.

—No lo sé —repuso cuando pregunté «¿Quién provocó el fuego?».

—No lo sé —repitió cuando pregunté «¿Quién nos rescató?».

—Eso sí puedo aclararlo yo —intervino Mae—. Fui yo. Con la ayuda de la brigada de bomberos más competente de Siesta Key.

Mae iba conduciendo por la autopista bajo una lluvia «horrible», según su expresión, cuando detectó mi primera «señal de socorro».

—No podías respirar —contó—. Lo percibí tan claramente como si aún no hubieras nacido. —Se volvió hacia mi padre—. ¿Te acuerdas de aquella vez, cuando se le aceleraron los latidos del corazón y tú creíste que padecía sufrimiento fetal? Yo te dije que no, que en tal caso me habría dado cuenta.

—¿Y no será un poco tópica la idea de que uno perciba esas cosas? —planteé con toda la inocencia que pude simular.

—Desde luego que te encuentras mejor —replicó ella, frotándose los ojos.

Mi padre levantó la mano en el aire para mirar la aguja intravenosa, pensando en arrancársela.

—¡No! —exclamamos mi madre y yo.

—De acuerdo —aceptó—. La aguja se queda en su sitio, pero a condición de que Sara cuente lo ocurrido de una manera lineal, sin mil digresiones. ¿Es posible?

Ella lo intentó.

Al llegar a Sarasota descubrió que no funcionaban los semáforos y sólo había alumbrado en algunas calles. Su camión era el único vehículo que circulaba, de modo que pasaba a toda velocidad por los cruces, un poco a la manera de un anarquista.

Se disculpó por desviarse un poco con la comparación, explicando que siempre había sentido curiosidad por ver qué se sentía actuando como una anarquista.

Cuando llegó a Xanadú (mi padre sacudió la cabeza ante la mención del nombre), las llamas que salían del apartamento 1235 eran visibles desde la calle. Los ascensores no funcionaban y además sabía que la puerta de abajo estaría cerrada. No tenía la llave, ni un teléfono móvil. No obstante, se acordó de que había visto un puesto de bomberos en el cruce de Midnight Pass Road y Beach Road y se dirigió allí.

—Estaban sentados dentro viendo el canal metereológico —dijo—. Habían apagado un incendio una hora antes... —Miró a mi padre—. De acuerdo, no hablaré de eso.

Una vez llegados a Xanadú, prosiguió, los bomberos situaron un camión con una escalera en la parte posterior del edificio mientras otra cuadrilla subía por las escaleras, provista de extintores, una manguera y otros materiales. Aunque le ordenaron quedarse abajo, ella los siguió.

—Siempre tan obediente —comentó mi padre.

Entonces una enfermera entró en la habitación, ataviada con una bata estampada de vivos colores. Al verla, mi padre se estremeció y cerró los ojos.

—Es hora de que se vayan las visitas —anunció con una sonrisa artificial.

Mi madre emitió un suspiro y, de repente, la hipnotizó.

—Sólo unos minutos —dijo—. Déjeme acabar. Así pues, mientras unos intentaban abrir brecha en los postigos metálicos de atrás, los otros rompieron a hachazos la puerta de delante. Quedé impresionada con los bomberos de Siesta Key, en especial con los del puesto Trece. De un modo u otro, arrancaron los postigos y encontraron a Ari en el estudio, y la bajaron en esa especie de cesta. ¿O es un cubo? ¿Cómo lo llaman? Bueno, da lo mismo.

—Y tú fuiste el primero que encontramos nosotros. —Miró a mi padre como a punto de llorar—. Estabas fatal, mucho peor que quien ya sabes, y mucho peor también que Ari. Estabas negro de hollín y, ay, con unas quemaduras en la espalda...

—¿Quién es «quien ya sabes»? —Mi padre apartó las almohadas, como si tratara de incorporarse.

Nunca lo había visto interrumpir a alguien. Siempre había dicho que, fuera cual fuese la situación, no había excusas para la mala educación.

—Acuéstate. —Mi madre alargó las manos como si fuera a empujarlo y él abatió los hombros—. Malcolm —añadió—. Malcolm es quien ya sabes. Estás demasiado débil para leerme el pensamiento.

—¿Estaba allí? —pregunté.

—Lo encontraron en la entrada, no lejos de tu padre —respondió sin dejar de mirar a mi padre—. ¿No lo sabías? ¿No te lo dijo nadie?

—¿Cómo entró? —preguntó mi padre.

—Debió de volverse invisible —apunté—. Podría haber entrado cuando saqué la basura. Después, cuando lo atrapó el fuego, debió de perder la concentración y volverse visible. Es posible que papá no lo viera con tanto humo.

—Pensé que Raphael lo había dejado entrar. —Mae se echó el pelo atrás y se alisó la camisa.

—Yo no vi a nadie. —De nuevo alzó la mano y miró con disgusto la aguja intravenosa—. Me desperté con la habitación llena de humo. Localicé el fuego cerca de la cocina e intenté apagarlo, pero se propagaba demasiado deprisa. El humo era insoportable.

—Éter etílico —informó mi madre—. Con eso se inició el incendio. Los bomberos encontraron una lata en la cocina. Quien lo planeó lo hizo de forma meticulosa. Incluso sacó las baterías del interruptor alternativo de los postigos metálicos.

—Fue Malcolm —afirmé—. Todo cuadra.

—También pudo haber sido Dennis —señaló mi padre—. Aunque, como tú, me inclino por Malcolm. Pero ¿por qué no se fue después de prender el fuego?

—Probablemente quería observar la escena —aventuró Mae con aspereza.

—¿Dónde está ahora? —pregunté, deseando que estuviera muerto.

—Quién sabe —Mae tenía una expresión distante—. Lo pusieron en una ambulancia para llevarlo al hospital, pero, no se sabe cómo, se esfumó. Cuando abrieron las puertas, la ambulancia estaba vacía.

—Escapó. —Mi padre se apoyó en las almohadas y cerró los ojos.

—Necesitas descansar.

Mi madre despertó a la enfermera y luego nos despedimos.

De vuelta en mi habitación, le hablé de la discusión que se había producido el día del incendio, y de la cara que tenía Malcolm cuando se fue.

Ella no dio muestras de sorpresa.

—Sí, está enamorado de Raphael —confirmó—. Hace años que lo sé.

Su expresión y la forma en que pronunció su nombre me revelaron entonces que ella también amaba a mi padre.

19

En una sofocante tarde, un mes después, me hallaba tumbada en un extremo de una hamaca, que compartía con *Harris*, en el porche de la casa de los amigos de Mae en Kissimmee. Como éstos habían ido a pasar el día en Orlando, teníamos toda la finca para nosotros. Bajo el ventilador del techo, que hacía un poco más tolerable el calor, tomábamos limonada en vasos largos, sorbiéndola con pajitas articuladas.

Yo escribía en mi diario. *Harris* pasaba las hojas de un libro de arte: *Las mejores pinturas del mundo.*

El huracán *Barry* se había ensañado con Homosassa Springs. La Lontananza Azul había resultado devastada. El desbordamiento del río había destrozado casi por completo la casa, decía Mae, y los tornados habían arrasado árboles, huertos y jardines. Por suerte habían evacuado a tiempo todos los animales, incluso las abejas, cuyos panales se encontraban ahora en un terreno más elevado. La estatua de Epona también había sobrevivido intacta y en la actualidad custodiaba la puerta de la casa donde nos alojábamos.

Mae y Dashay se habían quedado despiertas hasta

tarde, hablando de las posibilidades de reconstruir la vivienda. Habían regresado a Homosassa en dos ocasiones, y en cada una habían vuelto a Kissimmee con objetos rescatados y más anécdotas. El Flo's y el Riverside Resort estaban en ruinas, con los tejados y paredes destrozados y las ventanas reventadas a pesar de que las habían protegido clavando listones. La Monkey Island había quedado reducida a un islote pelado, sin árboles ni puentes colgantes. El faro lo habían encontrado a varios kilómetros de distancia en el río.

Aquel día se habían marchado una hora antes, para efectuar otra valoración de los destrozos y limpiar un poco. Me habían invitado a acompañarlas, pero yo había rehusado. No quería ver aquel escenario de destrucción.

Mi padre estaba en Irlanda. Me había enviado una postal de un lago con una isla, cuyo mensaje era «La paz viene goteando con calma», un verso del poema de Yeats «La isla del lago de Innisfree». Después de su prolongada convalecencia en el hospital, había decidido que ya estaba cansado de Florida. Root se fue de veraneo y mi padre cogió un avión rumbo a Shannon con intención de explorar la zona y localizar tal vez un nuevo lugar donde instalarse. Me había invitado a que lo acompañara, pero yo había declinado el ofrecimiento. Necesitaba tiempo para poner en claro las cosas.

Por primera vez en mi vida me planteaba interrogantes sobre mi futuro. ¿Iría a la universidad? ¿Me pondría a trabajar? Hacía meses que no tenía contacto con chicos de mi edad. Al cambiar de estado, había perdido a mis contemporáneos, mis amigos.

Los amigos humanos, en todo caso. En un momento dado *Harris* me tocó con un codo y señaló una pintura del libro: *La dama de Shalott* de John William Waterhouse. «Podría haber sido un retrato de mi madre», pensé, y *Harris* también lo creía así. Contento de que coincidiera con él, volvió a arrellanarse en su punta de la hamaca y yo seguí cavilando.

Me pregunté si tendría novio algún día. Con Michael había vuelto a hablar por teléfono, pero cada vez teníamos menos cosas que decirnos. No podía explicarle que sabía quién había matado a Kathleen y eso me quitaba espontaneidad en las conversaciones.

También me pregunté si Malcolm estaría cerca, en algún sitio. ¿Pasaría toda la vida soportando que él me espiara? ¿O bien la pasaría intentando reconciliar a mis padres? No sabía en qué punto estaba su relación. Mi padre se había marchado a Irlanda sin hacerme confidencias al respecto. Cuando le había preguntado a mi madre, puso una expresión enigmática y respondió: «El verano aún no ha acabado.»

Al oír que sonaba el timbre de la puerta de fuera, me alegré de que algo interrumpiera mis reflexiones.

—Quédate aquí —indiqué a *Harris*.

Le habían permitido quedarse a pasar el verano con nosotros, como un regalo para mí. En realidad, parecía que ahora le gustaba más Florida. A *Joey* lo habían mandado al centro de readaptación unas semanas atrás y, según las noticias que nos llegaban desde Panamá, allí se había fortalecido su personalidad.

Me encaminé a la verja, sin la menor irritación por la molestia, y al pasar saludé a los caballos que pastaban en el potrero. *Grace* surgió de debajo de un oloroso arbusto y se puso a seguirme, deteniéndose con frecuencia para husmear el suelo y lamerse.

El corazón me dio un vuelco cuando vi quién había delante de la puerta. El agente Burton se encontraba al lado de la carretera, hablando por el móvil. El traje que llevaba era demasiado oscuro para el verano de Florida y tenía la frente perlada de sudor. Detrás de él lo aguardaba un Ford Escort.

Mientras recorría los diez últimos metros, ideé una estrategia.

Al verme, él guardó el teléfono en el bolsillo.

—¡Señorita Montero! —saludó con voz estentórea—. Cuánto tiempo sin vernos.

Seguí andando hacia él y abrí la verja.

—¿Quiere pasar a la casa? —lo invité, adoptando un desenvuelto aire juvenil—. Mi madre no está, pero volverá más tarde. Estamos aquí con unos amigos, porque el huracán destruyó nuestra casa. —He de mencionar que iba en bikini, porque él se fijó en el detalle. «La chica está creciendo», pensó.

—Como pasaba por la zona y me he enterado de que estabas aquí... —explicó con una sonrisa.

—¿Y cómo se ha enterado? —De todas maneras, lo averigüé al punto por sus pensamientos: había captado una de las llamadas que le había hecho a Michael.

—Me lo dijo alguien. Y, bueno, pensábamos que igual se te había ocurrido algún nuevo dato en relación con la muerte de tu amiga Kathleen. Como te fuiste de manera tan repentina de Saratoga...

—Tenía que ver a mi madre.

Yo mantenía la verja medio abierta. Él pensaba que podría ser una buena estrategia entrar en la casa, pero también lo consideraba arriesgado sin la presencia de un adulto.

—¿Seguro que no quiere venir? En la casa se está más fresco.

Aunque quería, no se movió del sitio.

—No, no hace falta. Por cierto, me enteré del fallecimiento de tu padre y lo sentí mucho.

En realidad no lo sentía lo más mínimo.

—Gracias —respondí—. Pero, ¿sabe?, no está muerto.

En su cabeza se formó entonces un torbellino de ideas, porque desde el principio la muerte de mi padre le había resultado difícil de creer. «Un hombre en la flor de la vida, y que se muera tan de repente... Aunque no había ningún indicio de falseamiento.»

—No está muerto —repitió—. ¿Quieres decir que sigue vivo?

—«*Vive, despierta... es la Muerte la que está muerta, no él*» —recité.

«¿Está chiflada?», pensó.

«No —me dieron ganas de decirle—. Es que tengo catorce años.»

Y declamé unos versos más, con los ojos desorbitados y grandes fluctuaciones de voz:

> *Callad, que no está muerto ni dormido;*
> *despertó ya del sueño de la vida.*
> *Perdidos en visiones tempestuosas*
> *y armados contra espectros sostenemos*
> *estéril contienda y en delirio loco...*

Estaba claro que el agente Burton no conocía el poema «Adonais» de Shelley.

«Pobre chica —pensó—. Está transtornada. Con todo lo que le ha pasado, no me extraña.»

Podría haber continuado y recitado el poema entero. O podría haberle dicho: «Por cierto, mi padre es un vampiro. Mi madre también lo es. Y yo.» Podría haberle dicho quién mató a Kathleen.

Podría haberle hablado del incendio. Los investigadores no estaban seguros de si había sido Malcolm quien lo había ocasionado, o si fue una venganza de Dennis. Quizás el agente Burton podría resolver aquel enigma. O tal vez podría averiguar quién dejó las rosas en la tumba de mi padre.

Podría haberle explicado cómo se ven las cosas, a los catorce años, bajo el tamiz de la eternidad.

En lugar de ello, opté por repetir:

—«*Callad, que no está muerto.*»

Le dediqué una triste sonrisa. A la hora de practicar el arte de la confusión, no hay mejor arma que la poesía.

—Ya —dijo—. Es mejor callar.

Luego formó una V con los dedos y, dando media vuelta, se dirigió a su coche blanco de alquiler. Mientras tanto, percibí que pensaba: «Este caso no se va a resolver nunca.»

Yo también me volví para encaminarme a la casa, seguida de *Grace*. Me tumbaría de nuevo en la hamaca, a dejar transcurrir la tarde meditando. Por ahora, me bastaba con eso.

Epílogo

Hace mucho, cuando mi padre me dijo «Es una lástima que no haya más vampiros que divulguen la realidad», yo pensé: «Bueno, yo estoy cumpliendo con mi parte.»

Entonces decidí parar de escribir. Ya había plasmado todos los datos de que disponía, y había llegado el momento de resolver qué hacía con ellos... de retroceder dos pasos y contemplar el rompecabezas como un cuadro completo, con luces, penumbra y sombras. Posteriormente, copié todas las partes útiles en este nuevo cuaderno.

Me gustaría pensar que alguien leerá mis notas y las considerará útiles. Espero, sobre todo, que seas tú quien las lea. Este libro está dedicado a ti, al hijo que confío tener algún día. Quizá tú crezcas con menos dificultades que yo. Quizás este libro te sirva para ello.

Es posible que algún día los humanos lo lean también. Una vez que hayan dado el primer paso —creer en nuestra existencia— tal vez empiecen a comprendernos y tolerarnos, a valorarnos incluso. No soy tan ingenua como para imaginar que vayamos a vivir con ellos en total armonía. También sé que mi vida nunca será normal.

De todas maneras, quiero que imagines qué ocurriría si todos nos sintiéramos como ciudadanos del mundo, comprometidos con una causa común. Imagina que nos olvidamos de nuestras diferencias, de que unos somos mortales y otros no, para centrarnos en tender puentes de unión. Yo podría cumplir esa función de mensajero entre ambas culturas.

En el último capítulo de *Walden*, Thoreau escribió: «Cada clavo que se remacha debería servir para asegurar la máquina del universo, como una contribución individual a su buen funcionamiento.»

Ése es el plan que he concebido: aportar, de un modo u otro, mi contribución.

Grace me hace compañía todavía, pero *Harris* se ha ido al refugio de Panamá, para aprender a vivir de nuevo en la naturaleza. ¿Habrá algún día un refugio para nosotros?

Agradecimientos

Quiero dejar constancia de mi más sentido agradecimiento hacia todas las personas que me han aportado inspiración, información y apoyo durante el proceso de redacción de este libro. Entre ellos, Ted Dennard, de The Savannah Bee Co., Staci Bogdan, Sheila Forsyth, Mary Pat Hyland, Anna Lillios, Adam Perry, Kristie Smeltzer y Sharon Wissert. Gracias también a Clare Hubbard, Kate Hubbard, Mary Johnson, Tison Pugh, Pat Rushin y, en especial, a Robley Wilson, por el tiempo que han dedicado a la lectura y comentarios en torno al manuscrito. Merecen una mención aparte Marcy Posner, mi agente, y Denise Roy, mi editora, por su extraordinario talento y su amistad; también Rebecca Davis y Leah Wasielewski, de Simon & Schuster, por el vigor que han dedicado a la organización de los aspectos publicitarios, y Fuchsia McInerney, de Pearse Street Consulting, a quien se debe el elegante diseño de la página web.

Índice

Índice